Elke Bergsma &
Die Stille

Das Buch

Lina Lübbers, jüngste Hauptkommissarin in Osnabrück, wird von ihrem Chef mit einem ungewöhnlichen Auftrag konfrontiert – sie soll in die Polizeiinspektion nach Aurich wechseln und einen mutmaßlichen Maulwurf im ostfriesischen Kommissariat enttarnen. Ihr neues Team begegnet ihr von Anfang an distanziert und ihre Vorgesetzte Kea Siefken betrachtet sie als Rivalin. Lediglich ein Kollege, Hauke Behrends, empfängt sie mit offenen Armen.
Als ein junges Mädchen im Watt tot aufgefunden wird, müssen Lina und Kea ihre Differenzen überwinden und eng zusammenarbeiten. Während sie versuchen, ein Netz aus Intrigen und Geheimnissen zu entwirren, um weitere Opfer zu verhindern, stößt Lina auch bei ihrer Undercover-Mission an ihre persönlichen Grenzen.

Die Autorinnen

Elke Bergsma, Jahrgang 1968, ist in Ostfriesland aufgewachsen und hat hier, in der wundervollen Weite der von Windmühlen, Leuchttürmen, Deichen, Schafen und Kühen geprägten Landschaft, auch das Lesen gelernt. Mit der Krimireihe »Büttner und Hasenkrug« begeistert sie seit 2013 ihre Leser.
Anna Johannsen lebt seit ihrer Kindheit in Nordfriesland. Sie liebt die Landschaft und Menschen der Region, besonders verbunden ist sie den nordfriesischen Inseln, auf denen eine ihrer Krimireihen, »Die Inselkommissarin«, spielt.

ANNA JOHANNSEN
ELKE BERGSMA

DIE STILLE DER FLUT

KRIMINALROMAN

Ein Fall für Lina Lübbers
& Kea Siefken

Deutsche Erstveröffentlichung bei
Edition M, Amazon Media EU S.à r.l.
38, avenue John F. Kennedy, L-1855 Luxembourg
April 2024
Copyright © der deutschsprachigen Ausgabe 2024
By Elke Bergsma, Anna Johannsen
All rights reserved.

Umschlaggestaltung: semper smile, München, www.sempersmile.de
Umschlagmotiv: © HALCHYNSKA KSENIIA/Shutterstock; © Daniel Bosma/Getty Images
1. Lektorat: Kanut Kirches
2. Lektorat: Rainer Schöttle
Korrektorat: Manuela Tiller / DRSVS
Gedruckt durch:
Amazon Distribution GmbH, Amazonstraße 1, 04347 Leipzig /
Canon Deutschland Business Services GmbH, Ferdinand-Jühlke-Straße 7, 99095 Erfurt /
CPI books GmbH, Birkstraße 10, 25917 Leck

ISBN: 978-2-49671-623-8
e-ISBN: 978-2-49671-624-5

www.edition-m-verlag.de

EINS

LINA

Solange ich mich erinnern kann, wollte ich Polizistin werden. Vermutlich könnte einer dieser neunmalklugen Seelenklempner nach einem Blick in meine Akten dafür unzählige Gründe finden. Mich interessieren sie nicht. Ich bin ich, und das ist mein Leben.

Mühsam quäle ich mich aus dem Bett und öffne das Fenster. Der Lärm von der nahen Hauptverkehrsstraße klingt heute wie ein leises Meeresrauschen, der Himmel ist strahlend blau und lädt dazu ein, an meinen Badesee zu fahren.

Seufzend wende ich mich ab. Carstens würde es mir übel nehmen, wenn ich unseren Termin schwänze. Kriminaldirektor Phillip Carstens hält große Stücke auf mich. Ja, meine Aufklärungsquote ist mehr als vorzeigbar, aber ich bin mit meinen neununddreißig Jahren die jüngste Hauptkommissarin im Osnabrücker Kommissariat und zusätzlich noch eine Frau. Zwei der größten Handicaps in meinem Beruf, die ich jeden Tag mit harter Arbeit ausgleichen muss.

Langsam fließt die dampfende Flüssigkeit in die Espresso-Tasse. Schon allein der herrliche Duft des Kaffees bringt mich auf Touren. Im Stehen trinke ich ihn und mache mir gleich darauf einen zweiten.

Lina Lübbers steht auf meinem Polizeiausweis. Meinen Vornamen liebe ich, mit dem Rest habe ich so meine Probleme. Mein Namensgeber verschwand direkt nach der Geburt meiner kleinen Schwester Sarah. Er löste sich von einem Tag zum anderen in Luft auf und ließ uns alleine zurück. Mutter starb vier Jahre später an Brustkrebs. Meinen achten Geburtstag hat sie nicht mehr erlebt.

»Kommen Sie rein!«, ruft Phillip Carstens, als ich anklopfe. Ich öffne die Tür, nicke ihm zu und warte, bis er auf mich zukommt und mir die Hand reicht. Wir setzen uns an den Besprechungstisch, auf dem Kaffee und andere Getränke bereitstehen.

»Wie geht es Ihnen?«, fragt Carstens.

Es liegt etwas Großes in der Luft. Eine Beförderung kann es nicht sein. Das Gegenteil sicher auch nicht. Ich bin ratlos.

»Alles gut! Die letzten zwei Wochen waren etwas ruhig, aber im Sommer kennen wir das ja.«

»Ich will nicht lange drum herumreden.« Carstens atmet tief ein, als ihm aufzufallen scheint, dass er mir noch nichts zu trinken angeboten hat. »Kaffee, Wasser oder einen Orangensaft?«

Ich greife nach einer Wasserflasche, weil ich weiß, dass Carstens keine Ruhe geben wird, bevor ich nicht etwas zu trinken vor mir stehen habe.

Er nickt zufrieden. »Es geht um eine Angelegenheit, die äußerster Geheimhaltung bedarf.«

Mein Interesse ist schlagartig geweckt. Ich schiebe das Glas zur Seite und beuge mich etwas vor, als wenn ich so besser hören könnte.

»Wir haben seit einiger Zeit ein Problem in der Polizeiinspektion Aurich. Es geht um Drogenhandel erheblichen Ausmaßes. Synthetische Drogen, hergestellt in den Niederlanden. Unsere Experten haben keinen Zweifel daran, dass vom Auricher Revier brisante Informationen an kriminelle Kreise weitergegeben werden.«

Mit Drogen jeglicher Art stehe ich auf Kriegsfuß. Ich habe hautnah erlebt, was die aus Menschen machen. Ich werfe Carstens einen fragenden Blick zu. »Ein Maulwurf?«

»Wenn Sie es so nennen wollen. Seit etwa einem Jahr steht der Verdacht im Raum, aber bisher ist es uns von Osnabrück aus nicht gelungen, das Leck zu finden.«

Langsam, aber sicher wird mir klar, warum ich hier bei Carstens im Büro sitze. Ich weiß nicht, ob mir der Gedanke gefällt.

»In Aurich ist gerade eine Stelle Ihres Ranges frei geworden. Der Kommissariatsleiter ist in seine wohlverdiente Pension gegangen. Seine Stellvertreterin hat die kommissarische Leitung übernommen und wird in naher Zukunft das Kommissariat leiten. Ihre Stelle ist also vakant.«

Ich bin nicht die Richtige für einen Spitzeljob. Auch wenn ich schon undercover gearbeitet habe, werde ich bestimmt keine Kollegen ausspionieren.

Carstens hat mich in den letzten zwei Minuten nicht aus den Augen gelassen. Jetzt mustert er mich und lächelt. »Mir ist klar, dass Ihnen die Rolle nicht zusagt.« Er hebt die Augenbrauen. »Ich gehe doch recht in der Annahme, dass Sie bereits ahnen, was ich Ihnen vorschlagen möchte?«

»Vorschlagen oder anordnen?« Mein Mundwerk ist wieder einmal schneller als der Kopf.

»Ich halte es nicht für eine gute Idee, jemanden gegen seinen Willen in eine Undercover-Aktion dieser Art zu schicken.«

Warum atme ich gerade nicht erleichtert auf? Lehn es ab und geh deines Weges. Du hast weder etwas mit Aurich am Hut noch interessieren dich irgendwelche ostfriesischen Maulwürfe.

»Ich würde verstehen, wenn Sie kein Interesse hätten«, fährt Carstens fort. »Es ist ein verdammt schwieriger Job.« Er hält inne. »Sie wissen sicher, warum ich an Sie gedacht habe.«

Weil eine Frau nicht so auffällt wie ein Mann. Weil eine schöne Frau mehr bei Männern erreicht. Weil ich jung bin und niemand mir etwas zutrauen wird.

»Sie sind die Einzige, die dazu in der Lage ist, den Job erfolgreich zu machen«, sagt Carstens.

»Was ist mit meiner Wohnung in Osnabrück?«

Warum frage ich das? Ich will hier nicht weg, nicht in die Großstadt und schon gar nicht in die Provinz.

»Die behalten Sie natürlich. Das ist ein Einsatz auf Zeit. Bestenfalls ein paar Monate.«

Und schlimmstenfalls? Wenn deine Experten den Maulwurf nicht gefunden haben, wird das schon einen Grund haben. Die Einzige, die diesen Job machen kann? Wo lernt man diese Schleimerei nur? In besonderen Chef-Kursen?

»Finanziell werden Sie sicher keinen Schaden haben«, höre ich seine Stimme aus der Ferne, während mein Gehirn auf Hochtouren läuft, das Für und das Wider durchscannt.

»Ich brauche Zeit. Gibt es Unterlagen, die ich einsehen kann?«

»Ja. Streng geheim«, sagt Carstens. »Aber das brauche ich Ihnen nicht zu sagen. Nehmen Sie sich ein paar Tage Zeit und überlegen Sie in Ruhe. Ich akzeptiere Ihre Entscheidung. Sie können sich voll und ganz auf mich verlassen.«

Ich schaue mit geschlossenen Augen in die Sonne. Sarah hat das Wasser geliebt. Sie konnte schon mit fünf schwimmen. Ich habe es ihr gezeigt, weil ich Angst hatte, dass sie ins Wasser fällt und ertrinkt. Als sie wirklich Hilfe brauchte, war ich nicht an ihrer Seite.

Der Badesee liegt fast dreißig Kilometer von meiner Wohnung entfernt. Das ist nicht gerade nah, aber ich genieße es, weit entfernt von dem Ort zu sein, an dem ich mich mit den dunklen Seiten des menschlichen Daseins beschäftige. Hier kennt mich niemand, ich stelle mein Handy auf lautlos und denke an nichts.

Wann war ich das letzte Mal mit Maya hier? Ist es zwei Monate her, als wir hier spazieren gegangen sind? Es war zu kalt, um am Strand zu sitzen. Aber ich bin mir sicher, dass die Sonne schien. Maya, meine große Liebe. Warum ist sie gegangen? Hätte ich sie halten können? Habe ich noch eine Chance?

Die Handakte liegt sicher verschlossen in meinem Büro. Ich habe sie gelesen, kenne inzwischen die Auricher Kollegen besser als die in Osnabrück. Weiß, wer geschieden ist, wer Geldprobleme hat, wer eine geheime Affäre, wer zu viel Alkohol trinkt und wer welche Position in der Gruppe einnimmt. Die innere Abteilung hat gute Arbeit geleistet. Nur manchmal reicht das nicht. Es muss jemand ins Feuer springen, um den Brandherd zu finden. Lina, die Feuerwehrfrau. Nein, ich habe noch nicht zugesagt, aber ich denke seit drei Tagen darüber nach.

»Hast du mal Feuer?«

Ich schrecke auf. Von der Seite hat sich dieser Typ angeschlichen, der mich schon seit einer halben Stunde beobachtet. Glaubt er wirklich, dass ich das nicht mitbekommen habe?

»Rauchen ist ungesund«, murmele ich und hoffe, dass er sich verzieht.

»Stimmt. Ich wollte auch schon ewig aufhören.« Er lässt sich neben mir in den Sand fallen.

Ich richte mich auf und schaue ihn an. Viele Frauen würden ihn nicht von der Bettkante stoßen. Er sieht gut aus, groß und blond. Nicht zu viele Muskeln, aber auch nicht zu wenig. Er scheint regelmäßig zu trainieren.

Ich stöhne theatralisch. »Dir ist schon klar, dass das der dümmste Anmachspruch war, den ich in den letzten zwanzig Jahren gehört habe?«

»Sorry, scheint heute nicht so mein Tag zu sein.«

Zumindest Humor scheint er zu haben. Ich lasse mich zurück auf mein Badehandtuch fallen.

»Kommst du aus der Gegend hier?«, fragt er.

Ich schweige und hoffe.

»Ich lebe in Bersenbrück. Das liegt …«

»Weiß ich«, falle ich ihm ins Wort und richte mich wieder auf. »Ich bin nicht interessiert.« *Weder an einem Gespräch noch an dir. Hat er mich jetzt endlich verstanden?*

Er seufzt. »Ich scheine wirklich noch etwas üben zu müssen.«

»Gut erkannt.« Ich gleite zurück auf mein Tuch und schließe die Augen. Männer sind schon komische Wesen. Warum schalten sie nicht ihren Schwanz aus und nehmen wahr, was um sie herum passiert? Zumindest für ein paar Sekunden.

Heute muss ich mich entscheiden. Für Aurich oder dagegen. Die Deadline habe ich mir selbst gesetzt. Carstens hat mich weder unter Druck gesetzt noch Kontakt zu mir aufgenommen.

»Ben, mein Name ist Ben.«

Ich schließe die Augen, sehe Sarah, meine kleine Schwester, die in einer Ecke ihrer kleinen Wohnung kauert. Sie zittert, schaut mich flehend an. Ich werde ihr kein Geld geben, weil ich weiß, dass das der falsche Weg ist. Ihren letzten Entzug hat sie abgebrochen und ist noch tiefer abgestürzt als die Monate davor. Wie viele Jahre ist das jetzt her?

Ich öffne die Augen. Er sitzt immer noch neben mir. Ich richte mich zum dritten Mal auf, lächele ihn an. »Lina. Aber das ist heute mein letzter Tag hier in der Gegend. Ich ziehe nach Ostfriesland.«

Steffen starrt mich an. »Echt jetzt? Aurich? Das liegt doch in …« Es scheint ihm die Sprache verschlagen zu haben.

»Ostfriesland. Genau hunderteinundachtzig Kilometer von Osnabrück entfernt. Wenn alles frei ist, sind das zwei Stunden.«

Steffen zieht sein Handy aus der Tasche, tippt etwas ein.

»Sechs Stunden mit Zug und Bus. Dir ist schon klar, dass ich keinen Führerschein habe und schon gar kein Auto?«

Steffen ist mein bester Freund. Wir kennen uns seit einer Ewigkeit. Nein, sogar noch etwas länger. Ich habe bis zum letzten Moment gezögert, ihm von meinen Plänen zu erzählen.

»Ich werde häufig in Osnabrück sein, und Telefon und Internet gibt es auch in Ostfriesland.«

»Sicher?«

Einen Moment bin ich mir unschlüssig, ob Steffen die Frage ernst meint. »Es ist nur für ein paar Monate.«

Er rollt mit den Augen. »Das sagen immer alle. Ich komme wieder. Das ist doch nicht weit weg. Du kannst mich besuchen kommen. Und dann? Ein Küsschen, und sie sind nie wiedergesehen worden.«

»Jetzt hör schon auf! Bei uns ist das was anderes. Versprochen. Haben wir uns seit damals je getrennt? Irgendwie hat es immer geklappt, dass wir ...« Warum macht Steffen da so ein Drama draus? Er weiß doch, wie eng wir sind. Er hat mir nicht nur einmal das Leben gerettet. Ohne ihn wären Sarah und ich damals verloren gewesen. Mein Blick fällt auf das Foto an der Wand. Wie alt waren wir drei da?

»Wer hat das Foto eigentlich gemacht? Sarah ist doch auch mit drauf.«

»Das war Reiner.«

»Der Praktikant?«

»Genau. Der Einzige, der uns als Menschen wahrgenommen hat. Wusstest du, dass er selbst in einem Heim aufgewachsen ist?«

Ich schüttle den Kopf.

»Das hat er mir zumindest erzählt.«

»Bist du sicher, dass er nicht nur dein Vertrauen erschleichen wollte?«

»Weiß man das immer so genau? Er war einer der Guten. Ich glaube nicht, dass er mich angelogen hat.«

»Eine Lüge mehr oder weniger. Hat das damals überhaupt etwas ausgemacht?«

Steffen zuckt mit den Schultern. Wir schweigen.

»Hast du da überhaupt eine Wohnung?«, fragt er in die entstandene Stille hinein.

Ich bin froh, dass er das Thema gewechselt hat. »Ja, ein Apartment, voll eingerichtet, beste Lage, alles top. Ich ziehe nicht um, das ist …« Ein Einsatz will ich sagen, merke es aber noch rechtzeitig. » … die haben zu wenige Leute und brauchen dringend Unterstützung. Drei oder vier Monate. Mehr nicht.«

Steffen schaut mich durchdringend an. Ich konnte ihn noch nie anlügen. Warum das so ist, weiß ich nicht.

»Ist es gefährlich?«, fragt Steffen.

Ich zucke mit den Schultern. Mein Job ist gefährlich, immer und überall.

»Lina, jetzt sag schon! Ich spüre doch, dass da mehr dran ist, als du mir gerade erzählst.« Steffen legt seine leicht zitternde Hand auf meine. »Es ist gefährlich, oder?«

»Ich darf nicht darüber reden. Und ja, ungefährlich ist es vielleicht nicht.« Ich zeige auf die Stelle, an der mich vor knapp einem Jahr eine Kugel durchbohrt hat. »Das kann überall passieren.«

Steffens Augen werden feucht. Verflucht, warum ist er nur so nah am Wasser gebaut?! Ich passe schon auf mich auf, das sollte er allmählich wissen.

»Vielleicht finde ich da irgendwo einen Job. Bars wird es da doch auch geben, oder?«

»Weiß ich nicht.«

Steffen hat schon sein Smartphone in der Hand und tippt.

Es gibt drei Wege von Osnabrück nach Aurich. Ich habe mich für den längsten entschieden. Über die A 30 nach Rheine und dort auf die Emslandautobahn A 31. Hinter Leer werde ich noch ein Stück Landstraße fahren müssen, um in der Kreisstadt anzukommen. Vierzig Kilometer länger als die kürzeste Strecke über Cloppenburg, die zum größten Teil über Bundesstraßen führt.

Ins Navi habe ich meine neue Adresse eingegeben, meine Reisetasche und ein Rucksack liegen gut verstaut im Kofferraum. Die Musik von Norah Jones lenkt mich ab, damit ich nicht auf die blöde Idee komme, die nächste Abfahrt zu nehmen, um mich wieder auf den Rückweg zu machen. Es ist entschieden. Ich bin ab morgen im Team des Auricher Kommissariats. In den nächsten Wochen werde ich mich ruhig verhalten, mitarbeiten und nicht auffallen. Offiziell bin ich für ein Jahr von Osnabrück ausgeliehen, um den personellen Engpass in Aurich schnell und unbürokratisch zu beheben. Mein Ansprechpartner in Osnabrück ist Phillip Carstens. Ich habe darauf bestanden, weil ich nicht mit irgendeinem aalglatten Kollegen der Inneren zu tun haben will. Es reicht mir, dass ich mich schon jetzt wie ein Spitzel fühle, da brauche ich nicht auch noch einen Aufpasser.

Steffen hat ein Geheimnis daraus gemacht, ob er mir nach Aurich folgen wird. Ich bin mir allerdings sicher, dass ich ihn in spätestens zwei Wochen dort treffen werde. Es tut gut, Freunde zu haben.

Zwei

Kea

»Gesichert! Nichts!«, höre ich es vielfach und hallend aus allen Richtungen rufen. Und dann noch einen Nachzügler: »Gesichert! Nichts!« An der Stimme erkenne ich, dass es Hauke ist. Er klingt resigniert.

Natürlich ist er das. Wie könnte es auch anders sein? Fluchend stecke ich meine Dienstwaffe zurück ins Holster. Dann ziehe ich meine schusssichere Weste aus und lasse sie achtlos auf den mit rissigem Beton ausgegossenen Boden fallen. An diesem heißen Tag erträgt man sie nicht länger als unbedingt nötig. Zudem riecht es intensiv nach Chemikalien, was zusätzlich an den Nerven zerrt. Verschwitzt sinke ich in die Hocke, dann auf den Hintern, und vergrabe meinen Kopf in den Händen. »Das gibt's doch nicht«, stöhne ich kaum hörbar, »verdammt, das kann doch nicht wahr sein!«

Und doch ist es so. Wieder einmal. Ich mag schon gar nicht mehr zählen, wie viele unserer Ermittlungen und Einsätze gegen Mitglieder der berüchtigten niederländischen Familie de Jong in den letzten Jahren ins Leere gelaufen sind. Dabei war ich mir doch ganz sicher gewesen, dass es diesmal klappen würde. Der

Hinweis unseres Informanten war eindeutig gewesen. Genau hier hatten sich die de Jongs zur Produktion synthetischer Drogen einquartiert.

Wie also ist es möglich, dass unsere Aktion gegen sie schon wieder gefloppt ist? Haben wir zu lange gezögert?

Natürlich haben wir das, das sieht man doch.

»Nimm es nicht persönlich, Kea.« Hauke lässt sich neben mich sinken und tätschelt mein Bein. Ich lasse es geschehen, obwohl ich mir schon tausendmal geschworen habe, diese Vertraulichkeiten, zu denen er neigt, nicht mehr zuzulassen. »Das hier konnte doch niemand ahnen.«

Wirklich nicht? Zweifelnd sehe ich mich in dem Raum um, der mit rasch hochgezogenen Wänden vom Rest des ehemaligen, irgendwo im ostfriesischen Nichts gelegenen Kuhstalls abgetrennt worden war. Vor nicht allzu langer Zeit dürfte hier noch ein komplettes Drogenlabor gewesen sein, um MDMA-Öl für die spätere Produktion von Ecstasy-Pillen herzustellen. Jetzt aber stehen lediglich noch ein paar Fässer mit flüssigen Abfällen aus der Produktion herum, zumeist ätzende Säuren. Wenigstens hat man darauf verzichtet, sie einfach in der Natur zu entsorgen, wie es an anderer Stelle nicht selten geschah. Um den bei der Herstellung entstehenden Gestank nicht nach außen dringen zu lassen, hat man die Wände und Decken mit Dämmplatten gepolstert und auch noch die kleinsten Ritzen mit Isolierschaum abgedichtet. Zudem sind ausgeklügelte Filtersysteme und Lüftungsrohre installiert worden.

Alles in allem also eine gut durchdachte Angelegenheit.

Nun aber dient dieser Raum ganz offensichtlich keinem solchen Zweck mehr.

Vor allem in den Niederlanden sind diese illegalen Labore in den letzten Jahren wie Pilze aus dem Boden geschossen, seit einiger Zeit aber nutzen die de Jongs vermehrt auch das benachbarte Ostfriesland für ihre Zwecke, denn auch hier gibt es eine

Vielzahl abgelegener Gehöfte, an denen nur sehr selten jemand vorbeikommt.

»Wir hätten früher zuschlagen müssen«, sage ich. »Ich habe zu lange gezögert.«

»Das hast du nicht.«

Erst jetzt, als er mir ins Bein zwickt, fällt mir auf, dass Hauke seine Hand immer noch nicht wieder zurückgezogen hat. Ich schiebe sie weg. »Gestern, gleich nachdem uns der anonyme Anruf erreichte, hätten wir zugreifen müssen. Bestimmt sind sie heute Nacht mit all ihrem Krempel auf und davon.«

»Hör auf zu lamentieren, Kea«, insistiert Hauke. »Du hast alles richtig gemacht, okay?«

Nein, habe ich nicht! Unser Informant hatte berichtet, dass der abgelegene Kuhstall vermutlich seit Wochen für die Drogenproduktion benutzt wurde und er einen baldigen Abzug befürchte. Warum also habe ich gezögert?

»Und wieso ist dann keiner mehr hier, den wir festsetzen können? Keine Drogen, kein gar nichts?«, murmle ich müde.

»Das werden wir herausfinden«, lautet die knappe Antwort. Hauke reicht mir seine Wasserflasche, nachdem er gluckernd daraus getrunken hat. »Hier, trink was! Nicht, dass du noch schlappmachst.« Er wischt sich mit dem Unterarm über den Mund. Es ist ein sexy Mund, wie mir nicht zum ersten Mal auffällt. Wie überhaupt der ganze Mann zum Anbeißen ist. Und aus irgendeinem Grund scheint er auf verkorkste Frauen wie mich zu stehen. Oder weckt meine wiederholte Zurückweisung in ihm seinen Jagdinstinkt? Egal, das gehört jetzt nicht hierher.

»Wir fahren dann wohl wieder zurück, oder?«, lässt sich eine Kollegin von der Tür her vernehmen. Auch ihr Gesicht ist schweißnass.

Ich nicke. »Ja. Einsatz beendet. Danke.« Auf ihren fragenden Blick hin füge ich hinzu: »Wir kommen gleich nach. Hauke nimmt mich mit.«

»Bestimmt ist die Neue schon da.« Hauke steht nach einem Blick auf die Uhr auf und klopft sich den Staub von der Hose. »Die sollte doch heute anreisen, oder?«

»Ja.« Ich ziehe eine Grimasse. »Ist ja toll, dass wir gleich mit einer gescheiterten Aktion zur Stelle sind, wenn jemand aus Osnabrück kommt. Das wird die neue Lady ganz ordentlich darin bestärken, dass sie hier gebraucht wird. Schöner Mist.«

»Hör endlich auf, dich zu zerfleischen, Kea.« Hauke streckt mir seine Arme entgegen, woraufhin ich seine Hände ergreife und mich von ihm in die Senkrechte ziehen lasse. Für einen kurzen Moment stehen wir so dicht voreinander, dass ich seinen warmen Atem auf meinem Gesicht spüren kann. Prompt geraten meine Hormone in Wallung. Rasch trete ich einen Schritt zurück und sage betont gleichmütig: »Nun gut, dann schauen wir uns die Dame, die mir anscheinend meine Beförderung streitig machen will, doch mal an.«

»Davon, dass sie dir deine Beförderung streitig machen will, war doch nie die Rede«, meint Hauke. »Woher nimmst du denn nun diese Paranoia? Die Kollegin ist doch nur …« Er malte Anführungszeichen in die Luft. »… für ein Jahr von Osnabrück ausgeliehen worden. Nicht mehr und nicht weniger.«

»Birte meint, sie ist eine von diesen karrieregeilen Emanzen. Du weißt schon, eine von denen, die sich schon als Kind wie ein Junge aufgeführt haben, damit Papi sie als vollwertig akzeptiert.«

Hauke verdreht die Augen. »Na, wenn Birte das meint, dann muss es ja stimmen. Selbst wenn sie die Frau noch nie in ihrem Leben gesehen hat.«

»Aber sie hat Erkundigungen über sie eingeholt«, widerspreche ich lahm.

»Die sie dann auf ihre ganz eigene Weise interpretiert hat. Und mal ganz ehrlich: Was kann sie denn wirklich über sie erfahren haben?« Hauke baut sich vor mir auf, die Hände in die

Hüften gestemmt. »Seit wann lässt du dir von unserer chronisch frustrierten Sekretärin erzählen, wie die Welt funktioniert, he?«

Seit Birte beschlossen hat, die Neue erst einmal kritisch zu beäugen. Aber das behalte ich lieber für mich. Neid und Misstrauen sind in keiner Situation gute Ratgeber, und genau die sind es, die seit der Nachricht, eine höchst kompetente Hauptkommissarin aus Osnabrück werde für eine gewisse Zeit bei uns Einzug halten, mein Innerstes in Aufruhr versetzen. Mit weiblichen Kollegen in Führungspositionen habe ich noch nie gute Erfahrungen gemacht, ich halte mich lieber an die Männer in unseren Reihen. Aber wenn dann noch eine kommt, um mich vom schon so gut wie eroberten Thron zu stoßen ...

»Möchte wirklich mal wissen, was die bei uns will«, stänkere ich. »Soll sie in Osnabrück oder sonst wo so viele Chefposten besetzen, wie sie will, aber ...«

Hauke stöhnt auf. »Noch mal, Kea: Von einem Chefposten für sie war nie die Rede. Gib ihr eine Chance, okay? Wenn wir in unserer Situation eins nicht gebrauchen können, dann ist es Zickenalarm.«

»Welche Situation denn?«

»Du weißt genau, was ich meine.«

Ja, das weiß ich allerdings, und es macht die Tatsache, dass sich ausgerechnet jetzt, da ich seit Kurzem im Kommissariat das Sagen habe, jemand Fremdes bei uns reindrängt, nicht besser. Als könnten wir unsere Probleme nicht selbst lösen.

Offensichtlich könnt ihr genau das nicht, schreit mir der vor langer Zeit vom Bauern aufgegebene Stall, durch den wir jetzt laufen, entgegen.

»Ja, du mich auch«, zische ich, bevor ich ins Freie trete und mit tiefen Atemzügen die frische Nordseeluft in meine Lungen sauge. »Gib der Spurensicherung Bescheid«, bitte ich Hauke. »Sollten wir die Burschen doch noch eines Tages zu fassen kriegen, kann es nicht schaden, für den Abgleich ein wenig ihrer DNA in der Schublade zu haben.«

»Kea Siefken«, stelle ich mich vor und reiche der Neuen die Hand, wobei ich meinem Mund sogar ein Lächeln aufzwinge.

»Lina Lübbers. Freut mich.«

Der Händedruck der Osnabrücker Kollegin ist fest, was für ein gut ausgeprägtes Selbstbewusstsein spricht. Ich mustere sie verstohlen. Groß und schlank, rote, halblange Haare, grüne Augen, dezent geschminkt, Jeans, weißes Top. Ich hatte sie mir älter vorgestellt, reifer. Tatsächlich aber wirkt sie auf mich wie eine dieser jungen Gänse, die glauben, sie bräuchten nur einen Raum zu betreten und schon läge ihnen die Männerwelt dahingeschmolzen zu Füßen. Ein Gedanke, der nicht allzu weit hergeholt scheint, denn tatsächlich zollen ihr die Blicke meiner männlichen Kollegen unverhohlen Anerkennung.

»Ich hörte, ihr kommt gerade von einem Einsatz?«, verlegt sich Lina Lübbers ungefragt auf die vertrauliche Anrede. »War er erfolgreich?«

Zwar stellt sie diese an mich gerichtete Frage in einem unverfänglichen Tonfall und mit einem zugewandten Lächeln, ihr Blick aber hat etwas Lauerndes, wie ich finde. Bestimmt ist sie darauf aus, mich gleich an ihrem ersten Tag k. o. gehen zu lassen, um ihre eigene Position zu stärken.

»Vielleicht sollten wir erst mal eine gute Tasse Tee trinken«, stürzt Hauke eilfertig auf die Neue zu. Wie es nun mal seine Art ist, hakt er sie unter, ignoriert ihren irritierten Blick und führt sie an den großen Tisch im Besprechungsraum, wo Tassen und Teller für einen kleinen Willkommensumtrunk bereitstehen. Selbst einen etwas verunglückt aussehenden Käsekuchen gibt es. Ein Blick in Birtes vor Stolz glühendes Gesicht reicht aus, um zu wissen, dass sie es war, die ihr mangelndes Talent einmal mehr am Backofen ausgelebt hat.

Hauke ist in den kommenden Minuten ganz in seinem Element und umgarnt Lina Lübbers wie ein Kavalier alter Schule. Womöglich findet er ja sogar tatsächlich Gefallen an ihr.

Ich horche in mich hinein, ob mich diese Feststellung zu einer meiner berüchtigten Eifersuchtsattacken animiert, aber es bleibt alles ruhig. Ganz im Gegenteil würde ich es sogar begrüßen, wenn Hauke, so attraktiv er auch ist, seine Aufmerksamkeit von mir abzieht und mir endlich Luft zum Atmen lässt. Luft, die ich nach meiner missglückten Ehe mit Peter ganz dringend brauche, um wieder zu mir selbst und zu meinen beiden pubertierenden Kindern zurückzufinden. Außerdem ist Hauke, nach allem, was ich über ihn und sein … hm … Problem weiß, ganz sicher nicht der Mann, mit dem ich eine Beziehung möchte.

Das Läuten meines Handys gibt mir einen willkommenen Grund, mich aus dem Besprechungsraum zurückzuziehen. Ich zucke entschuldigend mit den Schultern, als mich der ein oder andere Blick trifft, aber so recht scheint sich niemand für mich zu interessieren. Umso besser. Im Vorbeigehen greife ich nach einem der Müsliriegel, die neben dem Käsekuchen auf dem Tisch liegen. Ich habe seit dem Frühstück nichts gegessen, und entsprechend hängt mir mein Magen in den Kniekehlen.

»Was gibt's?«, frage ich meine beste Freundin Rena, die schon seit unseren Kindergartentagen, die nunmehr fast vierzig Jahre zurückliegen, ein fester Bestandteil meines Lebens ist.

»Ich habe von eurem Einsatz Wind bekommen.« Rena keucht in den Hörer, als wäre sie die Treppen in den vierten Stock ihres Wohnhauses, in dem sie eine Dachgeschosswohnung ihr

Eigen nennt, mehrmals hintereinander hochgerannt. »Kannst du mir was dazu sagen?«

»Klar.«

»Oh, wow!«

»Aber ich tu es nicht.« Ich beiße in meinen Müsliriegel und verdrehe verzückt die Augen. *Essen! Endlich!*

Am anderen Ende bleibt es bis auf das ungesunde Keuchen still. »Rena? Ist alles in Ordnung mit dir? Du klingst nicht gut.«

»Ja. Äh … nee. Ich musste nur … na ja, ich habe gerade Geert an meinem Haus vorbeigehen sehen. Mit seiner neuen Flamme im Arm. Wenn du mich fragst, dann ist die höchstens fünfzehn. Maximal sechzehn.«

Ich rolle mit den Augen. Nimmt diese Geschichte denn nie ein Ende?! »Ist es das, was dich so kurzatmig hat werden lassen?«

»Was? Geert? Nee.« Ich glaube, ihr Kopfschütteln, das ihre schulterlangen blonden Locken um ihren Kopf wirbeln lässt, durch den Hörer sehen zu können. »Nee. Der ist mir doch egal.«

Was nicht stimmt, aber ganz sicher werde diesmal nicht ich es sein, die sie darauf aufmerksam macht, denn dann würde unser Telefonat nicht vor Mitternacht beendet sein.

Immer noch in dem schmucklosen Korridor des Kommissariats stehend, beobachte ich aus dem Augenwinkel, dass Hauke mit Lina Lübbers in deren neuem Büro verschwindet. Bevor er die Tür hinter sich zuzieht, lässt er seinen Blick noch einmal kontrollierend durch den Gang schweifen, fängt den meinen ein und zwinkert mir mit einem Lächeln verschwörerisch zu. Was hat denn das jetzt zu bedeuten?

»Kea?«

»Was?«

»Ich hab dich was gefragt.« Es klingt verschnupft, und das im wahrsten Sinne des Wortes.

»Rena? Heulst du etwa?« Ich versuche, mich wieder auf das Gespräch mit meiner Freundin zu konzentrieren.

»Nee. Muss irgendeine Allergie sein, fürchte ich. Geht mir auch ganz schön auf die Lunge. Vielleicht die Kiwi, von der ich glaubte, dass ich sie heute Mittag in Gänze aus meinem Obstsalat gepult hätte.«

»Kiwi? Du warst noch nie gegen Kiwi allergisch.«

»Nicht?« Es klingt zerstreut. Stiert sie etwa immer noch ihrem Ex-Geert und dessen Teenie-Freundin hinterher?

»Nein.«

»Hm.« Sie schnäuzt sich lautstark die Nase. »Noch mal zu eurem heutigen Einsatz«, näselt sie dann. »Er hatte nicht zufällig mit der Drogenbande zu tun, die euch immer wieder durch die Lappen geht?«

»Welche Drogenbande denn?«, erwidere ich betont unbeteiligt. Woher, um alles in der Welt, weiß Rena von Familie de Jong?! Manchmal frage ich mich, womit ich es verdient habe, dass ausgerechnet meine beste Freundin als freischaffende investigative Journalistin arbeitet und immer auf der Jagd nach *der* großen Story ihres Lebens ist. Warum sie ihre ganz persönliche Watergate-Story mit einer gewissen Penetranz ausgerechnet in unserem piefigen Kommissariat zu wittern glaubt, erschließt sich mir nicht. »So gern ich es auch würde, Rena«, erkläre ich ihr zum gefühlt tausendsten Mal, »ich kann dir ganz bestimmt nicht zum Pulitzer-Preis verhelfen. Das gibt das Kriminalitätsaufkommen in Aurich und Umgebung einfach nicht her, weder quantitativ noch qualitativ.«

»Hm. Aber einen kleinen Tipp könntest du mir doch …«

»Nein.«

»Ich frage mich wirklich, warum ich dich zur Freundin habe«, kommt es maulend zurück.

»Lass uns am übernächsten Wochenende mal wieder ausgehen, okay? Die Kinder sind dann bei Peter. Wir können was

essen, trinken, tanzen ...«, rette ich mich auf sicheres Terrain.
»Dann erkläre ich es dir.«
»Was es mit der Drogenbande auf sich hat?«
»Nee, warum wir Freundinnen sind.« Die Tür zu Lina Lübbers' Büro öffnet sich, und ich lege auf, ohne noch eine Erwiderung abzuwarten. Rasch verdrücke ich mich in mein Büro, denn auf gar keinen Fall soll Hauke den Eindruck gewinnen, dass ich hinter ihm her spioniere.

Drei

Lina

Ich schaue mich in meinem neuen Büro um. Schreibtisch, Stuhl, Schrank, Regal. Kurzum: klein und trostlos. Der Blick aus dem Fenster ist auch nicht besser: der gepflasterte Innenhof der Auricher Polizeiinspektion, der Parkplatz des dreistöckigen Gebäudes aus rotem Stein. Abgeschottet von der Außenwelt durch den quadratischen Bau.

Ich lasse mich auf meinen Schreibtischstuhl fallen. Er quietscht erbärmlich, als wollte er den kühlen Empfang, den mir meine neue Chefin und ihr Team bereitet haben, bestätigen. *Du bist hier nicht willkommen*, hatte schon ihr erster Blick deutlich gemacht. Einzig Hauke Behrends hat versucht, die mehr als peinliche Situation zu retten. Einundvierzig, unverheiratet, keine laufende Beziehung, weder mit Frauen noch Männern, einfache Dreizimmerwohnung im Norden von Aurich, lebt nicht über seine Verhältnisse, Oberkommissar, gute Seele des Kommissariats. Es fühlt sich merkwürdig an, Menschen, die meinen, ich würde sie zum ersten Mal treffen und nichts von ihnen wissen, besser zu kennen als manch einer im Auricher Team. Ein wenig wie Verrat, wie eine Lüge, hinterhältig, schmutzig. Ich werde damit leben müssen.

Und Kea Siefken? Seit genau zehn Monaten geschieden, nachdem ihr Mann ein Jahr zuvor aus dem gemeinsamen Haus ausgezogen ist. Zwei Kinder, einen vierzehnjährigen Jungen und eine Tochter, die Anfang des nächsten Jahres sechzehn wird. Ihr Ex ist noch im Grundbuch eingetragen, die Hälfte des Hauses gehört der Bank. Ihre Eltern sind pensionierte Lehrer mit monatlich über fünftausend Euro Pension. Ihre Freundin aus Kindertagen arbeitet als Journalistin. Sie treffen sich regelmäßig.

Jemand klopft an meine Tür und kommt gleich darauf herein. Hauke Behrends. Er lächelt und gibt mir ein Zeichen, dass ich aufstehen soll. Kommt jetzt der große Gang durchs Gebäude mit unzähligen Händen, die ich schütteln muss?

»Eine Tote im Watt. Kea ist schon los. Kommst du?«

Ich nicke, springe auf und laufe ihm hinterher. »Ertrunken?«

»Der Anruf kam gerade erst. Könnte ein Suizid sein, die Kollegen vor Ort sind sich aber nicht sicher.«

»Wie alt?«

»Eine junge Frau. Mehr ist nicht bekannt.«

»Ist es weit?«, frage ich. Wir haben inzwischen das Gebäude verlassen und laufen im Innenhof auf die Fahrzeuge zu.

»Bensersiel. Etwas mehr als dreißig Kilometer, eine halbe Stunde Fahrt.« Hauke betätigt die Fernbedienung. Die Rückleuchten eines weißen VW-Golfs leuchten auf. Wir steigen ein, er startet den Motor und fährt auf die B 72, die direkt an der Polizeiinspektion vorbeiführt.

Hauke Behrends hat mir als Einziger das Du direkt angeboten, meinte, es sei bei ihnen so üblich und dass sich hier alle duzen. Ob seine Kollegen das auch so sehen, bin ich mir nicht so sicher.

»Alles gut?«, fragt er nach einer Weile. Wir müssen inzwischen die Hälfte der Strecke zurückgelegt haben.

»Etwas kühler Empfang.«

Hauke grinst. »Du bist sehr direkt.« Er hebt eine Hand, als wollte er seine Aussage gleich wieder zurücknehmen. »Nicht, dass du mich falsch verstehst. Ich finde das okay. Bringt nichts, mit der Meinung hinterm Berg zu halten.« Er hält kurz inne. »Jeder Neue wird hier erst mal beschnuppert. Überbordende Kontaktfreude gehört nicht gerade zu den Eigenschaften der Ostfriesen. Und Kea hat heute nicht ihren besten Tag.« Er seufzt. »Keine Angst, das wird schon.«

»Der Einsatz heute?«

Hauke nickt schweigend.

»Ist etwas schiefgelaufen?«, hake ich nach.

»Ja und nein. Der Tipp war gut, aber wir zu spät. Kommt vor.«

»Worum ging es?«, frage ich, obwohl ich eine Vermutung habe.

»Ach, die Holländer.«

Ich ziehe die Augenbrauen hoch und warte auf eine Erklärung zu seiner kryptischen Bemerkung.

Er schaut kurz zu mir. »Drogen. Die niederländische Grenze ist nah, und wir sind seit geraumer Zeit hinter einer Großfamilie her. Hinweise gibt es zuhauf, aber wir kommen nicht wirklich weiter. Der neuste Trend scheint zu sein, dass die Typen bei uns in Ostfriesland ihre synthetischen Drogen herstellen. Ich vermute, dass es ihnen in den Niederlanden zu gefährlich wird. Die sind dort einfach weiter als wir.«

»Verstehe. Das übliche Katz-und-Maus-Spiel.«

»Sozusagen. Mit übergroßen, cleveren Mäusen. Wie gesagt, dieses Mal waren wir zu spät. Die Drogenküche war bereits geräumt. Zurückgelassen haben sie nur die verbrauchten

Chemikalien und einen Teil der Inneneinrichtung.« Er stöhnt theatralisch. »Aber das kennst du sicher.«

»Klar. Habt ihr vor dem Zugriff lange observiert?«

»Nein, gar nicht. Keine Zeit. Der Informant meinte, dass der Clan kurz davor ist, den Standort aufzugeben.«

Ich nicke. Er spricht von der niederländischen Großfamilie de Jong, die ihre Aktivitäten seit fast zwei Jahren auf den Norden Deutschlands ausgeweitet hat.

»Geht uns in Osnabrück nicht anders. Ewig lange Ermittlungen, die nicht selten wenig oder nichts bringen. Scheißspiel.«

»So ist es«, sagt Hauke. »Aber wir haben einen langen Atem. Über kurz oder lang machen wir dem Spuk ein Ende.«

Oder auch nicht, füge ich in Gedanken hinzu.

»Geht es nur ...« Ich male Anführungszeichen in die Luft. » ... um Drogen?«

»Gute Frage. Erst dachten wir, Ostfriesland ist nur Transitland, und es geht um Ballungsgebiete und Großstädte. Ist im Prinzip auch wohl richtig, aber die feinen Herren aus den Niederlanden haben inzwischen auch Emden, Leer und Aurich mit ihrem Gift überschwemmt. Diese Pillen werden in den Beneluxländern zu Hunderttausenden hergestellt. Da gab es bisher kaum Nachschubprobleme. Blaue, rote, lila und grüne Pillen. Sehen alle vollkommen harmlos aus und können tödlich sein. Wie gesagt, jetzt scheint es ihnen in den Niederlanden zu heiß zu werden und sie lagern einen Teil der Produktion nach Ostfriesland und in die angrenzenden Regionen aus. Einsame Bauernhöfe, oft gar nicht mehr bewohnt, sind deren Ziel. Sie bauen in Windeseile Ställe und Schuppen so um, dass sie quasi zu Chemielaboren werden. Sogar mit Lüftung und allem Drum und Dran. Und was ist das Ergebnis dieser Giftmischerei? Eine Vierzehnjährige in Emden, ein sechzehnjähriger Junge in Leer.

Beide tot. Hast du sicher von gehört. Stand ja groß und fett in allen Zeitungen.«

»Habe ich gelesen. Osnabrück ist auch betroffen, aber zum Glück noch ohne Tote.«

»Sei froh. Und was deine Frage angeht: Ja, die de Jongs mischen inzwischen auch im Rotlichtmilieu mit. Was da genau läuft, wissen wir noch nicht. Aber Gutes kommt nie dabei heraus, wo sich diese Leute aufhalten.« Er holt tief Luft. »Weiterhin haben wir Hinweise bekommen, dass Schutzgelderpressung wieder in Mode kommt. Auch da sind wir dran. Ich persönlich vermute, dass Geldwäsche auch noch dazukommt. Aber dazu haben wir noch keine konkreten Hinweise.«

Ich nicke und werfe ihm ein aufmunterndes Lächeln zu. Hauke ist mir sympathisch. Er scheint keiner dieser typischen Männer zu sein, die Frauen nach ihrem Äußeren beurteilen. Nicht ein einziges Mal ist sein Blick in meinen Ausschnitt gewandert oder auf andere Körperteile. Er gibt mir das Gefühl, als würden wir uns schon länger kennen und zusammenarbeiten. Ich mag ihn.

Auf dem Display des Navis sehe ich die Nordsee näher kommen. Bensersiel liegt direkt vor uns. In einem Kreisverkehr kurz vor dem Ort biegt Hauke nach Osten ab, verringert die Geschwindigkeit, als links ein Weg zu sehen ist, fährt aber weiter. Wenige Hundert Meter weiter das gleiche Spiel. Dieses Mal fahren wir von der Hauptstraße ab und halten knapp zweihundert Meter weiter direkt am Deich. Wir steigen aus, gehen an fünf Fahrzeugen vorbei und stehen kurz darauf auf der Deichkrone. Der frische Seewind weht mir direkt ins Gesicht. Ich greife in die Tasche, hole ein Haargummi heraus und bändige damit meinen Schopf, dann sehe ich mich um. Schön ist es hier. Der Deich scheint sich ewig und in nahezu gerader Linie Richtung Osten zu erstrecken, während westlich von uns das Fischerstädtchen liegt. Die Sommersonne bringt das verbliebene Wasser in den Prielen zum Funkeln, Möwen lassen sich vom Wind tragen und ziehen kreischend ihre Kreise. Schon lange habe ich keine so frische Luft mehr eingeatmet. Sie riecht und schmeckt nach Salz, Wiese und Watt. Ich ziehe sie tief in meine Lungen ein.

Hauke zeigt nach rechts. Mehrere Personen stehen etwa vierzig bis fünfzig Meter weit im Watt. Wir laufen den Deich hinunter, kommen auf einen schräg abfallenden geteerten Weg. Hauke zieht seine Schuhe aus und krempelt die Hose hoch.

»Sorry, in der Eile habe ich die Gummistiefel vergessen. Geht aber auch so.«

Ich schaue ihn skeptisch an. Er scheint meinen Blick zu verstehen.

»Ich habe im Wagen zwei Wasserflaschen und ein Handtuch. Das sollte reichen.«

Mein fantastischer Einstand: barfuß durch den Schlick. Muss ich da wirklich mitmachen? Vermutlich würde ich zum Tagesgespräch im Kommissariat werden, wenn ich mit meinen weißen Sneakers durch den Morast waten oder mich gar weigern würde, zum Tatort zu gehen. Widerwillig ziehe ich meine Schuhe aus, ziehe die Hose so hoch, wie es geht, und folge Hauke, der bereits einen Teil der Strecke hinter sich gebracht hat. Wider Erwarten fühlt sich der dunkelbraune Matsch angenehm weich und warm an. Das Gehen ist schwer, aber mit jedem weiteren Schritt scheint es meinen Füßen leichter zu fallen.

Kurz vor dem Erreichen der Gruppe wartet Hauke auf mich und bestärkt mich damit in der Einschätzung seiner Person. Gleichzeitig beschleicht mich das Misstrauen. Verfolgt Hauke eine bestimmte Strategie? Ist er beauftragt, seine Fühler auszustrecken, sich mit mir anzufreunden, um mich auszuhorchen?

»Kommst du?«, fragt er.

Wir gehen gemeinsam die letzten Meter auf die Gruppe zu. Kea Siefken spricht mit einem Mann, der vermutlich Arzt ist. Sie schaut auf, als sie Hauke und mich bemerkt. Ist sie erstaunt, dass ich vor Ort bin? Hat Hauke das nicht mit ihr abgesprochen?

Jetzt wendet sie sich wieder dem Mann zu. »Die Frau ist also ertrunken?«

»Es sieht ganz danach aus, aber ich bin kein Rechtsmediziner. Offensichtliche Spuren von Gewalteinwirkung habe ich nicht gefunden.« Er hebt entschuldigend seine Hände. »Aber bitte die Informationen nur als absolut vorläufig ansehen.«

»Können Sie mir etwas zum Todeszeitpunkt sagen?«

Der Mann sieht auf die Uhr. »Vor einer Stunde, um etwa elf Uhr, war Niedrigwasser. Das Wasser kommt bereits wieder zurück. Höchststand sollte in etwas mehr als fünf Stunden sein.« Er zeigt in Richtung Norden, wo ich das Wasser der Nordsee im Sonnenlicht glitzern sehe. »Ich gehe davon aus, dass sie hier zur Zeit der letzten Ebbe abgelegt worden ist. Also vor neun bis elf Stunden. Aber auch in diesem Punkt: Ich bin kein Rechtsmediziner.«

»Abgelegt?«, fragt Kea.

»Nun ja, sie wird sich kaum selbst hier ins Watt gelegt haben«, erwidert der Arzt. »Vielleicht war sie bewusstlos. Ich kann Ihnen dazu nichts sagen.«

Mein Blick fällt auf die Leiche. Eine junge Frau, ich schätze sie auf achtzehn Jahre, vielleicht sogar jünger. Sie ist vollständig angezogen. Jeans, Sweatshirt, Sneakers. Alles teure Marken. Blonde halblange Haare. Etwa eins fünfundsechzig groß. Sie ist nicht schlank, aber auch nicht ausgesprochen pummelig. Sollte der Arzt recht haben, hätte sie während der letzten Flut, also vier bis sieben Stunden, im Wasser gelegen. Auch der Zustand der Leiche weist darauf hin, dass es nicht viel länger gewesen sein kann. Ich trete vorsichtig näher an die junge Frau heran und betrachte sie von allen Seiten. Das Sweatshirt und die

Hose weisen an mehreren Stellen kleine Risse auf, die Haut im Gesicht und an den Händen ist an manchen Stellen zerkratzt und abgeschürft.

»Sie ist vermutlich gegen die Buhnen geschleudert worden«, sagt Hauke, der mir gefolgt ist und jetzt neben mir steht.

»Buhnen?«

Hauke zeigt auf einen etwa zwanzig Meter entfernten flachen Steinwall, der ins Watt hineinragt. »Damit wird der Wellengang gebrochen. So wird unnötiges Abtragen von Land verhindert. Zumindest im Normalfall.«

Ich folge mit dem Blick dem Steinwall. Er bildet eines von mehreren nebeneinander angelegten Rechtecken und hat nur eine Öffnung von wenigen Metern in Richtung offene Nordsee. »Dann war die junge Frau vermutlich nicht weiter draußen?«

»Eher nicht. Wenn du mich fragst, hat sie hier jemand im Watt abgelegt. Sie war entweder schon tot oder bewusstlos und ist dann ertrunken, als die Flut kam. Wie der Arzt auch schon vermutet hat.«

»Und von daher rühren auch die Verletzungen. Das Wasser wollte sie später sozusagen mit ins offene Meer ziehen, aber die … äh …«

»Buhnen«, hilft Hauke mir.

» … also die Buhnen haben es verhindert.«

Hauke nickt und tritt etwas näher an die tote Frau heran. Er mustert ihr Gesicht, wechselt die Position und schießt schließlich ein Foto von ihr, das er sich gleich darauf ansieht.

»Du kennst sie?«, frage ich.

Er zuckt mit den Schultern. »Sicher bin ich mir nicht. Es könnte die Tochter meines Hausarztes sein.« Als er meinen verwunderten Blick bemerkt, fügt er schnell hinzu: »Ich kenne sie nicht persönlich, aber Dr. Grewe – das ist mein Hausarzt – hat Fotos von seinen Kindern in seinem Praxisbüro an der Wand.

Drei oder vier sind von seiner Tochter. Die Bilder hat er über die Jahre immer mal aktualisiert.«

»Wie sicher bist du dir?«

»Nicht sicher genug, um dort anzurufen und nach der Tochter zu fragen.«

Die Chefin tritt zu uns und sieht Hauke auffordernd an. »Habe ich das richtig verstanden? Du kennst sie?«

»Vielleicht. Bin mir aber nicht sicher, weil ich sie nur von Fotos in der Praxis meines Hausarztes kenne.«

»Hat sie Papiere dabei?«, frage ich.

Kea Siefken dreht sich zu mir um und schaut mich an, als wenn sie jetzt erst bemerkt hätte, dass ich auch hier bin. »Nein, nichts. Weder Ausweis noch Führerschein noch sonst was.«

»Obduktion?«, werfe ich ein.

»Ich habe bereits mit dem Staatsanwalt telefoniert. Die Leiche wird gleich in die Rechtsmedizin nach Oldenburg gebracht.«

»Was machen wir mit Haukes Hinweis?«

Hauke schaut unserem Frage- und Antwortspiel wortlos zu. Ihm scheint mein forsches Auftreten nicht zu gefallen.

Kea wendet sich an Hauke. »Wie sicher bist du dir mit deiner Vermutung? In Prozent.«

»Schwer zu sagen.« Hauke zögert und schließt die Augen.

»Komm schon. Du bist doch sonst nicht so zurückhaltend und vorsichtig. Wie viel?«

»Achtzig, vielleicht neunzig Prozent.«

»Das reicht. Ich fahre zur Familie.« Kea wirft Hauke einen fragenden Blick zu, er schüttelt mit dem Kopf. »Dr. Grewe ist mein Hausarzt. Und ich bin nicht gut darin, solche Nachrichten zu überbringen. Das weißt du doch.«

»Ich komme mit«, springe ich in die Bresche. »Schickst du uns ein Foto, von dem du meinst, dass es ihr am meisten ähnelt? Und die Adresse?«

»Klar, kein Problem. Ich mache gleich noch ein paar Fotos, wenn sie abgeholt wird.«

Kea Siefken nickt schweigend und zeigt zum Deich, bevor sie mit schnellen Schritten losläuft. Nach wenigen Metern dreht sie sich zu Hauke um. »Du regelst das alles hier?«

Er nickt.

Vier

Kea

Gerade als ich losfahren will, läutet mein Handy. Ich ziehe es aus der Hosentasche und runzle nach einem Blick auf das Display die Stirn. »Meine Tochter«, murmle ich und ärgere mich noch im selben Moment über den entschuldigenden Blick, den ich Lina Lübbers zuwerfe. Schließlich bin ich hier die Chefin und muss mich ihr gegenüber für gar nichts rechtfertigen.

»Heiß hier«, höre ich meine Kollegin stöhnen, und sie reißt die Beifahrertür wieder auf. Sie hat recht, hier im Auto herrscht wirklich eine Bruthitze. Auch ich öffne auf meiner Seite die Tür und strecke meine Beine nach draußen. Ein bisschen Durchzug kann nicht schaden. Es war nicht besonders schlau von mir, den Wagen in der prallen Sonne stehen zu lassen. Andererseits: Wo gibt es hier am Deich schon Schatten?

»Freya? Was gibt's?«, rufe ich gegen einen Schwarm lauthals kreischender Möwen an ins Telefon. Die Vögel haben es auf eine vierköpfige Familie abgesehen, die sich ihre Fischbrötchen schmecken lässt, und stechen immer wieder auf sie hinab, während alle vier abwehrend mit den Armen wedeln.

»Mama?«, erklingt es verzweifelt schluchzend vom anderen Ende des Telefons. Prompt fängt mein Herz schneller an zu schlagen. Was ist passiert? Reflexartig wandert mein Blick zum Watt hinunter. Die Bestatter sind eingetroffen und legen die Tote in einen Leichensack. Was, wenn dieses Mädchen meine Tochter wäre, durchzuckt mich der Gedanke, den ich mir bislang verboten hatte. Trotz der Hitze wird es mir für einen Moment eiskalt. Es gibt Dinge, die malt man sich als Mutter lieber nicht aus.

»Mama, weißt du was? Max … er … er ist jetzt mit Nora zusammen. Er … er hat mich verlassen, Mama. Einfach so.«

Gott sei Dank. Nichts wirklich Schlimmes also. Zumindest in meinen Augen. Für Freya hingegen geht vermutlich gerade die Welt unter. »Oha, das tut sicherlich weh«, versuche ich wenigstens auf ihren Kummer einzugehen, auch wenn ich gerade, ehrlich gesagt, zutiefst erleichtert und außerdem in Gedanken ganz woanders bin. Ich drehe mich zum Beifahrersitz um. Lina Lübbers ist ausgestiegen. Sie steht ein paar Meter entfernt und tupft sich mit einem Papiertaschentuch den Schweiß von der Stirn, während sie amüsiert der Auseinandersetzung zwischen der Familie und den Möwen zusieht.

Freya schluchzt auf, muss sich anscheinend erst sammeln, bevor sie näselt: »Er hatte es nicht mal nötig, es mir selbst zu sagen. Er hat mir einfach eine Nachricht geschickt, in der stand, dass Schluss ist.«

»Was für ein Feigling!« Ich schaue auf die Uhr. Natürlich geht mir der Kummer meiner Tochter zu Herzen. Eine andere Familie aber hat gerade unwiederbringlich ihr Kind verloren und weiß es noch nicht einmal.

»Können wir heute Abend darüber reden, mein Schatz?«, entscheide ich mich schweren Herzens dafür, meine Tochter abzuwürgen. »Ich stecke mitten in einem Fall.« Als es still bleibt, füge ich mit einem gekünstelt klingenden Lachen hinzu:

»Ich koche dir nachher dann auch einen großen Topf Spaghetti, versprochen. Nudeln machen glücklich, weißt du?«

Ein Schniefen ist zu hören, dann ein weinerliches: »War ja klar, dass du keine Zeit für mich hast. Dann rufe ich eben Papa an. Bestimmt hört der mir zu. Und seine Spaghetti sind sowieso viel besser als deine.« Noch bevor ich etwas erwidern kann, legt Freya auf.

Ich stöhne auf. Das alte Spiel. Seit Peter und ich getrennt leben, verstehen es die Kinder ganz geschickt, uns gegeneinander auszuspielen. Dabei waren mein Ex-Mann und ich uns eigentlich einig, dass wir genau das nicht zulassen würden. Aber immer häufiger kollidieren Theorie und Praxis.

»Können wir dann endlich?!«, rufe ich zu meiner neuen Kollegin hinüber, und ich merke selbst, dass es schärfer klingt, als ich beabsichtigt hatte.

»Bin schon da.« Lina Lübbers lässt sich nicht anmerken, ob sie den unangemessenen Unterton in meiner Stimme wahrgenommen hat oder nicht. Sie lächelt mich sogar an, als sie sagt: »Ich nehme an, dein Auto verfügt über eine Klimaanlage?«

Ich beschließe, die vertrauliche Anrede stillschweigend zu akzeptieren und zu übernehmen. Alles andere wäre auch albern gewesen. Schließlich duzen wir uns im Kommissariat alle untereinander. Warum also sollte ich ihr das förmliche Sie aufzwingen?

Ich starte den Motor, woraufhin uns sogleich ein zunächst noch warmer, dann aber immer kühler werdender Luftstrom zwischen den Heizungslamellen hindurch entgegenströmt. »Besser?«, frage ich.

»Ja, viel besser. Danke.«

Ich stelle die Lüftungslamellen so ein, dass mir die kühle Luft nicht direkt in Gesicht und Nacken bläst. Erfahrungsgemäß würde ich Letzteren dann nämlich spätestens morgen nicht mehr bewegen können. Man wird eben nicht jünger.

»Wohin fahren wir eigentlich?«, fragt Lina, als wir wenig später aus Bensersiel hinausfahren.

»Esens«, antworte ich. »Haukes Arzt, dieser Doktor Grewe, wohnt dort. Ihr müsstet auf dem Weg hierher durchgefahren sein.«

»Möglich. Keine Ahnung. Wird wohl ein bisschen brauchen, bis ich mich hier zurechtfinde. Ich kenne diese Gegend ja kaum.«

Ich mustere sie misstrauisch. Hat sie soeben etwa angedeutet, dass sie gedenkt, länger bei uns zu bleiben? Ich frage sie.

»Das sehen wir dann«, lautet die ausweichende Antwort, und mehr scheint sie dazu auch nicht sagen zu wollen. »Was wissen wir über die Familie des Opfers?«, kommt sie, ein bisschen schnell für meinen Geschmack, wieder auf unseren Fall zu sprechen.

»Dazu könnte Hauke jetzt sicherlich mehr sagen«, bleibe nun ich kurz angebunden, obwohl auch mir die Grewes nicht ganz unbekannt sind. Unsere Söhne besuchen auf dem Auricher Gymnasium dieselbe neunte Klasse, auch gibt es bei den Grewes meines Wissens noch einen älteren Sohn. Eng befreundet sind unsere Jungs aber nicht, sodass ich den Grewes lediglich mal an Elternabenden oder auf Schulfesten begegnet bin. Sie sind unaufdringliche Menschen, stets freundlich, wenn auch ein wenig versnobt. So zumindest habe ich sie bislang wahrgenommen und auch von anderen Eltern nichts Gegenteiliges gehört. Besondere Gedanken aber habe ich mir über sie nie gemacht. Was sich nun vermutlich ändern wird.

»Hast du mehrere Kinder?«, startet Lina einen weiteren Versuch, mich in ein Gespräch zu verwickeln. »Oder nur die Tochter, mit der du gerade telefoniert hast?«

»Zwei. Diese Tochter und einen Sohn. Und du?«

Sie schüttelt den Kopf. »Keine Kinder.« Täusche ich mich, oder legt sich bei diesen Worten ein Schatten über ihr Gesicht?

Ich warte darauf, dass sie noch etwas hinzufügt, aber sie kneift nun die Lippen zusammen und starrt stumm zur Seitenscheibe hinaus.

Bis wir bei den Grewes in Esens ankommen, verlegen wir uns aufs Schweigen. Irgendwie scheinen wir keine gemeinsame Ebene zu finden. Was ich nicht unbedingt bedauere, hatte ich doch sowieso nicht vor, zu Lina ein mehr als kollegiales Verhältnis aufzubauen.

Familie Grewe wohnt unweit der Esenser Innenstadt. Um auf das Grundstück zu gelangen, das von einer hohen Mauer umgeben ist, muss ich an einem eisernen Tor zunächst einen Klingelknopf betätigen. Nachdem ich gesagt habe, wer wir sind, öffnet sich das Tor automatisch, und ich fahre hindurch.

Bei dem Wohngebäude handelt es sich um ein in rotem Klinker erbautes Haus, das früher mal eine Scheune gewesen sein mag. Es ist ein beachtlicher Bau, efeubewachsen, mit weiß gestrichenen hölzernen Sprossenfenstern und einer dunkelgrünen, ebenfalls hölzernen Eingangstür mit schmiedeeisernen Ornamenten. Ein wahres Schmuckstück. Ich bringe meinen Wagen neben zwei anderen zum Stehen.

Nervös nestle ich mein Smartphone hervor und schaue nach, ob Hauke mir die versprochenen Fotos unseres Opfers geschickt hat. Er hat, wie ich gleich darauf feststelle. Ganz wohl ist mir bei der Sache nicht, als ich das Bild des Leichnams betrachte. Reichen achtzig Prozent Gewissheit wirklich aus, um Eltern den größten Schreck ihres Lebens einzujagen? Was, wenn diese junge Frau gar nicht die Tochter der Grewes ist? Womöglich sieht sie ihr ja nur ähnlich. Wie zuverlässig kann der Blick auf ein Foto an der Wand einer Praxis sein?

»Es gibt auch eine Bestätigung dazu«, reißt Lina mich aus meinen Überlegungen.

»Eine Bestätigung? Wozu genau?«

»Dass es sich bei dem Opfer um Mia Grewe handelt.« Lina hält mir ihr Handy vors Gesicht, auf dessen Display sich ein weiteres Bild zeigt. Ein rascher Vergleich sagt mir, dass es sich eindeutig um das Opfer handelt. »Woher hast du das Bild?«, erkundige ich mich. »Und woher kennst du den Namen unseres Opfers?«

»Von Hauke. Ich nehme an, er hat dir die Nachricht auch geschickt.«

Genau das überprüfe ich sofort. Sie hat recht. Auch bei mir ist eine weitere Nachricht angekommen.

»Inzwischen hat sich eine junge Frau bei den Kollegen gemeldet, die Mia Grewe gut kennt«, erklärt Lina weiter. »Angeblich ist sie eine Freundin, die Mia seit gestern vermisst. Sie war vorhin auf dem Kommissariat und hatte dieses Foto dabei, um eine Vermisstenmeldung aufzugeben. Nachdem man Hauke das Foto geschickt hatte, hat er es direkt an uns weitergeleitet. Auch er ist der Ansicht, dass es sich um ein und dieselbe Person handelt.«

Nun gut. Dann scheint die Sache ja klar zu sein. »Also, gehen wir rein.« Ich schwinge mich aus dem Auto. Draußen schlägt mir die Hitze entgegen und lässt mich kurz nach Luft schnappen.

An der Eingangstür angekommen, drücke ich einen weiteren Klingelknopf, und es dauert nicht lange, bis hinter der Tür Schritte zu hören sind. Gleich darauf steht eine Frau mittleren Alters vor uns. Gepflegte Erscheinung, modische Kurzhaarfrisur, elegantes Kostüm. Ich erkenne in ihr die Mutter von Jannik, dem Klassenkameraden meines Sohnes.

»Frau Siefken!«, erkennt sie mich sofort. »Was führt denn Sie hierher?« Ihr Lächeln wirkt ein wenig einstudiert, was vermutlich berufsbedingt ist, denn sie arbeitet, wie ich weiß, als Immobilienmaklerin. Was womöglich auch den Besitz dieses prächtigen Anwesens erklärt.

»Wir ... sind dienstlich hier«, sage ich, mir wieder meiner undankbaren Aufgabe bewusst werdend, mit einem gewissen Zögern. Einen plötzlichen Frosch im Hals spürend, räuspere ich mich. »Ich ... äh ... bin von der Kriminalpolizei.«

»Ja, ich weiß, dass Sie bei der Polizei sind. Jannik hat es mir erzählt.« Nach wie vor lächelt sie.

»Es ... geht um Ihre Tochter, Frau Grewe. Um Mia.«

»Was ist mit Mia? Haben Sie sie mitgebracht?« Als hielten wir Mia hier irgendwo versteckt, lässt sie ihren Blick suchend über den Hof streifen. Als sie ihre Tochter jedoch nirgends entdecken kann, huscht ein Anflug von Sorge über ihr Gesicht. »Sie ist nicht bei Ihnen?«

»Bitte, Frau Grewe, dürfen wir reinkommen?«, fragt Lina.

»J-ja natürlich.« Die Souveränität der Frau ist plötzlich wie weggeblasen. »Ist ... ist Mia etwas passiert?« Sie führt uns in einen riesigen, geschmackvoll im Landhausstil eingerichteten Raum. Dessen Glasfront nimmt fast die gesamte Breite des Zimmers ein und bietet einen herrlichen Blick über einen Garten mit altem Baumbestand sowie mit Blumen und Sträuchern in Hülle und Fülle. »Jürgen, wir haben Besuch«, wendet sie sich an ihren Mann, der sich aus seinem Sessel erhebt, als wir eintreten. »Frau Siefken kennst du ja sicher. Und das ist ihre Kollegin, Frau ...«

»Lübbers. Lina Lübbers«, beeilt sich Lina zu sagen.

»Moin.« Jürgen Grewe reicht uns beiden die Hand. »Sie sind beruflich hier? Geht es um Mia? Bitte, setzen Sie sich!« Er bietet uns einen Platz auf einem äußerst bequem aussehenden, mitten im Raum stehenden beigefarbenen Sofa an.

»Nein, danke, wir bleiben stehen.« Ich gebe mir einen Schubs. »Es tut mir sehr leid, Ihnen das mitteilen zu müssen, aber wir haben eine junge Frau tot im Watt aufgefunden und gehen im Moment davon aus, dass es sich um Ihre Tochter Mia handelt.«

Fünf

Lina

Ich kenne niemanden bei der Polizei, der gern Todesnachrichten überbringt, mich eingeschlossen. Und wer wie ich einmal selbst auf der anderen Seite stand, weiß, wie es für die Angehörigen oder Freunde ist, wenn jemand Fremdes vor einem steht und man die Worte in die richtige Reihenfolge bringt, bis sie schließlich langsam einen Sinn ergeben. Damals wusste ich gleich, dass etwas passiert sein musste, als der uniformierte Beamte vor meiner Tür stand. Ich erinnere mich an seine grauen Haare, das glatt rasierte Gesicht und die Polizeimütze, die er mit beiden Händen festhielt, als habe er Angst, sie zu verlieren. Seinen Namen habe ich vergessen, aber seine Augen sehe ich immer noch vor mir. Dunkle, traurige Augen, die viel Tod und Leid gesehen hatten.

Jeder Mensch reagiert anders, wenn er diese eine Nachricht bekommt. Manche brechen auf der Stelle zusammen, bringen kein Wort heraus und sind auch in den ersten Tagen nicht ansprechbar. Andere scheinen die Nachricht nicht zu verstehen oder ignorieren sie. Sie verhalten sich weiter so, als wenn nichts geschehen wäre, und sind nur schwer davon zu überzeugen, dass das Kind, der Ehemann oder die Ehefrau oder die Schwester oder der Bruder tatsächlich nicht mehr lebt. Wieder andere reagieren nüchtern, fast sachlich auf die Nachricht. Sie fragen nach, lassen sich alles genau erklären, sind froh, wenn das Opfer nicht leiden musste. Aber man merkt, wie es unter der Oberfläche brodelt und der Vulkan kurz vor dem Ausbruch steht.

Für alle diese Menschen bricht von einer Sekunde zur nächsten eine Welt zusammen, auch wenn die meisten nicht einmal ahnen, dass in diesem Augenblick ihr Leben eine tiefe Wunde erhalten hat, die nie wieder ganz verheilen wird.

Frau Grewe starrt meine Chefin an, scheint das Atmen zu vergessen, kreidebleich, geöffneter Mund. Im nächsten Moment ertönt ein markerschütternder Schrei, der mich zusammenzucken lässt. Ihr Mann steht jetzt neben ihr, will sie zu sich ziehen. Sie schlägt um sich, lässt sich kurz darauf aber in seine Arme sinken und weint hemmungslos. Jürgen Grewe bleibt ruhig, streichelt ihr zärtlich über den Kopf und schiebt sie schließlich aus dem Flur die Treppe hinauf.

Ich atme tief durch und schließe kurz die Augen.

»Das habe ich heute wirklich nicht gebraucht«, murmelt meine neue Kollegin. Ich werfe ihr einen Blick zu und nicke.

»Wir warten«, sagt sie leise. »Der Vater scheint ansprechbar zu sein.«

Erneut nicke ich und mustere Kea Siefken aus dem Augenwinkel. Ihr Foto aus den Akten wird ihr nicht gerecht. Sie ist fünf Jahre älter als ich und scheint sich nicht viel um ihr Äußeres zu scheren. Mit ein paar schicken Klamotten, einem neuen Haarschnitt und etwas Schminke würde sie noch mehr Männeraugen auf sich ziehen, als es vermutlich ohnehin der Fall ist. Lässt sie sich bewusst so gehen? Ich habe selbst hin und wieder diese Phasen, in denen mir alles egal ist. Oder ich es sogar darauf anlege, mit meinem Äußeren zu provozieren.

Kea ist fast so groß wie ich, halblange, mit einem Haargummi hinten zusammengebundene blonde Haare. Sie trägt schwarze Jeans, ein dünnes leicht verwaschenes Sweatshirt und bequeme Sneakers, die schon bessere Tage gesehen haben. Seit unserem ersten Zusammentreffen wirkt sie leicht genervt und verbirgt nicht, dass sie über das neue Teammitglied nicht glücklich ist.

Ich weiß noch nicht, ob sie mir sympathisch ist. Menschen, die mich ablehnen, beachte ich normalerweise nicht. Sie sind Luft für mich, es sei denn, sie sind Zeugen oder Verdächtige. Kea ist keins von beiden. Sie ist meine Chefin und keinesfalls unverdächtig in Bezug auf meine eigentliche Aufgabe. Ihr Kontostand ist fast das ganze Jahr über im Minus, ihr Ex-Mann zahlt nur unregelmäßig und hat sie bereits zweimal vors Familiengericht gezerrt. Beide Prozesse waren die reinste Schlammschlacht. Der Vater der Kinder warf ihr übermäßigen Alkoholkonsum vor und bezichtigte sie, ständig wechselnde Sexualpartner zu haben. Kea Siefken sprach ihrem Ex ab, sich in angemessener Weise um die Kinder kümmern zu können, und ließ in den Schriftsätzen durchblicken, dass er zu Gewalttätigkeiten neigt. Beide Prozesse wurden mit einem Vergleich abgeschlossen, der in meinen Augen einer dieser faulen Kompromisse ist, zu denen Familiengerichte seit geraumer Zeit neigen.

Die Treppe knarrt, ein Junge, den ich auf vierzehn Jahre schätze, taucht auf und blickt zwischen mir und Kea hin und her.

»Hallo«, sagt Kea. »Du bist sicher Jannik?«

Der Junge nickt.

»Ich bin die Mutter von Jonas. Ihr macht doch hin und wieder was zusammen. Habt ihr in der Schule nicht auch schon zusammengesessen?«

Jannik Grewe wirkt leicht verwirrt. Offensichtlich hatte er nicht erwartet, auf die Mutter seines Schulkameraden zu treffen. »Ich soll Ihnen sagen, dass mein Vater gleich wieder runterkommt. Meine Mutter … ihr geht es nicht gut.« Er zeigt auf eine Tür. Kea Siefken nickt, schaut sich kurz zu mir um und folgt dem Jungen. Ich gehe hinter beiden her.

Die modern eingerichtete Küche schätze ich auf mindestens vierzig Quadratmeter. Der Junge bleibt am großen Esstisch stehen und wirft Kea einen flehenden Blick zu. »Ist etwas passiert? Meine Mama …« Er bricht ab, seine Augen schimmern feucht.

Kea tritt auf ihn zu und legt ihm die Hand auf die Schulter. »Das wird dir später dein Vater erklären.« Sie zeigt auf die Stühle, mit schwarzem Leder bezogene Freischwinger. »Können wir hier solange auf deinen Vater warten?«

Jannik nickt, schluckt und fragt, ob wir etwas trinken möchten. Kea lehnt für uns beide ab. Der Junge steht verlegen vor uns und schaut zu, wie wir uns hinsetzen. Kea lächelt ihn an und meint, dass er nicht unbedingt bleiben muss. Jannik nickt erleichtert, dreht sich abrupt um und läuft zurück in den Flur. Kurz darauf höre ich seine Schritte auf der Treppe.

Ich schaue auf die Uhr an der Wand. Es ist kurz nach drei. Kea zieht ihr Handy aus der Tasche. Sie scheint eine Nachricht bekommen zu haben, liest und schaut auf. »Die Kriminaltechniker sind gerade gekommen. Im Watt werden sicher keine Spuren zu finden sein, aber vielleicht haben wir Glück bei der Zufahrt zum Deich. Irgendwie muss sie ja dort hingekommen sein.«

»Wie schwer schätzt du Mia?«

Kea zuckt mit den Schultern. »Sie ist etwas größer als ein Meter sechzig. Sehr schlank scheint sie auch nicht zu sein. Fünfundfünfzig bis sechzig Kilo?«

»Es ist ausgesprochen schwer, das allein zu schaffen«, sage ich. »Sie müssen zu zweit gewesen sein, oder Mia ist selbst gelaufen. Ich vermute mal, dass in den frühen Morgenstunden im Watt nicht viel los ist?«

»Sicher nicht.«

Ich nicke. »Warum sollte Mia freiwillig um diese Zeit ins Watt gehen? Sie war entweder tot oder bewusstlos. Ich tippe aufs Zweite.«

Kea Siefken zieht eine Augenbraue hoch. »Wir warten auf das Ergebnis der Rechtsmedizin. Spekulationen bringen uns nicht weiter.«

Ich halte mich zurück. Stress zum jetzigen Zeitpunkt ergibt keinen Sinn. Kea muss mir vertrauen, ebenso die anderen Teammitglieder. Nur auf dieser Grundlage komme ich mit meinem eigentlichen Auftrag voran. »Sicher, warten wir's ab.«

Wir sitzen eine Weile schweigend nebeneinander, bis Kea mir einen Blick zuwirft. »Hast du deine Dienstwohnung schon bezogen?«

»Alles gut. Nett möbliert, kleine Küche, Internetanschluss. Mehr brauche ich nicht.«

Die Treppe knarrt. Dieses Mal scheint die herunterkommende Person schwerer zu sein. Kurz darauf tritt Mias Vater zu uns in die Küche. Er bleibt vor dem Tisch stehen und wirkt unschlüssig, ob er sich zu uns setzen soll.

»Ich habe meiner Frau ein Beruhigungsmittel gespritzt. Sie schläft jetzt. Sie müssen leider mit mir Vorlieb nehmen.« Sein Blick trifft auf den leeren Tisch. »Entschuldigen Sie, hat mein Sohn Ihnen nichts zu trinken angeboten?«

»Das hat er«, sagt Kea. »Wir würden Ihnen gern ein paar Fragen stellen. Wäre das möglich, Herr Dr. Grewe?«

Grewe reagiert nicht sofort, scheint über etwas nachzudenken. »Sind Sie vollkommen sicher, dass es sich bei der Toten um unsere Tochter Mia handelt? Es klang vorhin so, als wenn noch Zweifel bestehen würden.«

»Darf ich Ihnen ein Foto zeigen?«, fragt Kea, greift nach dem Handy, steht auf und tritt zu ihm.

Er nickt, Kea aktiviert ihr Handy, klickt zweimal und reicht ihm das Gerät. Sein Gesicht erstarrt zu einer Maske.

»Sie erkennen Ihre Tochter?«, fragt Kea.

»Ja, das ist Mia«, sagt er leise, räuspert sich schließlich und fügt in normaler Lautstärke hinzu: »Muss ich sie noch vor Ort identifizieren?«

»Nein, es reicht, wenn Sie uns einen Gegenstand von ihr geben, damit wir die DNA vergleichen können. Ein Kamm mit Haaren wäre gut. Sollten Sie etwas haben, das Mia angefasst hat, könnten wir auch einen Fingerabdruckvergleich machen. Ein Zahnabgleich mit Aufnahmen ihres Zahnarztes wäre auch möglich.« Sie zeigt auf den Tisch. »Wollen wir uns erst mal setzen?«

Jürgen Grewe ignoriert die Frage. »Hat meine Tochter Suizid begangen? Sie ist im Watt gefunden worden?«

»Wie kommen Sie darauf?«, fragt Kea.

Grewe zögert einen Moment, schließlich seufzt er. »In den letzten Monaten ist viel passiert. Es war ein spontaner Gedanke. Habe ich recht?«

»Über die Todesursache und Umstände ihres Todes können wir noch nichts sagen. Ein Suizid ist nicht ausgeschlossen, aber die Umstände könnten auch auf ein Fremdverschulden hinweisen.« Kea hält kurz inne. »Wollen Sie sich nicht zu uns setzen?«

Jürgen Grewe nickt und zieht einen Stuhl vor. »Was möchten Sie wissen?« Seine Stimme klingt müde. Als er seine Tochter auf Haukes Foto identifiziert hat, schien der letzte Funke Hoffnung auf eine Verwechselung bei ihm erloschen zu sein. Ich konnte regelrecht sehen, wie die Energie seinen Körper verließ und er in Sekundenbruchteilen um Jahre gealtert war. Inzwischen wirkt er wieder gefasst.

»Mia war letzte Nacht nicht zu Hause?«, fragt Kea in einem ruhigen, sachlichen Ton.

»Nein. Nach einem Streit am Samstagmittag hat sie das Haus verlassen und ist seitdem nicht wieder hier gewesen. Wir sind davon ausgegangen, dass sie bei einer Freundin übernachtet.«

»Das war nicht das erste Mal?«, stelle ich meine erste Frage und sehe aus dem Augenwinkel, dass Kea weder damit gerechnet hat noch erfreut über meine Beteiligung zu sein scheint.

»Nein, es ist schon häufiger vorgekommen, dass sich meine Frau und Mia gestritten haben und sie ein oder zwei Nächte nicht hier geschlafen hat.«

»Wissen Sie, wo sich Ihre Tochter in diesen Fällen aufgehalten hat?«, fragt Kea.

»Wo genau, wissen wir nicht. Sie hat uns gesagt, dass sie bei einer Freundin übernachtet. Und bevor Sie fragen, wir kennen den Namen und die Anschrift nicht. Ich vermute aber, dass sie zu Emily gefahren ist. Emily Voss. Sie wohnt in Sandhorst.«

»Seit wann gibt es die Probleme zwischen Ihnen und Ihrer Tochter?«, stelle ich eine weitere Frage.

Mias Vater zögert. Einen kurzen Moment nehme ich an, dass er die Antwort verweigert oder sogar die Befragung abbricht. Schließlich räuspert er sich und sieht mich direkt an. »Ich weiß nicht, ob Sie auch Kinder haben, aber das ist kein leichtes Alter, in dem unsere Tochter gerade steckt.« Er stutzt und fügt nach einer Pause hinzu: »... steckte.« Er schließt kurz die Augen und sieht wieder auf. »Um Ihre Frage zu beantworten: Die Schwierigkeiten begannen ungefähr vor einem Jahr. Wenn ich mich richtig erinnere, muss das in den Sommerferien gewesen sein. Sie hat sich quasi vor unseren Augen in kurzer Zeit zu einem anderen Menschen verwandelt. Natürlich ist meiner Frau und mir bekannt, was Teenies in der Pubertät durchmachen und dass diese Phase nun einmal notwendig ist für die Persönlichkeitsentwicklung. Dass es uns so hart erwischen würde, haben wir allerdings nicht gedacht. Von Woche zu Woche wurde es schlimmer, Mia hat kaum noch mit uns gesprochen, sich regelrecht geweigert, selbst einfachste Dinge abzusprechen.«

»Hat diese Phase bis heute in der gleichen Intensität angehalten?«, frage ich weiter, ohne auf Kea zu achten, die zunehmend ungehalten über meinen Vorstoß zu sein scheint.

»Nein, eigentlich nicht. Vor vier oder fünf Monaten wurde es langsam besser. Wir schöpften Hoffnung, haben uns über jede gelungene Kommunikation mit ihr gefreut und waren uns sicher, dass Mia auf dem richtigen Weg ist. Alles schien gut zu werden.«

»Sie persönlich waren sich aber nicht so sicher?«

Dr. Grewe wirft mir einen erstaunten Blick zu. »Woher wissen Sie …?« Er bricht ab. »Es stimmt, ich habe der Entwicklung nicht getraut. Mia passte sich wieder an, aber es kam mir nicht so vor, als wenn sie mit Freude bei der Sache wäre.« Er sieht zwischen mir und Kea hin und her. »Sie verstehen, was ich meine?«

Kea nutzt ihre Chance, nickt und erwähnt, dass sie eine Tochter im selben Alter habe und sich vorstellen könne, wie schwierig das Zusammenleben sein kann. »Hat Mia vor etwa einem Jahr einen Jungen kennengelernt?«, stellt Kea gleich im Anschluss eine Frage.

»Sie meinen, eine feste Beziehung zu einem Jungen ihrer Klasse oder aus der Schule?«

»Zum Beispiel. Sie hatte doch sicher schon Erfahrungen mit Jungs gemacht. So kenne ich es zumindest von meiner Tochter. Sie hatte ihren ersten Freund mit vierzehn. Alles ganz harmlos, aber so fängt es ja nun mal an.«

Dr. Grewe räuspert sich. »Dazu kann ich Ihnen nichts sagen. Unsere Tochter war in dieser Hinsicht eigentlich eher zurückhaltend. Aber vielleicht sprechen Sie diesbezüglich lieber mit meiner Frau. Sie weiß sicher besser über den Freundeskreis unserer Tochter Bescheid.«

Oder auch nicht. Ich warte, ob Kea nachhakt und die nächste Frage stellt. Sie scheint aber aus dem Konzept gebracht worden zu sein und schweigt.

»Wir würden gern mit Ihrer Frau sprechen, sobald sie dazu in der Lage ist«, sage ich. »Sie wissen also nicht, ob Mia einen festen Freund gehabt hat?«

Dr. Grewe scheint die Nachfrage unangenehm zu sein. Er kratzt sich an der Stirn, schnaubt hörbar und schüttelt schließlich den Kopf. »Dazu kann ich Ihnen im Moment nichts sagen.«

Sechs

Kea

Als wir durch Sandhorst, einen Vorort von Aurich, fahren, fühle ich mich unweigerlich in bessere Zeiten zurückversetzt. Wehmütig denke ich an all die schönen Stunden zurück, die Peter und ich hier mit unseren Kindern bei Freunden verbracht haben. Geburtstage, Jubiläen, Beförderungen, ein neues Auto. Johannes und Silvia fanden immer einen Anlass zum Feiern. Ihre Partys waren legendär und immer gut besucht. Hinzu kamen all die vergnüglichen Nachmittage und Abende, die wir zu viert zusammenhockten, während unsere Kinder, die sich von Geburt an kannten und nahezu gleichaltrig waren, zusammen durch den Garten tobten oder in ihren Zimmern Höhlen bauten.

Damals habe ich geglaubt, dass dieses Glück ewig halten würde. Heute, nach mindestens ebenso vielen Stunden des Schmerzes und der Trauer, weiß ich es besser. Nichts, absolut gar nichts ist für die Ewigkeit. Nicht einmal eine so gute Freundin wie Silvia.

Kurz bevor ich meinen Wagen in die Straße lenke, in der Mias Freundin Emily mit ihrer Familie lebt, erhasche ich durch die Bäume hindurch einen Blick auf den Friedhof. In den Wochen nach Silvias Beerdigung bin ich oft hier gewesen, habe an ihrem Grab gesessen und mit meiner Freundin so gesprochen, als hätte es ihren Autounfall nie gegeben. Nun aber ist es bereits mehr als ein Jahr her, seit ich Silvia zum letzten Mal besucht und mit ihr gesprochen habe. Irgendwann fand ich es unerträglich, keine Antworten auf meine Fragen zu bekommen, ihr ansteckendes Lachen nicht mehr zu hören, ihre Gegenwart nicht mehr zu spüren. Und jedes Mal, wenn ich ihr Grab verließ, war es, als würde sie mir erneut entrissen.

Ja, Silvias plötzlicher Tod hat mein Herz in tausend Stücke zerspringen und es nie wieder ganz heilen lassen. Genauso wie das von Johannes, der gleich nach Silvias Beerdigung beschloss, mit den Kindern in Amerika ein neues Leben zu beginnen, fernab von allem, was sie an ihre Ehefrau und Mutter erinnert. Inklusive Peter, unserer Kinder und mir. Wir haben bis heute nie wieder etwas von ihnen gehört. Natürlich gibt es noch andere Freunde in meinem Leben, wie zum Beispiel Rena. Aber mit dem, was mich mit Silvia verbunden hat, ist nichts zu vergleichen.

»Ich hätte es genauso machen sollen wie Johannes«, murmele ich, begleitet von einem tiefen Seufzer. »Bestimmt wäre alles anders gekommen. Besser.«

»Bitte?« Lina schaut mich fragend an. Sie legt ihr Handy beiseite, auf dem sie nach unserem Besuch bei den Grewes unablässig herumgetippt hat. »Von welchem Johannes sprichst du?«

»Was?« Erst jetzt wird mir bewusst, dass ich die Worte, die ich mir seit damals quasi täglich vorbete, laut ausgesprochen habe. »Äh ... nichts«, sage ich mit einem gezwungenen Lächeln. »Ich habe nur laut gedacht.«

»Es klang irgendwie ... traurig«, lässt Lina nicht locker, während sie mich aus schmalen Augen prüfend mustert. »Manchmal hilft reden.«

Ich schnaube abfällig. »Wie gesagt, ich habe nur laut gedacht. Nichts von Bedeutung. Es ist ... privat.«

»Aha.« Lina wirft mir einen Blick zu, den ich nicht zu deuten vermag. Sie erwartet doch wohl nicht allen Ernstes, dass ich ausgerechnet vor ihr einen Seelenstriptease hinlege? Ich kenne sie schließlich erst seit ein paar Stunden. Warum also sollte ich ausgerechnet ihr anvertrauen, dass Silvias Tod nicht nur den Verlust meiner besten Freundin, sondern auch das Scheitern meiner Ehe mit sich brachte? Dass Peter und ich uns ohne unsere besten Freunde plötzlich nichts Freundliches mehr zu sagen hatten? Dass ich nach allem, was Silvias Tod und meine Scheidung mit sich brachten, nur noch ein Schatten meiner selbst bin?

»Hier muss es sein.« Ich parke meinen Wagen vor einem unscheinbaren Einfamilienhaus und schalte den Motor aus. »Dann wollen wir doch mal sehen, ob wir Emily zu Hause antreffen.«

»Wie du meinst.« Lina wirft mir einen, wie ich finde, mitleidigen Blick zu und steigt aus.

Ich ziehe eine Grimasse. Wenn ich eines nicht leiden kann, dann ist es Mitleid, vermittelt es einem doch durch die Blume, schwach zu sein.

Bevor ich die Tür öffne, werfe ich einen Blick in den Rückspiegel und beschwöre mich, nicht mehr darüber nachzudenken, dass meine stets so lebensfrohe beste Freundin nur wenige Hundert Meter von hier und von aller Welt verlassen in ihrem Grab verrottet. »Du bist für immer in meinem Herzen, Silvia, aber nicht mehr in meinem Leben«, sage ich lautlos zu meinem Spiegelbild. »Es muss ohne dich weitergehen.«

Bevor ich darüber nachdenken kann, dass diese Bemerkung einen nur allzu bekannten Schmerz in mir aufsteigen lässt, steige auch ich aus.

Als auf unser Klingeln hin niemand öffnet, beschließe ich, um das schlichte Haus aus rotem Klinker herumzulaufen und einen Blick in den Garten zu werfen. Schließlich ist es bei diesem Wetter nicht ausgeschlossen, dass Emily sich draußen aufhält.

Ich drücke die Klinke der hölzernen Tür, die in eine zwischen Haus und Garage hochgezogene Mauer eingelassen ist, und sie öffnet sich quietschend. Ich klopfe energisch gegen das Holz, um auf mein Kommen aufmerksam zu machen, doch erfolgt von nirgendwoher eine Reaktion. Also betrete ich, gefolgt von Lina, den rückwärtigen Teil des Grundstücks.

Der Garten, der zu mindestens achtzig Prozent aus einem mit Moos und Klee durchsetzten Rasen besteht, ist nicht besonders groß. Nach allen Seiten eingesäumt von einer rund zwei Meter hohen Hecke, bleibt das, was hier geschieht, vor neugierigen Blicken verborgen. An das Haus angrenzend befindet sich eine schmucklose Terrasse, zwischen deren Waschbetonfliesen Unkraut wuchert. Als ich auf der Terrasse ein recht dürres, in T-Shirt und Shorts gekleidetes junges Mädchen auf einem von einem vergilbten Sonnenschirm beschatteten Gartenstuhl sitzen sehe, steuere ich auf sie zu.

Das Mädchen starrt uns unbeweglich und mit ausdruckslosem Blick entgegen, und für einen kurzen Augenblick durchzuckt mich der Gedanke, dass wir es mit einer weiteren Leiche zu tun haben könnten. Zu meiner Erleichterung aber streicht sie sich nun die halblangen blonden Haare aus dem Gesicht und sagt mit dünner Stimme: »Moin. Sie sind von der Polizei, oder?«

»Sieht man uns das an?« Ich schenke ihr ein verhaltenes Lächeln, auf das sie jedoch nicht reagiert. »Emily Voss?«, frage ich daher.

»Ja.« Sie presst die Lippen zusammen, als wollte sie ein Weinen unterdrücken.

Ich deute auf die offen stehende Terrassentür. »Sind deine Eltern auch da? Oder sonst jemand?«

»Nein. Meine Eltern sind arbeiten. Und meine Schwester ist bei einer Freundin.« Ihr ängstlicher Blick sucht den meinen. »Ist ...« Sie schluckt schwer. »Mia – sie ist tot, oder?«

»Äh ...« Mit dieser direkten Frage erwischt sie mich kalt, zumal ich noch darüber nachdenke, ob wir sie in Abwesenheit ihrer Eltern überhaupt befragen sollten, denn immerhin ist sie noch minderjährig.

»Ja, Emily«, bestätigt Lina die Befürchtung des Mädchens, noch bevor ich mich sortiert habe. »Es tut uns wirklich sehr leid, aber Mia ist tot. Darf ich fragen, woher du das weißt? Ich darf dich doch duzen, oder?« Offensichtlich macht sie sich keinerlei Gedanken darüber, ob eine Befragung in Abwesenheit der Eltern angemessen ist oder nicht.

»Ich ... hatte es im Gefühl«, kommt es zögerlich zurück.

»Wie das?«, hakt Lina nach. Ohne dazu aufgefordert zu werden, setzt sie sich neben Emily auf einen Gartenstuhl, auf dem, im Gegensatz zu dem des Mädchens, keine Polster liegen. »Hast du deswegen eine Vermisstenanzeige aufgegeben? Weil du im Gefühl hattest, dass ihr etwas passiert ist?«, fragt sie, als Emily schweigt.

»Ich ... weiß nicht. Ja, vielleicht.«

Mir kommt ein Gedanke. »Hattest du Angst, dass Mia sich etwas antun könnte? Ich meine, hat sie dir gegenüber Suizidabsichten geäußert oder so?«

Emily, der nun stumme Tränen die Wangen hinabrinnen, richtet sich abrupt in ihrem Stuhl auf und schlägt erschrocken die Hand vor den Mund. »Mia hat sich umgebracht?«

»Dazu können wir leider noch nichts sagen«, antworte ich wahrheitsgemäß. »Noch mal, Emily: Hat sie dir gegenüber von Suizid gesprochen?«

»N-nein. Sie war nur so ...« Das Mädchen zuckt mit den Schultern. »Anders.«

»Was heißt, sie war anders?«

»Na ja ... ich weiß auch nicht.« Emily malträtiert ihre Unterlippe mit den Zähnen. »Aber man macht sich doch Sorgen, wenn jemand mitten in der Nacht einfach so wegrennt, oder?« Verunsichert schaut sie mit tränenverhangenen Augen von Lina zu mir und wieder zurück.

»Warum ist sie denn weggerannt?«, frage ich und schließe gleich eine weitere Frage an. »Ich nehme an, dass sie bei dir übernachten wollte, nachdem sie zu Hause Ärger hatte?«

»Ja. Aber dann ... wir ... haben gestritten.« Emily fängt plötzlich haltlos an zu schluchzen, so, als hätte sie erst jetzt richtig verstanden, dass sie ihre Freundin nie wiedersehen wird. Ihr ganzer dürrer Körper, der so gut wie keine weiblichen Rundungen zeigt, ist ein einziges Beben. »Ich ... ich habe ihr furchtbare Dinge gesagt, und nun ...« Sie heult auf wie ein waidwundes Tier. »Und nun ist sie tot!«

»Du trägst keine Schuld an dem, was passiert ist«, versucht Lina sie zu trösten. Irgendwie klingt es, als müsste sie nicht nur Emily davon überzeugen, sondern auch sich selbst.

»Aber ich habe ... ich habe ...« Emily heult erneut auf. »Das wollte ich doch nicht! Das wollte ich ganz bestimmt nicht!«

So verzweifelt, wie das Mädchen nun offensichtlich ist, hoffe ich inständig, dass sich Mias Tod nicht doch noch als Suizid herausstellen wird. »Worüber habt ihr denn gestritten, dass Mia so aufgebracht war?«

»Sie ... sie war so anders in der letzten Zeit«, näselt Emily. Der Rotz läuft ihr aus der Nase, aber das scheint sie nicht zu stören. Dennoch nestele ich ein Papiertaschentuch aus der Tasche meiner Hose und reiche es ihr. »Sie war ... irgendwie bedrückt.« Sie schnäuzt sich. »Aber auch ... na ja, irgendwie auch so überheblich.«

»Wie müssen wir uns das vorstellen?«, hakt Lina nach. »Was hätte sie für einen Grund gehabt, sich dir gegenüber überheblich zu geben? Ging es um die Schule?«

»N-nein.« Emily zögert, bevor sie mich mit gesenktem Kopf von unten herauf anschaut und leise sagt: »Ich … ich will ja nicht petzen, aber … In der letzten Zeit hat Mia häufig gefehlt, wissen Sie?«

Da sie genauso alt ist wie meine Tochter Freya, sage ich: »Ihr seid in der zehnten Klasse, nehme ich an?«

Emily nickt. »Wir kommen jetzt … also ich … ich komme nach den Sommerferien in die Oberstufe.«

»Weißt du, warum sie nicht in der Schule war?«, fragt Lina.

Emily zieht ihren Kopf zwischen die Schultern, als wollte sie sich verstecken. »Nein. Wenn ich Mia darauf angesprochen habe, ist sie total ausgerastet und hat gesagt, dass sie eben Besseres zu tun hat, als sich von den Lehrern herumkommandieren zu lassen. Dass sie ganz bestimmt kein Abitur macht, wie es ihre Eltern von ihr verlangen. Schule ist nur was für Babys, hat sie gesagt.«

»Für Babys?« Ich runzele die Stirn. Das klingt fast so, als wollte Mia sich selbst nicht mehr als das minderjährige Mädchen sehen, das sie war. »Hatte sie einen Freund?«, frage ich daher, denn von meiner eigenen Tochter weiß ich, dass sie sich unheimlich erwachsen vorkommt, seit sie mit ihrem Freund erste sexuelle Erfahrungen gesammelt hat. Kurz überlege ich, ob Freya und Emily sich womöglich kennen, gehen sie doch auf dieselbe Schule. Dann aber beschließe ich, dass mein Privatleben hier nichts zu suchen hat. Womöglich würde sich Emily dieser Befragung sogar verschließen, wenn sie wüsste, dass sie gerade mit der Mutter einer Schulkameradin spricht.

»Ich weiß nicht, ob sie einen Freund hatte«, antwortet Emily.

»Du weißt nicht, ob Mia einen Freund hatte?«, hakt Lina ungläubig nach. »Ich denke, ihr wart beste Freundinnen. Da erzählt man sich doch so was.«

»Ich sag doch, dass Mia in letzter Zeit anders war. Ich glaube, sie hat mir schon lange nicht mehr die Wahrheit gesagt.«

»Die Wahrheit? Worüber?«

»Über alles.«

»Und trotzdem hast du sie so oft bei dir übernachten lassen?«, wundere ich mich.

Emily schaut mich irritiert an. »Nee, hab ich nicht. Mia hat schon lange nicht mehr hier übernachtet. Ist bestimmt schon ein halbes Jahr her, dass sie zum letzten Mal hier war. Nur gestern, da stand sie auf einmal wieder vor der Tür.«

Lina und ich wechseln einen bedeutungsvollen Blick. Entweder hat Mias Vater uns nicht die Wahrheit gesagt – oder er ist, genauso wie seine Frau, einer Lüge seiner Tochter aufgesessen.

»Gibt es sonst noch jemanden, dem sich Mia anvertraut haben könnte?«, erkundigt sich Lina. »Eine andere Freundin oder so?«

Auf Emilys Gesicht zeichnet sich nun der Schmerz darüber, schon vor Längerem ihre beste Freundin verloren zu haben, deutlich ab. »Glaube nicht«, sagt sie leise.

»Hatte Mia viele Freunde?«, fragt Lina. »Ich meine, war sie beliebt in der Schule und so?«

»Nee, eher nicht.« Emily lächelt traurig. »Wir haben beide nicht viele Freunde, schätze ich.« Sie zuckt mit den Schultern. Ihre Finger ziehen die Maserung der Stuhllehne nach. »Sind dafür wohl nicht cool genug.«

»Dir fällt also niemand ein, der uns noch irgendetwas über Mia sagen könnte?«

»Nein.«

»Nun gut. Das war's dann fürs Erste. Vielen Dank, dass du dir Zeit für uns genommen und unsere Fragen beantwortet hast, Emily.«

Als sie nur nickt und sich noch mehr in sich zurückzuziehen scheint, zögere ich kurz, dann frage ich: »Kommst du zurecht, oder würdest du dir vielleicht jemanden wünschen, mit dem du über all das sprechen kannst?«

»Sie meinen einen Psychoheini oder so?«

»So was in der Art, ja.«

Emily schüttelt den Kopf. »Nee, geht schon. Danke.«

»Unser herzliches Beileid zum Verlust deiner Freundin«, sagt Lina leise, bevor wir uns wieder auf den Weg machen.

Sieben

Lina

Die Wohnung, die mir möbliert zur Verfügung gestellt wurde, liegt zentral in Aurich. Ich kann zu Fuß in die Innenstadt gehen, keine dreihundert Meter vom Haus entfernt ist ein Supermarkt, selbst einen Friseur habe ich in der Nähe.

Zimmer, Küche, Bad. Übersichtlich, praktisch, gut, aber alles wirkt auf mich wie eine dieser auswechselbaren Suiten der großen Hotelketten. Trotzdem weiß ich nicht, ob ich hier etwas ändern werde. Vielleicht ein Bild oder ein paar bunte Kissen. Aber lohnt sich der Aufwand, oder sollte ich lieber erst gar nicht anfangen, mich hier wohlzufühlen?

Nach der Befragung von Emily Voss sind Kea und ich ins Kommissariat zurückgefahren, haben unsere Berichte geschrieben und uns kurz mit dem Team zusammengesetzt. Morgen früh geht es weiter. Kea hat den Leiter der Kriminaltechnik eingeladen, die Obduktionsergebnisse sollten bis dahin zumindest mündlich vorliegen.

Ich öffne die Tür zum Balkon und trete ins Freie. Für Ende Juni sind die Temperaturen bis zu dreißig Grad ausgesprochen hoch. Selbst jetzt, um kurz vor einundzwanzig Uhr, ist es noch so warm, dass ich im T-Shirt herumlaufen kann.

Ich stehe noch eine Weile an der Balkonbrüstung und schaue den Menschen zu, die unter mir auf dem Fußweg entlanglaufen. Ein Paar schlendert eng umschlungen vorbei, bleibt stehen, küsst sich leidenschaftlich. Die Hand des Mannes gleitet über den Rücken der Frau, verharrt vor dem Po. Sie schmiegt sich kurz an ihn, gibt ihm noch einen Kuss auf den Mund, bevor sie ihn weiter mitzieht. Ich schaue ihnen lange hinterher.

Zurück im Zimmer, stelle ich die Balkontür auf Kipp und verlasse die Wohnung. Hauke hat mir auf meine Nachfrage hin eine Kneipe genannt, in der man ein kühles Bier bekommt, ohne als Frau blöd angequatscht zu werden. Im Internet habe ich mir den Weg eingeprägt. Es dürften nicht mehr als zehn Minuten sein.

Ich laufe durch die große Fußgängerzone der Kreisstadt. Etwas über vierzigtausend Einwohner, alles übersichtlich und klar strukturiert. Wenige historische Gebäude im Friesenstil wechseln sich mit neueren ab, alles wirkt unnahbar auf mich, fremd. Manche Passanten grüßen mich, ich wundere mich, grüße aber zurück. Provinz halt. Wo mir Osnabrück schon manchmal zu kleinbürgerlich ist, wirkt diese Stadt auf mich wie ein miefiger Ort am Ende der Welt. Oder will ich sie nur so sehen, um keine Bindung aufzubauen? Wenn ich mit meinem Auftrag erfolgreich bin, werde ich hier keine Freunde mehr haben. Warum sich also überhaupt die Mühe machen, Kontakte, welcher Art auch immer, zu knüpfen?

Ich komme am Marktplatz vorbei, auf dem eine hohe, aus Stahlrohr erbaute und etwas seltsam anmutende Skulptur steht. Ich frage mich, wie man hier ein solch provozierendes Kunstwerk aufstellen kann. Aber letztlich soll das nicht meine Sorge sein.

Die Arche ist eine urige Kneipe. An der Decke hängen zahlreiche Stühle, farbig und unterschiedlich groß. Sie kleben dort, als wenn sich jeden Augenblick das ganze Haus wenden könnte, um alle Gäste durch den Raum zu wirbeln, damit sie dort zum Sitzen kommen.

Ich setze mich an der langen Theke auf einen Hocker, warte, bis der Mann auf der anderen Seite auf mich aufmerksam wird. Er scheint in meinem Alter zu sein, kurze blonde Haare, Dreitagebart, Ohrring, ganz in Schwarz gekleidet. Er lächelt sympathisch. »Ein neues Gesicht? Zu Besuch in der Stadt oder länger hier?«

»Mal sehen. Ein paar Monate werden es wohl werden.«

»Beene.«

Ich werfe ihm einen erstaunten Blick zu.

»Mein Vorname. Beene. Und du?«

»Ein Bier hätte ich gern.«

Beene lächelt. »Klar, kommt sofort.«

Zwei Minuten später reicht er mir das Bierglas über die Theke, schaut mich fragend an und lächelt wieder. Ich greife nach dem Glas, trinke, setze es wieder ab und sage seufzend: »Lina.«

»Wow! Eine Lina hatten wir hier schon lange nicht mehr.«

Ich muss unwillkürlich lachen. Beene zuckt mit den Schultern und grinst. »Das ist die Wahrheit.«

»Du kennst also alle Namen deiner Gäste?«

»Logisch. Was wäre ich sonst für ein Wirt?«

Ich trinke das Glas leer und schiebe es ihm über die Theke. Er greift danach, wäscht es einmal durch und schenkt neu ein. Als er es mir gerade reichen will, schaut er an mir vorbei und nickt. Im selben Augenblick setzt sich jemand auf den Nachbarhocker.

»Wie immer?«, fragt Beene und greift nach einem sauberen Bierglas.

Hauke nickt und wendet sich mir zu. »Alles gut?«

Wir hatten uns nicht verabredet, aber ich war davon ausgegangen, dass er im Laufe des Abends auftauchen würde. Auch deshalb bin ich hier.

»Ich will mich nicht beklagen. Für den ersten Tag läuft alles ganz …« Ich lasse den Satz absichtlich in der Luft hängen.

»Drei von zehn möglichen Punkten?«, ergänzt Hauke.

Ich schmunzele. »Vielleicht noch ein halber obendrauf.«

Er greift nach seinem Glas, das Beene ihm jetzt reicht. Der Wirt hat unser kleines Gespräch aufmerksam verfolgt, wendet sich aber jetzt ab, da ein Gast links von mir auf ihn wartet. Hauke hebt das Glas, stößt mit meinem an. »Prost! Und willkommen in Ostfriesland.«

Wir trinken und schweigen.

»Kea kriegt sich schon wieder ein«, sagt Hauke schließlich. »Ich finde, du passt prima ins Team.«

»Sie ist die Chefin.«

»Ach, das sehen wir bei uns nicht so eng. Wir sind Kollegen. Auf Augenhöhe.«

Ich nicke.

»Glaub mir, Kea ist eine von den Guten. Sie hat nur ein paar schwere Jahre hinter sich. Lauter Mist, der einem halt so passieren kann.«

»Ihr Mann?«

»Ex-Mann. Mehr hörst du aber nicht von mir. Wenn Kea erst mal auftaut, kann sie es dir selbst erzählen.«

Oder auch nicht. Ich nicke erneut und trinke.

»Und bei dir so? Vermisst dich jemand in Osnabrück?«

»Eher nicht. Single aus Leidenschaft. Macht das Leben leichter.«

Er zieht die Augenbrauen hoch. »Weiß nicht. Ich bin zwar auch Single, aber mehr unfreiwillig.«

Weil du über beide Ohren in deine Chefin verknallt bist. Wenn du mich fragst, such dir jemand anderen. Mit Kea wird das kompliziert.

»Schon lange?«, frage ich.

»Zwei Jahre. War nicht gut genug für meine Ex. Da musste ein Zahnarzt her. Dabei stand unser Hochzeitstermin eigentlich schon fest, aber vielleicht war ja das der Fehler. Torschlusspanik.«

»Soll ich raten: Er ist älter und hat eine gut gehende Praxis.«

»Die Kandidatin hat hundert Punkte. Frau Doktor verkehrt jetzt in besseren Kreisen. Ihre Arbeit hat sie auch an den Nagel gehängt.«

»Tut sicher weh, oder?«, frage ich.

»Alles vorbei, aber damals war ich wohl eine Zeit lang ungenießbar. Kea hat mir über die schlimmsten Monate geholfen. Ohne sie ...«

Ich zeige aufs Bier. Hauke nickt.

»Wenn es nur das Bier gewesen wäre«, fährt er fort. »Ich habe zu der Zeit eine Vorliebe für Whiskey entwickelt. Irischen, möglichst lange gelagert. Inzwischen mache ich einen großen Bogen um das Zeug.«

»Gut so. Für den Moment bringt es dir Entlastung, auf Dauer den Tod. Sei froh, dass du drüber weg bist.«

Er sieht mich prüfend an. »Klingt, als habe da jemand Erfahrung.«

Ich zucke mit den Schultern. »Kennst du einen Polizisten, der den ganzen Frust nicht mal gern mit Alkohol runterspült?«

Hauke zeigt Beene zwei Finger, der Wirt nickt.

»Du trinkst doch auch noch eins?«

Ich nicke. »Eins noch. Dann geht's nach Hause.«

Eine halbe Stunde später verlasse ich die Arche. Hauke ist noch geblieben, aber ich habe das Gefühl, dass er nur darauf gewartet hat, dass ich mich verabschiede. Etwa fünfzig Meter von der Kneipe entfernt positioniere ich mich zwischen zwei eng stehenden Häusern. Wenige Minuten später kommt Hauke heraus. Er biegt glücklicherweise nicht in meine Richtung ab. Ich warte kurz und gehe ihm hinterher.

Es ist nur so ein Gefühl, aber Hauke schien mir immer unruhiger zu werden, seit er eine Nachricht auf sein Handy bekommen hat. Sein Verhalten hat mich an einen Drogenabhängigen erinnert, bei dem sich langsam ankündigt, dass er sich auf die Suche nach dem nächsten Schuss machen muss.

Ich lasse ihm dreißig bis vierzig Meter Vorsprung. Es ist ein merkwürdiges Gefühl, einen Kollegen, mit dem ich noch vor wenigen Minuten zusammen an der Theke gesessen habe, zu observieren. Ich beruhige mich damit, dass es darum geht, ihn aus dem Kreis der Verdächtigen auszuschließen. Es ist zu seinem Vorteil, dass ich ihm folge. Wenn ich es nicht mache, wird ein anderer Kollege meine Aufgabe übernehmen, der vielleicht das Team nicht mit Samthandschuhen anfasst.

Kurz habe ich Hauke aus den Augen verloren, entdecke ihn aber nach wenigen schnellen Schritten wieder. Aber ist er das wirklich? Die Bewegungen haben nur noch wenig mit denen von Hauke zu tun. Seine Haltung ist leicht gebückt, die Schritte klein und ruckartig.

Der Mann bleibt abrupt stehen, ich husche in einen Ladeneingang. Einen kurzen Moment sieht es so aus, als wollte er umkehren. Hat er mich bemerkt und versucht jetzt, mir eine Falle zu stellen? Jetzt lehnt er sich an eine Hauswand, beugt sich nach vorn und stützt sich mit den Händen auf den Knien ab. Es ist eindeutig Hauke. Er wirkt in dieser Position verzweifelt, als ringe er mit sich selbst. Jetzt richtet er sich auf, tritt mit dem Fuß ein Steinchen zur Seite und legt den Kopf in den Nacken. Kurz darauf schüttelt er sich kurz, schaut an sich herunter und geht weiter. Sein Gang sieht jetzt aus, so wie ich ihn kenne. Selbstsicher und dynamisch. Was war das? Zwei Männer in einem Körper?

Wir verlassen die Fußgängerzone, laufen eine Straße hinunter, die mir unbekannt ist, biegen ab und kurz darauf erneut. Vor einem kleinen Haus älteren Datums bleibt Hauke stehen, sieht sich kurz um, bevor er sich schnell vorbeugt und auf eine Klingel drückt. Es dauert nicht lange, bis sich die Tür öffnet. Ich kann die Person im Flur nicht erkennen. Ist es ein Mann oder eine Frau?

Hauke verschwindet im Haus, ich warte. Wen besucht er um kurz vor dreiundzwanzig Uhr? Warum schaut er sich so um, bevor er auf die Klingel drückt? Sein Verhalten erinnert mich an einen Fall. Damals haben wir in Osnabrück über mehrere Tage ein Haus observiert, in dem auch eine Sexarbeiterin arbeitete. Sie war nicht Ziel unserer Aktion, verkomplizierte sie aber, da ihre Kunden in regelmäßigen Abständen kamen und gingen. Die Freier haben sich ähnlich umgeschaut wie Hauke, bevor sie in den Hauseingang des Hauses abbogen.

Nein, Hauke ist nicht der Typ, der für Sex bezahlt. Es muss einen anderen Grund geben.

Ich bleibe auf meinem Posten, zehn Minuten, zwanzig, eine Stunde. Weder ist Hauke aus dem Haus gekommen noch ist jemand hineingegangen. Soll ich weiter warten? Was würde das bringen? Irgendwann, im schlechtesten Fall am frühen Morgen, würde Hauke das Haus verlassen und entweder zu sich nach Hause gehen oder direkt zum Kommissariat. Nach einem Blick auf die Uhr entscheide ich mich, noch eine Viertelstunde zu bleiben.

Noch in der Nacht schicke ich Kriminaldirektor Carstens eine Nachricht mit der Adresse des Hauses, in dem Hauke verschwunden ist. Hätte ich im Auricher Kommissariat per Datenbank recherchiert, wäre die Anfrage registriert und eine Spur hinterlassen worden. Ich will jedes Risiko vermeiden.

Im Bett liegend starre ich an die Decke und zähle verzweifelt Schafe, die über einen Zaun springen. Seit Jahren habe ich Probleme mit dem Einschlafen. Eine Zeit lang habe ich Medikamente genommen, sie aus Angst vor den Nebenwirkungen und einer möglichen Abhängigkeit aber wieder abgesetzt.

Ich greife nach dem Handy, aktiviere es und schreibe Steffen eine Nachricht.

»Kannst du nicht schlafen?«, kommt es postwendend zurück.

»Nein, das Bett ist zu hart.«

Im nächsten Augenblick klingelt das Handy. Steffens Name erscheint auf dem Display.

»Habe ich dich geweckt?«, frage ich zerknirscht.

»Nicht um diese Zeit. Das weißt du doch.« Er hält kurz inne. »Kein guter Start in Ostfriesland?«

»Ich war kaum da, da kam schon ein Todesfall rein. Ein sechzehnjähriges Mädchen. Wir haben mit den Eltern und der Freundin gesprochen.«

»Und heute Abend?«, fragt Steffen, als würde er ahnen, dass ich noch nicht alles erzählt habe. Ich kann ihm nichts vormachen, er durchschaut die kleinste Notlüge, und selbst wenn ich nur ausweiche, scheint er zu wissen, was los ist. Mir geht es bei ihm ähnlich. Manche Menschen reden gern von Seelenverwandtschaft – bei Steffen und mir ist es mehr. Wir sind quasi zusammen aufgewachsen. Unter den schwierigsten Bedingungen, die ich mir vorstellen kann. Er hat Sarah und mich beschützt, als einer der Betreuer uns zu nahe kam, war da, wenn ich nicht mehr weiterwusste, weil ich an Sarahs Verzweiflung zu zerbrechen drohte. Steffen ist mehr als ein großer Bruder, er ist ein Teil von mir.

»Drei Bier mit einem Kollegen«, beantworte ich Steffens Frage. Ich erzähle ihm von der urigen Kneipe.

»Klingt doch gut.«

»Anschließend habe ich den Kollegen observiert.« Steffen weiß inzwischen, was mein eigentlicher Auftrag in Aurich ist.

»Das ist dein Job. Du hast ihn angenommen, jetzt jammere nicht rum.«

Steffen hat recht, trotzdem könnte er etwas feinfühliger sein. Ist er aber nicht, weil er mich vor diesem Einsatz gewarnt hat. Und das nicht nur einmal.

»Du kannst hinschmeißen«, schlägt Steffen vor, obwohl er weiß, dass das für mich nicht infrage kommt.

»Schöner Freund bist du«, murmele ich.

»Willst du einen verdammten Jasager? Lina, du wusstest vorher, dass dich dieser Einsatz an deine Grenzen bringen würde. Was meinst du, was in den nächsten Wochen passiert? Du wühlst in den dunkelsten Geheimnissen deiner Kollegen herum. Und wirst so einiges erfahren, was nicht unbedingt etwas mit deiner eigentlichen Aufgabe zu tun hat.«

»Weiß ich doch alles, Steffen.«

»Du brauchst ein dickes Fell. Also zieh dich warm an und lass die Kollegen nicht so nah an dich rankommen. Du wirst sie verraten, auf die eine oder andere Weise.«

Verdammt, um mir das unter die Nase reiben zu lassen, habe ich mich Steffen nun wirklich nicht gemeldet. Dabei war mir doch klar, wie brutal ehrlich er sein kann.

»Ich bin müde. Bei dir alles gut, Steffen?«

»Bestens. Stühle an der Decke, hast du gesagt. Klingt originell.«

»Ich melde mich wieder, Steffen. Gute Nacht.«

»Gute Nacht, Liebes.«

ACHT

KEA

Müde und mürrische Gesichter am Frühstückstisch. Sosehr ich diesen Anblick auch inzwischen gewohnt bin, so wenig kann ich ihn immer noch leiden. Dabei gebe ich Freya und Jonas noch nicht einmal die Schuld daran. Vielmehr frage ich mich, warum man die Schüler immer noch um Viertel vor acht in der Schule antanzen lässt, obwohl schon seit Lichtjahren bekannt ist, dass das frühe Aufstehen ihrem Biorhythmus völlig zuwiderläuft. Allerdings gibt es im Schulsystem so viele Dinge, die ich nicht nachvollziehen kann, dass ich aufgehört habe, mich darüber aufzuregen. Inzwischen bin ich an einem Punkt angelangt, dass ich einfach nur den Abschluss der Schulzeit meiner Kinder herbeisehne und bereits jetzt die drei Kreuze vor mir sehe, mit denen ich diesen Tag fett im Kalender markieren werde.

Das nennt man wohl Resignation, und natürlich weiß ich, dass sich dadurch ganz gewiss nichts zum Besseren wenden wird. Der ständige Kampf gegen Windmühlen aber, den ich als Elternbeiratsvorsitzende in der Grundschulzeit meiner Kinder über mehrere Jahre gegen die ebenso störrischen wie fantasielosen Angestellten der Schulbehörden ausgefochten habe, hat mich viel Kraft gekostet. Also habe ich irgendwann aufgegeben. Wie schon so viele Väter und Mütter vor mir und ganz sicher auch nach mir.

»Sag mal, Freya«, spreche ich eine Frage aus, die mir bereits seit gestern im Kopf herumschwirrt. »Kanntest du Mia Grewe eigentlich gut?«

Ich meine ihre Antwort bereits zu kennen, denn als meine Tochter gestern Abend durch Jonas von Mias Tod erfuhr, schien sie erstaunlich ungerührt. Natürlich war da eine gewisse Betroffenheit in ihrem Blick gewesen, wie man sie eben empfindet, wenn man vom Tod eines jungen Menschen erfährt, der einem zudem nicht unbekannt ist. Allerdings hatte die Nachricht nicht dazu geführt, dass Freya ihre chronisch schlechte Laune abgelegt oder gar ihr Schweigen mir gegenüber unterbrochen hätte, auf das sie sich gestern – wie schon etliche Male zuvor – aus einem mir nicht bekannten Grund verlegt hatte.

In Freyas Blick blitzt für einen kurzen Moment Verunsicherung auf, dann schüttelt sie den Kopf. »Nee«, lässt sie sich zu ihrem ersten Wort an diesem Morgen herab.

»Und warum nicht?« Da meine Kinder keine Anstalten machen, ihre Pausenbrote selbst zu schmieren, greife schließlich ich nach vier Scheiben Brot und beginne damit, sie mit Butter zu bestreichen. Natürlich könnte ich Freya und Jonas auch ohne Brote zur Schule gehen lassen, aber dann würden sie sich vermutlich mit irgendeinem ungesunden Zeug am Kiosk eindecken.

»Wird das ein Verhör oder was?«, fragt Freya gedehnt.

Ich seufze. »Ich möchte Mias Eltern einfach nur erklären können, warum ihre Tochter hat sterben müssen, okay?«

»Ich will das auch wissen«, meldet sich Jonas zu Wort. Im Gegensatz zu Freya scheint ihm Mias Tod zu schaffen zu machen. Schon gestern Abend hat er mich mit Fragen gelöchert, die ich ihm zumeist nicht habe beantworten können oder wollen. »Jannik ist krass durch den Wind«, erwähnt er nun Mias jüngeren Bruder.

»Du hattest Kontakt zu Jannik?«, wundere ich mich.

»Nee. Ole, also sein bester Freund, sagt das. Der hat mir 'ne Nachricht geschickt.« Jonas schiebt sich einen Löffel milchgetränkter Cornflakes in den Mund und schluckt sie hinunter, bevor er mit einem unergründlichen Blick auf Freya hinzufügt: »Stell ich mir echt krass vor, wenn die Schwester plötzlich nicht mehr da ist. Einfach ausgelöscht.« Er schnippt mit den Fingern. »Zack! Weg! Total krass. Echt jetzt.«

Auf diese Feststellung hin verändert sich etwas an Freyas abweisendem Gesichtsausdruck. Vielleicht bröckelt auch ihre Fassade, die sie mir gegenüber versucht hat aufrechtzuerhalten. Zumindest hoffe ich, dass es kein Mangel an Empathie ist, der sie bislang nichts Anteilnehmendes zu Mias Tod hat sagen lassen. »Ich kannte Mia eigentlich gar nicht«, bemerkt sie nun, und fast klingt es, als wäre ihr das gerade erst aufgegangen. »Ich glaube, niemand von uns kannte sie so richtig. Also, in der Schule, meine ich.«

»Sie hatte keine Freunde?«, frage ich. Nachdem ich die Butterbrote mit Käse belegt habe, klappe ich sie zusammen und schneide sie einmal in der Mitte durch.

»Nee, hatte sie nicht. Na ja, Emily vielleicht. Aber irgendwie ...« Freya runzelt die Stirn. »Ehrlich gesagt hat es mich nie interessiert, was Mia tut oder mit wem sie abhängt oder so. Sie war einfach ... na ja, nicht da eben.«

Jonas nickt, als wüsste er genau, was seine Schwester damit sagen will.

Sie war nicht da. »Wie meinst du das, dass sie nicht da war, Freya?«, hake ich nach. »Dass sie geschwänzt hat?«

»Nee. Also ja. Sie hat eben öfter mal gefehlt, das hab ich ja schon gesagt.« Freya rümpft die Nase. »Was irgendwie komisch ist.«

»Warum?«

»Weil sie dazu eigentlich viel zu ... na ja ... zu brav war.«

»Verstehe. Und was hast du tatsächlich gemeint, als du sagtest, sie sei nicht da gewesen?«

»Na, dass sie uncool war. Dass man irgendwie gar nicht gemerkt hat, ob sie da ist oder nicht. Das sagen zumindest die aus ihrer Klasse. Ich selbst hab sie ja sowieso nicht so gut gekannt.«

»Wurde sie in der Schule gemobbt?«

Freya denkt kurz nach, dann schüttelt sie den Kopf. »Nee. Glaub ich nicht. Hab ich nichts von mitgekriegt.«

»Mia war einfach nur langweilig«, weiß Jonas beizusteuern. »Das hat Jannik auch mal gesagt. Aber sie war nicht blöd zu anderen oder so. Einfach nur langweilig.«

»Ja, nur langweilig«, kommt prompt die Bestätigung von Freya. »Sie hat total viel gelesen, glaube ich.« Es klang, als wäre Lesen die uncoolste Freizeitbeschäftigung, die man sich nur vorstellen kann.

Okay. Das, was ich von meinen Kindern erfahren habe, ist zwar nicht viel, aber dennoch ein weiteres Puzzleteil, das sich hoffentlich sehr bald mit anderen zu einem Bild zusammenfügt. Mia gehörte nicht zu den Coolen. Klingt nicht gerade nach einem Mordmotiv, hilft mir aber, mir ein genaueres Bild von ihr zu machen.

Für unsere morgendliche Dienstbesprechung, die in rund einer Stunde ansteht, nehme ich mir vor, darauf hinzuweisen, dass jemand zum Gymnasium fahren und Mias Lehrer und Mitschüler befragen muss. Vielleicht werde sogar ich selbst dieser Jemand sein. Das wird sich dann herausstellen.

»Ist noch was?«, fragt Freya. »Du guckst so komisch.«

Ich gucke komisch? »Nee, nee, ich war nur in Gedanken woanders.« Rasch lege ich die belegten Pausenbrote und ein paar kleine Tomaten in die dafür vorgesehenen Dosen meiner Kinder und stelle diese neben ihre Teller. »Vergesst eure Wasserflaschen nicht!«, fordere ich sie auf, bevor auch ich mich zum Gehen bereitmache. »Wir sehen uns heute Abend. Ach ja: Danke für eure Hilfe.«

Als ich ins Kommissariat komme, bin ich spät dran. Es gibt so Tage, an denen schon am Morgen nichts rundläuft. Sind es normalerweise meine Kinder, die für Verzögerungen sorgen, so war es heute eine Meute Demonstrierender, die sich ausgerechnet die Hauptverkehrszeit dazu ausgesucht hatte, ihrem Thema Aufmerksamkeit zu verschaffen. Was ihnen, zumindest was mich anbelangt, nicht gelungen ist, denn ich hätte nicht sagen können, wofür oder wogegen die zumeist jungen Leute auf die Straße gegangen sind. Klimawandel vermutlich, aber das ist reine Spekulation. Fakt ist aber, dass mich diese Demo mindestens eine Viertelstunde mehr gekostet hat, als ich sonst für den Weg zur Arbeit benötige. Eine Tatsache, die mich nicht eben fröhlich stimmt, führt sie doch dazu, dass ich mich nicht wie gewohnt zunächst mit einem Becher Kaffee zurückziehen und in Ruhe die während meiner nächtlichen Abwesenheit eingegangenen Nachrichten und Akten studieren kann.

Also werde ich unvorbereitet in die Besprechung gehen und meinen Kaffee mitnehmen müssen. Zwei Minuten bleiben mir noch, und somit hetze ich in die Küche – an deren Tür ich beinahe mit Hauke zusammenstoße, der sie gerade wieder verlassen möchte.

»Ups.« Reflexartig zieht Hauke seinen dampfenden Becher zu sich heran. Was mich davor bewahrt, mit Kaffee überschüttet zu werden – ihn jedoch nicht. »Scheiße, Mann, ist das heiß!« Fluchend stellt er seinen Becher auf einem Tisch ab, dann zieht er sein nun nicht mehr weißes T-Shirt über den Kopf – und steht mit nacktem und über dem Nabel deutlich gerötetem

Oberkörper vor mir. »Mensch, Kea«, pflaumt er mich ungewohnt schroff an, »kannst du denn nicht aufpassen?!«

»Wieso ich? Du hast mich doch auch nicht gesehen«, gebe ich ruppig zurück. Ich zwinge mich, meinen Blick, der wie festgesaugt an seinem muskulösen Brustkorb klebt, in eine andere Richtung zu lenken.

»Schöne Scheiße, was zieh ich denn jetzt an?!«

»Hast du kein Ersatz-Shirt dabei?«, erkundige ich mich überflüssigerweise, denn schließlich war in seiner Frage die Antwort bereits enthalten.

»Nee, stell dir vor, das habe ich nicht.«

»Ist doch kein Problem«, mischt sich nun unser junger Kollege Jörn Thiessen aufreizend fröhlich ein, der, seinen Fahrradhelm noch auf dem Kopf, gerade an uns vorbeiläuft. Auch er ist heute spät dran. Normalerweise ist er immer deutlich vor mir im Kommissariat. »Kannst eins von mir haben, Hauke. Ich hab immer mehrere dabei. Fahre ja die zehn Kilometer von zu Hause mit dem Fahrrad hierher und stinke immer wie ein Iltis, wenn ich ankomme.«

Kann man so sagen, denke ich naserümpfend, nicke Jörn aber lediglich zu.

»Was ein Problem für mich ist, entscheide immer noch ich selbst!«, schnauzt Hauke den Kollegen an, bevor er sich erneut mir zuwendet und zischt: »Nur damit das klar ist: Du bist gerade mein Problem, Kea Siefken, und sonst nichts!«

»Äh…« Ich bin über diesen völlig unangemessenen Vorwurf so verdattert, dass mir zunächst keine passende Erwiderung einfällt. Was ist denn mit meinem sonst so umgänglichen Kollegen los? Bislang habe ich nur sehr selten erlebt, dass Hauke ausfallend wird.

Ich sehe ihn prüfend an. Erst jetzt geht mir auf, wie übermüdet und abgekämpft er aussieht. Dunkle Ringe unter blutunterlaufenen Augen, teigige Gesichtsfarbe, ungekämmtes

Haar ... Hat er etwa keinen Schlaf bekommen? »Alles okay bei dir, Hauke?«

»Nee, Mann, nichts ist okay, das siehst du doch!« Wutschnaubend reißt er Jörn das T-Shirt aus der Hand, das der zwischenzeitlich aus seiner Fahrradtasche hervorgezaubert hat. »Genau genommen ist sogar alles ziemlich beschissen.« Er streift sich das frische Shirt über und lässt uns ohne ein weiteres Wort stehen.

»Du weißt, dass wir jetzt unsere Besprechung haben?!«, rufe ich ihm, mich auf meine Rolle als Vorgesetzte besinnend, hinterher. »In einer Minute geht's los!« Hauke antwortet nicht, sondern hebt nur fahrig die Hand, in der er das zerknüllte, kaffeegetränkte T-Shirt hält. Wohin auch immer er gerade geht, die richtige Richtung ist es jedenfalls nicht.

Noch während ich darüber nachdenke, was ihn in diese Stimmung versetzt haben könnte, entdecke ich Lina Lübbers. Sie steht an den Türrahmen ihres Büros gelehnt da und schaut Hauke hinterher. Ihr Blick hat etwas Lauerndes, wie ich finde. Als sie nun ihrerseits bemerkt, dass ich sie beobachte, tritt sie wie ertappt einen Schritt zurück.

Was soll denn das nun schon wieder? Irgendwie scheint hier heute jeder schräg drauf zu sein. Oder nehme nur ich das so wahr, weil ich mit mir selbst unzufrieden bin?

»Moin, Lina«, rufe ich meiner Kollegin zu, die Sekunden später mit einem Stapel Aktendeckel unter dem Arm aus ihrem Büro kommt und den Besprechungsraum ansteuert. »Alles in Ordnung bei dir?«

Sie bleibt stehen und dreht sich zu mir um. »Moin, Kea. Klar, was soll denn sein?« Sie hebt kurz den Arm mit den Aktendeckeln an. »Wir haben doch jetzt Besprechung, oder?«

»Schön wär's«, knurrt Lars Snietjer, der Leiter unserer Kriminaltechnik, ungehalten. »Scheint hier heute nur leider niemanden zu interessieren.«

Wo kommt denn nun der so plötzlich her?

Ich schenke mir einen Kaffee ein und frage Jörn, der immer noch wie angetackert am selben Platz steht, ob er auch einen möchte.

»Euren Kaffeeklatsch in Ehren, aber waren wir nicht verabredet?«, lässt sich Lars vernehmen. Er ist zu uns getreten und klopft energisch auf seine Armbanduhr. »Ich warte schon seit einer gefühlten Ewigkeit im Besprechungsraum auf euch. Ich hab echt viel zu tun und daher nicht endlos Zeit …«

»Du kamst aber gar nicht aus dem Besprechungsraum«, falle ich ihm ins Wort.

Er verdreht entnervt die Augen und klopft erneut auf die Uhr.

»Jaja, ist ja schon gut. Wir legen sofort los, okay?« Meinen Becher Kaffee in der Hand haltend, laufe ich neben ihm den Gang entlang. »Du hast nicht zufällig eine Ahnung, was mit Hauke passiert ist?«, frage ich.

»Wieso, was soll ihm denn passiert sein? Ich habe ihn doch gerade noch gesehen.«

»Egal. Schon gut. Hauptsache, er taucht gleich wieder auf. Ohne ihn können wir unser weiteres Vorgehen schlecht planen.«

»Wird er schon«, erwidert Lars abwesend, als wir den Besprechungsraum betreten. Hat er mir überhaupt zugehört? Wohl nicht, denn seine Aufmerksamkeit scheint jetzt Lina Lübbers zu gelten, die konzentriert in einer Akte liest und dabei mit ihren Fingern wenig rhythmisch auf der Tischplatte herumtrommelt.

Neun

Lina

Eine merkwürdig angespannte Stimmung liegt in der Luft. Hauke sieht aus, als habe er nicht geschlafen, Keas Laune scheint noch schlechter als gestern zu sein, und der Kriminaltechniker Lars Snietjer trägt auch nicht gerade zu einer besseren Atmosphäre bei. Liegt es an mir, der Neuen, die das Team durcheinanderbringt? Wohl kaum. Wir sind alle erwachsen, und jeder von uns hat bereits in größeren Sokos mitgearbeitet, in denen man durchaus auf bis zu fünfzig Kollegen stoßen kann. Aber was ist es dann?

Nur Jörn Thiessen, der Jüngste im Team mit seinen fünfundzwanzig Jahren, scheint gut drauf zu sein. Er ist seit drei Jahren in Aurich, wohnt noch bei seinen Eltern und fährt die lange Strecke bis zur Arbeit mit dem Fahrrad. Und das, obwohl er einen Führerschein und auch ein eigenes Auto besitzt. Er hat keine feste Freundin, kaum Ausgaben bis auf seinen BMW. Ein X3, den er als Jahreswagen für knapp sechzigtausend gekauft hat. Ein Teil der Summe ist finanziert, zwanzigtausend hat er angezahlt. Er steht auf meiner Liste weit oben.

Im Besprechungsraum sind mehrere Tische zu einem langen zusammengestellt. Kea, Jörn, der Kriminaltechniker und Frank Erken suchen sich gerade ihre Plätze, als ich den Raum betrete.

Frank Erken ist Oberkommissar, Mitte vierzig, etwas kleiner als ich und mit deutlich sichtbarem Bauchansatz. Er lebt mit seiner zweiten Frau und deren zwei Kindern in einem Neubau am Stadtrand von Aurich. Für sein leibliches Kind zahlt er jeden Monat vierhundertfünfzig Euro. Sein VW-Golf ist über zehn Jahre alt. Die Kollegen aus Osnabrück haben Erken lange in Verdacht gehabt, konnten aber keine handfesten Indizien finden, die ihn belasten.

Mein Blick wandert zu Lars Snietjer, dem Leiter der Kriminaltechnik. Auch er stand im Fokus der Osnabrücker. Er ist verheiratet, hat drei Kinder, seine Frau arbeitet nicht. Vor sechs Jahren hat er in einem attraktiven Auricher Stadtteil ein Haus gekauft, das über zweihundert Quadratmeter groß ist. Ein Jahr hat er jedes Wochenende und in seinem Urlaub am Haus gearbeitet. Die laufenden Kredite fressen einen erheblichen Teil seines Gehalts auf. Seine Eltern und die seiner Frau überweisen hin und wieder kleine bis mittlere Beträge auf Snietjers Konto. Als Leiter der Kriminaltechnik hat er Zugriff auf laufende und geplante Recherchen und Aktionen.

Kea schaltet den großen Wandbildschirm an und stellt eine Verbindung zu ihrem Laptop her.

»Guten Morgen«, sagt sie und schaut zum wiederholten Mal zur Tür. Ich vermute, dass sie auf Hauke wartet. Jetzt wird die Tür geöffnet, Hauke schlurft in den Raum und setzt sich auf den freien Platz neben mir. Ich nicke ihm zu, er ringt sich ein müdes Lächeln ab.

»Dann sind wir ja vollständig«, fährt Kea fort und schaut auf die Uhr. »In etwa fünfzehn Minuten wird uns Dr. Hassel von der Oldenburger Rechtsmedizin einen kurzen mündlichen

Bericht geben. Ich aktiviere schon einmal die Verbindung.« Sie drückt auf eine Taste, auf dem großen Bildschirm erscheint die Maske einer der weit verbreiteten Kommunikationsplattformen. Kea wirft Lars Snietjer einen Blick zu. »Willst du uns in der Zeit aus der Kriminaltechnik berichten?«

Snietjer nickte. »Geht schnell. Die Kleidung der Frau, beziehungsweise des Mädchens, ist vor einer halben Stunde aus Oldenburg eingetroffen. Da sie für Stunden im Wasser gelegen hat, gibt es kaum Chancen, Spuren zu finden. Wenn, dann könnte es eine Weile dauern, bis wir sie ausgewertet haben.«

»Verständlich«, sagt Kea.

»Wir haben Drohnenaufnahmen von der besagten Stelle gemacht und uns mit zwei Experten in Sachen Strömung kurzgeschlossen. Mia Grewe ist nach unserer Einschätzung bei auflaufendem Wasser im Watt abgelegt worden. Da es sich mutmaßlich um die Nachtstunden handelt, müssen der oder die Täter übersehen haben, dass der Bereich durch die Buhnen fast vollständig eingegrenzt ist. Es gibt zwei Möglichkeiten. Entweder ist sie weiter draußen in die Nordsee geworfen oder vom Land aus so weit ins Wasser getragen worden, wie es möglich war. Die erste Variante halten wir für eher unwahrscheinlich, da die Öffnung in den inneren Bereich der Buhnen relativ klein ist. Aber warten wir ab, was Dr. Hassel uns gleich erzählt.«

»Im Watt waren sicherlich keine Spuren zu finden?«, fragt der junge Kollege Jörn Thiessen.

»Nein, das war auch nicht zu erwarten«, bestätigt der Kriminaltechniker. »Die Flut hat, sollte es Spuren gegeben haben, alles mit sich fortgetragen.« Er hält kurz inne und schaut auf seine Notizen. »Nun gut, sollte die Frau von Land aus ins Wasser gebracht worden sein, muss sie irgendwie bis zum Deich gekommen sein. Mutmaßlich mit einem Auto. Wir haben akribisch von allen Fahrzeugen, die dort standen, als wir eintrafen, Reifenabdrücke genommen. Anschließend haben wir den

Bereich großräumig abgesucht.« Er räuspert sich leise. »Es wäre natürlich von Vorteil gewesen, wenn ihr und wer auch immer noch dort war, nicht so weit an den Deich herangefahren wärt. Das nur nebenbei.«

»Kritik angekommen«, sagt Kea mit Blick auf die Uhr.

»Ja, ich beeile mich. Wir glauben, die Abdrücke des benutzten Transportfahrzeugs gesichert zu haben. Sie sollten ausreichen, um das Fahrzeug zu identifizieren, sobald wir von euch Vergleichsmaterial bekommen.«

»Wenigstens ein Hoffnungsschimmer«, murmelt Hauke neben mir.

Ich hebe kurz die Hand. »Gibt es Hinweise auf einen Suizid?«

»Nein«, sagt Snietjer direkt. »Wie soll Mia dort auch hingekommen sein? Wir haben weder ein Auto gefunden noch ein Fahrrad oder etwas anderes. Zu Fuß wäre möglich, aber warum diese doch sehr abgelegene Stelle? Außerdem wäre sie sicher weiter rausgeschwommen und hätte sich nicht in das dort immer noch recht seichte Wasser gelegt. Ich schließe einen Suizid von unserer Seite mehr oder weniger aus.«

»Und die Reifenspuren?«, fragt Jörn. »Kann man daraus auf den Fahrzeugtyp schließen?«

»Nein, eine übliche Reifenmarke. Allerdings handelt es sich um relativ große Räder. Von daher vermuten wir, dass es sich um einen SUV oder großen Kombi handeln könnte. Aber wie gesagt, das lässt sich nicht verifizieren.«

»War es das so weit?«, fragt Kea.

»Nein. In der Nähe der Reifenspuren haben wir einen Zigarettenstummel gefunden. Das genaue Alter ist nicht zu ermitteln, aber allem Anschein nach liegt das Teil noch nicht sehr lange dort. Wir sind dabei, DNA-Spuren sicherzustellen. Sollten wir das schaffen, seid ihr die Ersten, die davon erfahren.«

Auf dem großen Bildschirm erscheint ein Mann um die fünfzig, weißer Kittel, dunkle, kurze Haare, glatt rasiert, moderne Hornbrille.

»Guten Morgen in die Runde«, sagt der Rechtsmediziner. »Bin ich bereits an der Reihe?«

»Moin. Gern, Herr Dr. Hassel.«

»Sehr gut. Es wird ohnehin schnell gehen. Fangen wir beim wichtigen Fakt an: Die junge Frau ist ertrunken. Allerdings ist sie damit einem anderen Tod zuvorgekommen. Wir haben eine Überdosis synthetischer Drogen bei ihr gefunden, die voraussichtlich ebenfalls zum Tod geführt hätte. MDMA, die am weitesten verbreitete Partydroge.« Ein leises Raunen geht durch den Raum. »Die junge Frau hat …«

Ich erstarre, mein Atem stockt. In meinen Ohren dröhnt es, ich schlucke heftig und hoffe gleichzeitig, dass niemand meine Reaktion bemerkt. Drogen und junge tote Mädchen reißen mich jedes Mal wieder zurück in die schlimmsten Wochen und Monate meines Lebens. Vor meinem geistigen Auge laufen in schneller Folge Bilder ab, die ich nie vergessen werde. Ich schüttele mich leicht, fokussiere den Kugelschreiber vor mir auf dem Tisch und nehme schließlich wieder die tiefe Stimme des Rechtsmediziners wahr.

»Entsetzlich, ich weiß«, sagt der. »Ich kann Ihnen die Fakten aber leider nicht ersparen.« Er seufzt leise und fährt fort. »Am Körper der jungen Frau haben wir zahlreiche Abschürfungen und Prellungen gefunden. Aufgrund des Fundorts gehen wir davon aus, dass sie wiederholt gegen die Buhnen geschleudert wurde, als die Flut sich zurückzog und die zu diesem Zeitpunkt bereits tote Frau mit sich gezogen hat. Wir haben keine typischen Abwehrspuren gefunden und auch keine Spuren, die mutmaßlich von Schlägen stammen könnten.«

»Ist sie vergewaltigt worden?«, fragt Kea mit gepresster Stimme. Sie denkt sicher an ihre Tochter, die im selben Alter ist.

»Das ist eine gute Frage, die ich nicht gerichtsfest beantworten kann. Wir haben allerdings Sperma in ihrer Vagina gefunden.« Der Rechtsmediziner hält einen Moment inne und scheint zu überlegen. »Es gibt zwar minimale Verletzungen, die auf eine Vergewaltigung hindeuten könnten. Allerdings können sie genauso gut beim normalen sexuellen Kontakt entstanden sein.«

»Haben wir Hoffnung auf die DNA des Mannes?«, wirft Kea ein.

»Davon gehe ich fest aus. Sollte der Herr in Ihrer netten Datenbank hinterlegt sein, wird sich seine Identität schnell klären lassen.«

Ich räuspere mich. »Darf ich fragen, wie sicher Sie bei dem Opfer zu normalem Sex tendieren?«

Dr. Hassel zieht eine Augenbraue hoch. »Ich glaube, ich kenne Sie noch gar nicht.«

»Sorry, ich bin die Neue. Lina Lübbers, Hauptkommissarin, ausgeliehen aus Osnabrück.«

»Ich begrüße Sie, Frau Lübbers. Nun zu Ihrer Frage: Sie ist, wie bereits erwähnt, nicht eindeutig zu beantworten. Aber da Sie neu im schönen Aurich sind, mache ich eine Ausnahme. Ich persönlich tendiere eindeutig zu der zweiten Variante.«

Ich lächle zuckersüß. »Danke, Dr. Hassel.«

Aus dem Augenwinkel habe ich Keas Reaktion beobachtet. Sie wirkt leicht verschnupft und scheint sich nur schwer zurückhalten zu können, mir vor dem Rechtsmediziner einen Rüffel zu erteilen.

Jetzt schaut sie direkt in die Kamera. »Hat Mia Grewe über einen längeren Zeitraum Drogen genommen?«

»Mit der Information kann ich leider noch nicht dienen. Die Haaranalyse steht noch aus. Ein paar Tage werden Sie sich noch gedulden müssen. Ich weise aber schon gleich darauf hin, dass es eine gewisse Fehlerquote geben könnte und auch bei einem negativen Befund eine längere Einnahme von MDMA oder anderen Drogen nicht auszuschließen ist.« Dr. Hassel hält kurz inne. »Der schriftliche Bericht der Obduktion wird Ihnen spätestens übermorgen zugehen. Weitere Analysen sind in Arbeit. Ich halte Sie wie immer auf dem Laufenden.«

»Vielen Dank, Herr Dr. Hassel«, verabschiedet sich Kea von ihm und beendet die Videositzung.

»Wir können also davon ausgehen, dass Mia vorsätzlich getötet wurde. Der oder die Täter müssen gewusst haben, dass sie Drogen genommen hat, beziehungsweise haben sie sie ihr selbst verabreicht. Eventuell steht der sexuelle Kontakt damit in Verbindung.«

»Ecstasy-Pillen sind ja nicht gerade K.-o.-Tropfen«, wirft Hauke trocken ein.

Er hat recht. Wenn der Widerstand einer Frau gebrochen werden soll, scheint mir Ecstasy nicht der richtige Weg zu sein. Kea scheint das anders zu sehen und geht nicht auf Haukes Bemerkung ein.

»Ich habe einen Durchsuchungsbeschluss für Mias Zimmer beantragt, der jeden Augenblick eintreffen sollte. Hauke, wir beide fahren zu den Eltern. Wer meldet sich für den ersten Besuch in Mias Schule?«

Die Hand von Jörn Thiessen schießt in die Höhe. Kea wirft mir einen Blick zu, ich nicke.

»Frank, kannst du uns bis morgen einen Überblick über die Drogenszene geben, damit wir alle auf dem gleichen Stand sind? Was, wie, wo – du kennst das Spiel. Bitte mit Schwerpunkt synthetische Drogen. Mach dich zusätzlich auch über Leer, Emden und Wittmund schlau. Und telefoniere mit den Osnabrücker und auch Oldenburger Kollegen. Ich will wissen, ob es neue Player in der Szene gibt, Machtkämpfe, Gratisaktionen und so weiter. Die Drogenküche, die wir gestern gefunden haben, hat vermutlich seit Wochen, vielleicht Monaten produziert. Meines

Wissens ist sie im Norden die erste in dieser Größe. Eventuell ist da etwas schiefgelaufen, was zu falschen Dosierungen in den Pillen geführt hat.«

Frank Erken nickt. »Ist notiert.«

»Du kommst aus Osnabrück?«, fragt mich Jörn, als wir auf dem Schulparkplatz parken.

Ich kann mir ein Schmunzeln nicht verkneifen. »Ja, immer noch.«

»Sorry, blöder Einstieg.« Er lächelt verkrampft. »Auch von mir noch mal ein Willkommen in Aurich. Egal, wie lange du bleibst, wir können die Verstärkung gut gebrauchen.«

»Danke.« Ich zeige nach vorn zum Schulgebäude. »Auf in den Kampf. Bin gespannt, was der Klassenlehrer uns erzählen wird.«

Simon Meyer erinnert mich an meinen Religionslehrer in der Grundschule. Groß, hager, kurze, akkurat geschnittene Haare, lange, spitze Nase. Er begrüßt uns mit ernster Miene vor dem Lehrerzimmer und geht voraus in einen Klassenraum, der im Moment leer steht.

»Hier haben wir unsere Ruhe«, sagt er, rückt zwei Tische zusammen und stellt drei Stühle hinzu.

»Danke, dass Sie so schnell Zeit für uns haben«, beginne ich das Gespräch. »Wir wissen inzwischen, dass wir bei Mia Grewe von einem Tötungsdelikt ausgehen müssen. Meine Kollegin hatte Sie ja bereits gestern angerufen und kurz mit Ihnen gesprochen.«

Simon Meyer nickt.

»Wie lange haben Sie Mia unterrichtet?«, stelle ich meine erste Frage.

»Seit sie von der Grundschule zu uns gekommen ist, also ab der fünften Klasse war ich ihr Klassenlehrer. Ich unterrichte Deutsch und Physik.«

»Was ist Ihr Eindruck von Mia? Vielleicht können Sie uns auch etwas über ihre Entwicklung in den letzten Jahren sagen.«

»Das kann ich gern versuchen.« Er holt Luft und strafft die Schultern. »Also, Mia war ein sehr aufgewecktes Kind, als sie zu uns kam. An allen Fächern interessiert und ausgesprochen umgänglich. Eine Musterschülerin sozusagen. Sie war keine Überfliegerin, aber hat sich sehr gut im oberen Drittel gehalten. Nicht jeder muss ein Einser-Abitur machen.«

»Und wie ging es in den Folgejahren weiter?«

»Eigentlich alles zufriedenstellend, also aus Schulsicht. Privat haben wir ja wenig Einblick, wissen nicht, was im Elternhaus läuft und mit welchen Freunden der Schüler oder die Schülerin Kontakt hat. Vielleicht war Mia etwas schüchtern, aber nun gut, jeder und jede ist anders, und die Pubertät muss nicht immer im Drama enden. Es gibt auch Kinder, die werden mit diesen schwierigen Jahren gut fertig. Ich denke, Mia gehörte dazu.«

»Was genau muss ich darunter verstehen?«, frage ich, obwohl mir durchaus klar ist, worauf der Lehrer anspielt.

»Sie wissen schon, zu einer bestimmten Zeit wird plötzlich das andere Geschlecht wichtiger als alles andere im Leben. Das Hirn scheint dann wie ausgeschaltet, Schule wird plötzlich mit Gefängnis gleichgesetzt, und so manch einer würde sie gern in die Luft jagen. Wie gesagt, Mia war anders. Im positiven Sinne.« Er senkt den Kopf leicht. »Es ist verdammt traurig, dass sie von uns gegangen ist.«

»Hatte Mia Freunde in der Klasse?«

Simon Meyer zögert und reibt sich mit dem Finger über den Nasenrücken. »Wir fördern ausdrücklich die soziale Kompetenz der Schüler und sehen Freundschaften unter den Klassenkameraden absolut positiv. Nicht, dass Sie mich falsch verstehen, es geht uns natürlich um platonische Freundschaften.«

»Durchaus«, werfe ich ein. »Ich entnehme dem Gesagten, dass Mia Grewe eher eine Außenseiterin war.«

»Wenn Sie es unbedingt so nennen wollen. Ich sehe das eher positiv. Sie war eine ernste und gewissenhafte Schülerin und konnte wenig mit den üblichen Grenzüberschreitungen mancher Schüler anfangen. Sie wissen sicher, wovon ich spreche.«

»Hat sich in den letzten zwölf Monaten etwas an Ihrer Einschätzung geändert?«, frage ich weiter, ohne seine zumindest gewöhnungsbedürftigen Andeutungen zu kommentieren.

Simon Meyer hebt entschuldigend beide Arme hoch. »Leider. Sie hat häufiger gefehlt als zuvor, ihre Noten haben sich verschlechtert, und im Unterricht war sie weit weniger aufmerksam. Ich habe natürlich das Gespräch mit Mia gesucht. Sie hat mir versichert, dass alles in Ordnung sei und es damit zusammenhängen würde, dass ihre Eltern sich häufig streiten und sie befürchtet, dass sie sich trennen.«

»Sie haben es dabei belassen?«

Mias Klassenlehrer wirft mir einen vernichtenden Blick zu. »Was wollen Sie damit andeuten? Doch nicht etwa, dass ich meine Pflichten als Lehrer vernachlässigt habe?«

Ich setze ein müdes Lächeln auf. »Selbstverständlich nicht, Herr Oberstudienrat Meyer.«

Zehn

Kea

»Haben Sie hier aufgeräumt?« Ich schaue mich in Mias Zimmer um. Die grob geschätzten dreißig Quadratmeter wirken nicht nur ordentlich, sondern geradezu steril. Fast so, als wären Möbel und Deko lediglich zu Demonstrationszwecken aufgebaut worden, wie in einem Möbelhaus. Von meiner Tochter Freya bin ich anderes gewöhnt. Ganz anderes.

»N-nein. Warum?« Angela Grewe, die im Türrahmen steht, wirkt verunsichert, schlägt nun die Strickjacke vor ihrem Körper zusammen, die sie trotz der sommerlichen Temperaturen trägt. »Natürlich nicht. Ich … ich schaffe es ja nicht mal, es zu betreten. Es … es tut zu weh.«

Aus irgendeinem Grund fällt es mir schwer, ihr zu glauben. »Also sieht es hier immer so aus?«

»Ja. Ich … ich verstehe nicht … was ist verkehrt daran?« Mias Mutter sieht mich aus ebenso müden wie verquollenen Augen an. Es ist anzunehmen, dass sie in der letzten Nacht nicht geschlafen hat. Was mich nicht wundert. Keine Mutter könnte unter diesen Umständen schlafen.

»Nun gut«, sage ich. »Es war nur eine Frage. Reine ... äh ... Routine.«

Hauke ist bereits dabei, die Bücher im Regal zu inspizieren. Er nimmt jedes einzelne heraus und schüttelt es. Auf der Fahrt hierher hat er nur mit mir geredet, wenn ich ihn angesprochen habe, und dann auch nur einsilbig. Überhaupt scheint er heute mit den Gedanken ganz woanders zu sein, weicht meinem Blick aus. Zudem drückt er immer wieder seine Finger an die Stirn, als hätte er Kopfschmerzen. Es ist keineswegs das erste Mal, dass ich ihn so erlebe. Im besten Fall kämpft er mit einer Migräne. Im schlimmsten Fall aber ... Ich schüttele innerlich den Kopf. Nein, darüber möchte ich nun wirklich nicht nachdenken. Nicht schon wieder.

Ich wende mich Mias Schreibtisch zu. Bei Freya hätte ich mich jetzt erst einmal durch Berge von Zeug wühlen müssen, um einen ungefähren Überblick darüber zu bekommen, was sie auf ihrem Schreibtisch hortet. Auf diesem aber steht so gut wie nichts herum. Ein Locher, ein Tacker, eine in Pastellfarben gehaltene Dose mit Stiften, eine Box mit Notizzetteln, ein kleiner Kiefernholzwürfel mit Fotoklammer, in dem das Foto eines pausbäckigen Babys steckt. »Ist das Mia?«, frage ich.

Anstatt einer Antwort nickt Angela Grewe und bricht im nächsten Moment in Tränen aus.

Mittig auf dem Schreibtisch steht Mias Laptop. Ich ziehe das Kabel aus der Steckdose, dann schiebe ich das Gerät in eine Plastikhülle und stecke es in eine der mitgebrachten, bislang noch leeren Boxen.

»Haben Sie überhaupt einen Durchsuchungsbeschluss?«, meldet sich eine dunkle Stimme von der Tür her zu Wort.

Hauke und ich drehen uns gleichzeitig um, nehmen den vielleicht zwanzigjährigen Mann in Augenschein. Hochgewachsen, schlank, moderner Kurzhaarschnitt, überdurchschnittlich gut, wenn auch verschlafen aussehend.

»Und wer will das wissen?«, frage ich unfreundlicher als beabsichtigt. Was daran liegen mag, dass Hauke sichtlich Mühe hat, ein Gähnen zu unterdrücken. Der Liter Kaffee, den er geschätzt während unserer Besprechung in sich hineingeschüttet hat, scheint nicht geholfen zu haben. Was, um alles in der Welt, hat er in der letzten Nacht getrieben?! Und mit wem?, schließt sich gleich die nächste Frage an, die ich aber sofort aus meinem Kopf zu streichen versuche. Für derartige Fragen ist jetzt ganz gewiss nicht der richtige Zeitpunkt.

»Dies ist mein Sohn«, beeilt sich Angela Grewe zu sagen. »Vincent. Er ist heute Morgen aus Oldenburg gekommen. Er studiert dort Medizin.«

»Was die Polizei wohl kaum interessieren dürfte«, fährt Vincent seiner Mutter hastig über den Mund. »Also, was ist nun? Haben Sie einen Durchsuchungsbeschluss?«

»Ja, haben sie«, antwortet seine Mutter, noch bevor ich zu einer Antwort ansetze. »Papa und ich haben ihn gesehen.«

»Wo ist Papa?« Vincent schaut sich suchend nach allen Seiten um.

»Unten. Er … kann es nicht mitansehen, wie Mias Sachen durchwühlt werden, sagt er.«

»Geht mir genauso. Was versprechen Sie sich von dieser Aktion?« Vincent Grewe schaut zuerst mich, dann Hauke wütend an. »Können Sie uns nicht einfach in Ruhe trauern lassen, anstatt uns auf die Nerven zu gehen?«

Unter normalen Umständen hätte Hauke den jungen Mann spätestens jetzt in seine Schranken gewiesen. Heute aber zuckt er lediglich mit den Schultern und wendet sich erneut den Büchern zu. Wie lange kann man eigentlich brauchen, um ein paar Regalreihen zu durchforsten?!

»Nun lass mal gut sein, Vincent. Sie machen doch nur ihre Arbeit«, redet Angela Grewe besänftigend auf ihren Sohn ein.

»Ach ja? Ich kann mir nicht vorstellen, wofür es gut sein soll, in den Sachen meiner Schwester herumzuschnüffeln.« Für wenige Augenblicke bleibt Vincents Blick an dem Laptop in der Box kleben, dann schaut er zu mir.

Er will Streit? Den kann er haben. Professionalität hin oder her, heute erwischt er mich auf dem falschen Fuß. »Liegt es womöglich gar nicht in Ihrem Interesse, dass wir den Mörder Ihrer Schwester finden?«, schwinge ich den verbalen Knüppel und schaue ihn herausfordernd an. »Oder fürchten Sie einfach nur, dass wir fündig werden könnten?«

»Schon gut, dann machen Sie halt Ihren Job«, lenkt Vincent zu meiner Überraschung sofort ein, dann verschwindet er aus meinem Gesichtsfeld. Gleich darauf höre ich die Stufen der Treppe knarren, die ins Erdgeschoss führt. Sollte an meiner Vermutung womöglich etwas dran gewesen sein? Oder warum sonst gibt er so schnell auf? Ich nehme mir vor, seinen Namen später durch unsere Datenbank laufen zu lassen.

»Mia hat Tagebuch geführt«, meldet sich Hauke zu Wort. Er hält ein pinkfarbenes Notizheft in die Luft und klopft auf eine nicht eben kleine, bunt gestreifte Faltbox aus Pappe, die auf dem oberen Regalbrett steht. »Von den Heften gibt es hier jede Menge. In allen Farben des Regenbogens.«

Ich nicke zufrieden, werde jedoch sogleich auf den Boden der Tatsachen zurückgeholt. »Entweder hat sie vor sechs Monaten aufgehört zu schreiben, oder die letzten Hefte sind verschwunden«, ergänzt Hauke.

»Verschwunden?«

»Verschwunden.« Hauke macht plötzlich einen wacheren Eindruck. Womöglich entfaltet der Kaffee endlich seine Wirkung. »Wissen Sie was darüber?«, wendet er sich an Mias Mutter, die nach wie vor im Türrahmen steht. »Hat Mia vielleicht erwähnt, dass sie nun kein Tagebuch mehr schreibt?«

»Nein. Darüber hat sie nie gesprochen.« Angela Grewe fährt sich fahrig mit den Fingern durchs stumpf aussehende Haar. »Es kann natürlich sein, dass sie damit aufgehört hat. Mia hatte sich verändert in den letzten Monaten. Aber das hatten wir Ihnen ja gestern schon gesagt.«

»Womit hat Mia aufgehört?«, fragt Jannik lahm, der plötzlich in der Tür steht. Im Gegensatz zu seinem älteren Bruder wirkt er übernächtigt, und in seinem von Tränen verschleierten Blick liegt eine tiefe Traurigkeit.

»Guten Morgen, Jannik«, begrüße ich ihn. »Weißt du, ob Mia in den letzten Wochen und Monaten noch Tagebuch geschrieben hat?« Ich deute auf Hauke, der jetzt mit dem pinkfarbenen Heft wedelt.

»Klar hat sie das. Wieso?«

»Bist du dir sicher?«, hake ich nach.

»Klar.« Er gibt keine weitere Erklärung ab.

»Hast du sie gesehen?«, gebe ich nicht auf. »Hat sie dir die Hefte gezeigt?«

»Nee.« Er schnaubt. »Aber vorgestern, da kam ich mal hier rein, und da war sie gerade am Schreiben. Sie hat mich angeplärrt, dass mich das nichts angeht und dass ich abhauen soll und so.« Er macht einen Scheibenwischer. »Sie ist krass durchgedreht deswegen, echt jetzt. Dabei hab ich gar nicht gesagt, dass ich die lesen will.«

»Weißt du, ob sie die letzten Tagebücher auch in dieser Box aufbewahrt hat?«

»Nee, ich glaub nicht.«

»Wie kommst du darauf?«

»Als ich reinkam, hat sie das Heft in eine Holzkiste geschmissen. In so eine, die man abschließen kann, mit so 'nem Vorhängeschloss dran. Wie 'ne Schatzkiste sah die aus.«

»Wie groß ist diese Holzkiste?«, frage ich, während ich meinen Blick durchs Zimmer schweifen lasse. Offensichtlich hatte Mia verhindern wollen, dass jemand heimlich in ihren Aufzeichnungen liest.

Jannik misst mit den Armen etwa dreißig mal zwanzig Zentimeter ab. »Halb so groß wie die Pappbox vielleicht, wo sie die anderen drin hat.«

»Und wo hat sie die Kiste hingestellt?«

Jannik zuckt mit den Schultern. »Keine Ahnung.«

Hauke hat sich auf alle viere begeben und schaut nun unter dem mit einem weißen Stoffhimmel überspannten Bett nach. »Nichts«, verkündet er gleich darauf. »Außer dem hier.« Er fischt einen mittelgroßen Teddybären mit grinsendem Gesicht hervor und setzt ihn zu einer Reihe anderer Stofftiere aufs sorgfältig gemachte Bett.

»Bitte ... ich ... ich ertrag das nicht«, schluchzt Angela Grewe, ihren Blick auf den Teddy gerichtet. »Wie Sie hier in Mias Sachen wühlen ... Ich würde gern mit Jannik nach unten gehen. Ist das in Ordnung?«

»Natürlich.« Ich nicke. »Wenn wir Fragen haben, kommen wir auf Sie zu.«

»Vielleicht finden wir die Kiste mit den Tagebüchern im Kleiderschrank«, sage ich, als Mutter und Sohn die Tür hinter sich geschlossen haben und das Knarren der Treppe anzeigt, dass sie außer Hörweite sind. »Schau doch mal nach.«

Während Hauke sich Mias dreitürigem Kleiderschrank zuwendet, ziehe ich die oberste Schreibtischschublade auf. Auch in dieser herrscht eine erstaunliche Ordnung. Zunächst scheint sie nichts Aufsehenerregendes zu beinhalten, doch als ich ganz nach hinten greife und eine Pappschachtel hervorziehe, entweicht meinem Mund ein überraschter Laut. »Schau mal!«

Haukes Kopf taucht aus dem Kleiderschrank auf, und ich halte ihm die Schachtel hin.

Er hebt erstaunt die Brauen. »Kondome?«

»Etliche.« Ich greife hinein und ziehe eine der quadratischen Plastikverpackungen heraus. »Sie sind noch ewig haltbar, also wohl erst vor Kurzem gekauft, schätze ich.«

»Na, du kennst dich ja aus«, knurrt Hauke, und es klingt nicht nach einem Kompliment.

Ich beschließe, diesen Kommentar zu überhören. »Kannst du mir mal sagen, wofür ein so junges Mädchen so viele Kondome braucht? Es ist eine Zwanziger-Packung.«

»Wie viele sind denn schon raus?«

»Nicht viele.«

»Woher willst du dann wissen, dass sie sie wirklich gebraucht hat? Vielleicht hat sie sich beim Einkauf ja nur verschätzt.«

»Ja, witzig.« Mit Hauke scheint heute kein vernünftiger Austausch möglich zu sein.

Wir horchen auf, als aus dem unteren Stockwerk plötzlich laute und ganz offensichtlich wütende Stimmen zu hören sind. Den genauen Wortlaut aber kann man nicht verstehen.

»Der Herr Doktor streitet mit seinem Stammhalter«, stellt Hauke fest. Wir treten an die Tür und öffnen sie leise, um zu lauschen, doch verstummt in diesem Moment das Gebrüll. Lediglich ein jämmerliches Schluchzen der Mutter ist noch zu hören, gefolgt von einer laut zuschlagenden Tür. Schade. Ich hätte gern gewusst, worüber Vater und Sohn in dieser für alle so schwierigen Situation aneinandergeraten.

Ich drücke die Tür lautlos ins Schloss, und wir machen uns wieder an die Arbeit.

»Hui.« Nur wenig später pfeift mein Kollege durch die Zähne. »Da guck mal einer an!« Er zieht ein kurzes, schwarzes und mit Spitzen abgesetztes Hängerkleid aus dem Schrank, das an dem Körper einer Frau definitiv mehr zeigt als verdeckt.

»Lass mich das machen!« Ich trete auf ihn zu, reiße ihm das Kleid aus der Hand und schiebe ihn beiseite. Hauke in Mias Klamotten wühlen zu lassen, fühlt sich nicht richtig an.

Eigentlich hätte ich gleich darauf kommen können, dass dies nur meine Aufgabe sein kann. Wo habe ich heute nur meinen Kopf? In diesem Moment bin ich wirklich froh, dass niemand von Mias Familie im Zimmer ist. »Kümmere du dich weiter um den Schreibtisch, okay?«

»Warum tust du angesichts der Gummis so überrascht?«, kommt Hauke noch einmal auf die Kondome zu sprechen, während er sich nun an der mittleren Schreibtischschublade zu schaffen macht. »Hast du unserem guten Dr. Hassel heute Morgen denn nicht zugehört? Er hat uns mitgeteilt, dass Mia keine Jungfrau mehr war. Sie hat ihren Spaß gehabt, na und? Heutzutage kein Ding für 'ne Sechzehnjährige. Auch wenn du das als Mutter einer fast Sechzehnjährigen nicht wissen willst.«

»Und wenn du ihm richtig zugehört hättest, dann wüsstest du, dass keineswegs sicher ist, ob sie freiwillig Sex hatte«, kontere ich.

»Warum sollte sie dann die Kondome bei sich aufbewahren?«, gibt Hauke zu bedenken. »Das ergibt keinen Sinn, Kea.«

Widerwillig muss ich zugeben, dass er nicht ganz unrecht hat. »Es geht mir um den letzten sexuellen Kontakt, den sie hatte«, konkretisiere ich meinen Standpunkt. »Womöglich geschah der gegen ihren Willen und ganz offensichtlich ohne Kondom. Das ist alles, was uns derzeit interessieren muss.«

»Aye, aye, Chef.«

Ich verdrehe die Augen, hänge das Kleid zurück in den Schrank, stecke die Kondome in einen Plastikbeutel und lege diesen zu dem Laptop in die Box. Dann wende ich mich wieder Mias Klamotten zu. Im Großen und Ganzen scheinen diese zwar modisch, aber eher konservativ zu sein, das Hängerchen eine Art Ausrutscher. Gut, auch ihre Unterwäsche kann man zu Teilen durchaus erotisch nennen, aber das hat nicht viel zu sagen, wenn man es mit einem jungen Mädchen zu tun hat, das der Männerwelt gefallen und ihre ersten sexuellen Erfahrungen machen will.

Ich halte Ausschau nach der Holzkiste, in der womöglich Mias Tagebücher der letzten sechs Monate versteckt sind, kann sie aber auch im Kleiderschrank nirgends entdecken. Ob Mia sie aus dem Haus gebracht hat, nachdem ihr Bruder sie gesehen hatte? Falls ja, wo oder bei wem könnte sie jetzt sein?

Minutenlang verrichten wir unsere Arbeit schweigend, bis Hauke erneut durch die Zähne pfeift und sagt: »Da sieh mal einer an!« Zwischen Daumen und Zeigefinger lässt er einen kleinen Plastikbeutel hin- und herbaumeln. Er ist gefüllt mit sechs kleinen bunten Pillen. »Ein klarer Fall für unser Labor«, stellt er fest. »Ich gehe jede Wette ein, dass es sich um MDMA, also um das gute alte Ecstasy handelt.«

Elf

Lina

Die Vertrauenslehrerin Svenja Imhoff schätze ich auf Mitte dreißig, schlank, dunkelblonde halblange Haare, ein offenes, freundliches Gesicht.

»Habe ich das richtig verstanden, Mia ist ... also sie ist ermordet worden?«

Ich nicke. »Wir müssen von einem Tötungsdelikt ausgehen.« Ich halte inne, um der jungen Lehrerin etwas Zeit zu geben. »Sie kannten Mia gut?«

»Ja, ich habe in den letzten drei Jahren einige Male mit ihr gesprochen.« Sie schaut zwischen mir und Jörn Thiessen hin und her. »Sie wollen wahrscheinlich wissen, worum es ging. Ich weiß jetzt gar nicht, ob ich das ...« Sie bricht mitten im Satz ab. »Ich habe ja eigentlich Schweigepflicht.«

»Im Prinzip schon, allerdings ist das hier ein besonderer Fall. Mia ist tot und wir ermitteln. Sie dürfen uns also beruhigt alles sagen, was Mia Ihnen anvertraut hat.«

Sie nickt nachdenklich, scheint sich nicht sicher zu sein, ob sie mir vertrauen kann. Ich verstehe ihre Vorsicht und finde es richtig, wenn Vertrauenspersonen zweimal nachdenken, bevor sie zu viel preisgeben. Aber wir haben keine Zeit zu verlieren, die ersten achtundvierzig Stunden sind nach einem Tötungsdelikt immer noch die wichtigsten.

»Sie garantieren mir, dass ich keinen Ärger bekomme?«

»Ja. Und sollte sich jemand beschweren, verweisen Sie die Person an uns.«

Svenja Imhoff zögert kurz, bevor sie sich mir zuwendet. »Mia hat ... hatte, als sie zum ersten Mal zu mir kam, wenige Freunde in der Schule. Sie war eine klassische Außenseiterin, schüchtern und unsicher. Dabei fühlte sie sich oft nicht wohl in ihrem Körper. Vor drei Jahren war sie noch regelrecht pummelig. Selbstbewusste Mädchen gehen da eigentlich heutzutage ganz offen mit um. Alle wissen auch, dass die Körperfülle nicht immer damit zusammenhängt, was und wie viel man isst. Da gibt es genetische Veranlagungen, gegen die man, gerade in dem Alter, kaum ankommt.«

»Ist sie gemobbt worden?«, wirft Jörn Thiessen ein. Ich bin froh, dass er eine Frage stellt. Beim Klassenlehrer wirkte er äußerst gehemmt. Vielleicht hatte er auch ein Déjà-vu zu seiner eigenen Schulzeit.

»Das habe ich zunächst auch vermutet«, beantwortet die Vertrauenslehrerin Jörns Frage. »Aber Mia hat mehrfach betont, dass das nicht das Problem sei. Ich habe mit den Kollegen gesprochen, die in Mias Jahrgang unterrichten. Auch sie haben nicht beobachtet, dass Mia gemobbt wurde.«

Mein Handy macht sich bemerkbar. Eine Nachricht von Kea. Sie und Hauke haben Drogen in Mias Zimmer gefunden. Und Kondome.

»Haben Sie den Verdacht, dass Mia Drogen genommen hat?«, frage ich.

Svenja Imhoff lässt sich Zeit für eine Antwort. Ich habe eine Vermutung, womit das zusammenhängt. »Vielleicht darf ich für die Beantwortung der Frage etwas weiter ausholen. Als Mia zum ersten Mal zu mir kam, war sie dreizehn, sprich, sie war in einem Alter, in dem die Pubertät, gerade bei Mädchen, zum ersten Mal voll zuschlägt.« Sie lächelt. »Wenn ich das mal so salopp ausdrücken darf. Die ersten harmlosen Freundschaften mit Jungs – bei manchen ist es auch schon etwas ernsthafter –, die Mädchen haben eine beste Freundin, mit der sie alle ihre Wünsche und Ängste besprechen. Und eine Mädchenclique, in der sie sich gegenüber den Jungs abschotten, um sich zu schützen, ihren eigenen Raum zu haben. Dann kommt die erste große Liebe, die häufig schnell in einem Häufchen Elend endet. Den Halt geben die Freundin und die Clique. So tasten sie sich langsam an die Welt der Erwachsenen heran, die eine mehr, die andere weniger. Mia hatte, als sie zu mir kam, weder eine beste Freundin noch einen erweiterten Kreis von gleichaltrigen Mädchen. Das hat sich etwas gelegt, als Mia und Emily sich angefreundet haben, aber die beiden Mädchen sind, beziehungsweise *waren* zu unterschiedlich, um sich voll aufeinander einzulassen.«

Ich frage mich, wie intensiv Svenja Imhoff Mia betreut haben muss, um sie so ausführlich charakterisieren zu können. Sie wirkt auf mich wie eine ausgesprochen engagierte Lehrerin, und Mia scheint ihr sehr ans Herz gewachsen zu sein.

»Nicht, dass Sie mich jetzt falsch verstehen. Mia war kein Problemkind im eigentlichen Sinne.«

Ich schlucke und korrigiere meine Einschätzung zu Svenja Imhoff. Wie häufig habe ich in meinem Leben die Bezeichnung gehört? Problemkind. Ich war angeblich so ein Kind und meine Schwester auch. Kein gutes Elternhaus, eigentlich gar keins. Vater untergetaucht, Mutter tot. Nicht selten fühlte es sich so an, als sei Mamas Krebs, der sie in wenigen Monaten um zwanzig Jahre hatte altern lassen, die größere Verfehlung gewesen. Meinem Erzeuger wurde weit weniger Aufmerksamkeit zugebilligt, seine Schuld an unserem Schicksal übergangen.

Ich zwinge mich, mich wieder auf die Lehrerin zu konzentrieren, die jetzt von Mias Eltern spricht.

»Mia kommt aus gutem Elternhaus. Aber das schützt nicht immer vor den Hürden des Lebens.«

»Was war nun Mias eigentliches Problem?«, frage ich und ärgere mich im gleichen Moment über meine leicht gereizte Stimme.

Svenja Imhoff sieht mich irritiert an, zieht die Augenbrauen kurz zusammen. »Nun, ich bin keine Psychologin und eigentlich dafür zuständig, die Schüler und Schülerinnen bei ihren *schulischen* Problemen zu unterstützen. Die hatte Mia nicht. Ihre Noten waren bis vor einiger Zeit durchaus akzeptabel.« Svenja Imhoff hält kurz inne und scheint zu überlegen. »Mias eigentliches Problem? Wenn Sie es so auf dem Punkt haben wollen, würde ich ihr zu geringes Selbstwertgefühl nennen wollen. Manche Schüler haben zu viel oder sogar viel zu viel davon, andere zu wenig. Dabei war es bei Mia vollkommen unbegründet. Eigentlich war sie ein taffes Mädchen, intelligent und mit viel Potenzial.«

Mir fällt erst jetzt auf, dass die Vertrauenslehrerin nicht auf meine Frage nach den Drogen geantwortet hat. Sie weicht mir aus. Gibt es an der Schule ein größeres Problem, als bekannt ist?

»Hat Mia Drogen genommen?«, wiederhole ich meine Frage.

»Das kann ich nicht bestätigen, aber auch nicht verneinen. Wir haben schlichtweg nicht darüber gesprochen.«

»Wann war Ihr letztes Gespräch mit Mia?«, fragt Jörn.

»Das ist jetzt schon eine Weile her.« Sie kramt einen Kalender aus ihrer Tasche und blättert darin herum. »Vor drei Monaten.«

»Worüber haben Sie mit ihr gesprochen?«, schiebt Jörn gleich die nächste Frage nach.

»Ich mache mir keine Notizen«, weicht Svenja Imhoff wieder aus. »Ich glaube, es ging um ihre Noten, die sich erheblich verschlechtert hatten. Ja, stimmt. Mehrere Kollegen und Kolleginnen haben mich gebeten, das Gespräch mit Mia zu suchen.«

»Mia wollte also gar nicht von sich aus mit Ihnen sprechen?«, fragt Jörn so beiläufig, als rede er über das Wetter von morgen. In Gedanken zeige ich meinem jungen Kollegen den erhobenen Daumen. Weiter so, du hast Potenzial!

»So würde ich das nicht sehen«, antwortet Svenja Imhoff. »Nicht nur die Schüler kommen aktiv auf mich zu, sondern ich auch auf sie. Das hat nichts damit zu tun, dass wir sie zwingen. Wir sehen das als Angebot, und das hat Mia in diesem Fall angenommen.«

Ja, so ist das immer schon gewesen. Erst wenn die Noten in den Keller gehen, werden die Lehrkräfte auf die Schüler aufmerksam. Kann man mehr von ihnen erwarten? Ich habe noch nie vor dreißig Jugendlichen gestanden, kann mir aber vorstellen, wie schwierig es ist, dabei den Überblick zu behalten. Ist die eine Doppelstunde vorbei, kommt die nächste Klasse, der nächste Jahrgang. Vielleicht sollte endlich darüber nachgedacht werden, ob das Lernen, wie es in unseren Schulen praktiziert wird, noch zeitgemäß ist.

»Haben Sie noch Fragen?«, holt Svenja Imhoff mich aus meinen Gedanken zurück.

»Was ist Ihrer Meinung nach in den letzten sechs bis acht Monaten mit Mia passiert?«, hilft Jörn mir aus der Patsche.

Die Vertrauenslehrerin hebt beide Hände als Zeichen, dass sie ratlos ist. »Ich kann Ihnen da nicht helfen. Ich habe mich in dieser Zeit zweimal mit Mia unterhalten. Das vorletzte Mal vor etwas mehr als einem halben Jahr.«

»Was wollte sie von Ihnen?«, frage ich.

»Zu meiner Schande muss ich sagen, dass ich nicht genau verstanden habe, weshalb Mia zu mir gekommen ist. Es ging nicht um ihre Klassenkameraden und auch nicht um ihre Leistung. Ich glaube, sie brauchte einfach jemanden zum Reden.«

»Irgendeinen Anlass muss es doch gegeben haben«, bohrt Jörn nach. »Sie haben sie doch sicher gefragt.«

»Vermutlich.« Svenja Imhoff schließt die Augen, sieht wieder auf und nickt. »Ich glaube, es waren die Eltern. Sie verstand sich nicht mehr mit ihnen und beklagte sich, dass sie ihr keine Luft zum Atmen geben würden – und ihr Leben bereits vorgeplant hätten.« Sie zuckt mit den Schultern. »Aber hatten wir nicht alle eine solche Phase?«

Nein, ich nicht!, will ich ihr entgegenschreien, zwinge mich aber, ruhig zu bleiben. »Sie wollte von zu Hause weg?«

»Mag sein. Aber mit sechzehn ist das keine Option. Das sind ganz normale Tendenzen und Ideen, die im Rahmen eines Ablösungsprozesses von den Eltern immer mal wieder aufkommen. Überall im Internet wird den Kindern suggeriert, sie seien die Größten und könnten spielend auch ihr eigenes Geld verdienen. Ohne Ausbildung oder Studium, versteht sich. Aber nicht jeder und jede kann Influencer werden.«

»Vielen Dank, dass du dir die Zeit nimmst, um mit uns zu sprechen«, begrüße ich Finn Hansen, den Klassensprecher in Mias Klasse. »Ich darf doch Du sagen?«

»Alles gut.« Er zwinkert mir zu. »Wir sind hier ja nicht in der Schule.«

Finn ist mir auf der Stelle sympathisch. Ich schenke ihm ein warmes Lächeln. »Du hast gehört, was passiert ist?«

Der hochgewachsene und gut aussehende junge Mann nickt und streicht seine Haare nach hinten. »Ja, das ging rum wie ein Lauffeuer. Wir sind alle geschockt in der Klasse.«

»Hattest du Kontakt zu Mia?«

»Was heißt Kontakt? Natürlich haben wir hier und da mal ein paar Worte gesprochen. Aber befreundet im engeren Sinne waren wir nicht. Fragen Sie Emily, die kann Ihnen da mehr sagen. Sie ist aber heute nicht da.«

»Danke für den Tipp. Als Klassensprecher hat man sicher einen guten Überblick und hört und weiß viel über den einen oder die andere. Wie war Mia so? Was haben die anderen von ihr gehalten?«

»Das müssen Sie schon die anderen fragen. Ich bin Klassen- und auch Schülersprecher, aber ganz sicher nicht der Babysitter der Klasse.«

»Und du? Was hast du von ihr gehalten?«, fragt Jörn.

»Was soll ich sagen? Mia lief so mit in der Klasse, ohne weiter aufzufallen. Weder positiv und schon gar nicht negativ. Wenn ich letzte Woche alle in unserer Klasse hätte aus dem Kopf nennen sollen, hätte ich sie vielleicht vergessen, verstehen Sie?«

»Auch in den letzten Monaten?«

»Ich weiß, was Sie meinen«, sagt Finn Hansen. »Mia hat etwas mehr aus sich gemacht, klamottentechnisch, und abgenommen hat sie auch. Aber wann das genau anfing, weiß ich nicht. Ich habe da nicht so den Blick für.«

»Wie kommt das?«, fragt Jörn, bevor ich ihn vor der Frage warnen kann.

Finn grinst breit. »Ich stehe nicht auf Frauen. Ich bin schwul.«

Jörn schluckt und schaut verlegen zur Seite. »Ach so. Verstehe.«

»Hatte Mia einen Freund?«, versuche ich mit dem Themenwechsel die Situation zu retten.

Finn Hansen zuckt kaum merklich mit den Schultern. »Auch um die Frage zu beantworten, bin ich der Falsche.«

»Wie sieht es mit Drogen in der Schule aus?«, frage ich weiter.

»Nicht so mein Ding. Ich rauche nicht, trinke nicht, und von den illegalen Sachen lasse ich schon gar meine Finger.« Er hält inne, zögert kurz und fügt schließlich hinzu: »Manchmal steht so ein weißer SUV von BMW in der Nähe der Schule. Zu den Pausen oder zum Schulschluss. Ich habe ihn auch schon frühmorgens gesehen.«

»Wie bitte?«, fragt Jörn irritiert.

Bevor er einen weiteren Kommentar abgeben kann, stehe ich auf und bedanke mich bei Finn Hansen.

»Was war das denn?«, fragt Jörn, als wir auf mein Auto zugehen.

»Wann ist Schulschluss?«, frage ich.

Jörn wirft einen Blick auf die Uhr. »In zehn Minuten.«

»Steig ein!«

Ich fahre vom Hof und biege nach rechts auf die Straße ab. Weit und breit ist kein SUV der Marke BMW zu sehen. Habe ich mich geirrt, und Finn Hansens Hinweis bezog sich nicht auf unsere Drogenfrage?

»Wir müssen gleich nach links, wenn wir zum Kommissariat wollen«, sagt Jörn mit zurückhaltender Stimme. Ich setze den Blinker in die entgegengesetzte Richtung, biege kurz darauf noch einmal nach rechts ab und fahre schließlich von der anderen Seite auf die Schule zu. Jörn wirft mir einen überraschten Blick zu. Ich reagiere nicht, sondern konzentriere mich auf die parkenden Fahrzeuge.

Ein weißer SUV, wir kommen näher, die Marke stimmt, gelbes Kennzeichen für die Niederlande, zwei Personen sitzen im Auto. Ich bleibe stehen, zögere einen Moment zu lange, der BMW prescht, ohne zu blinken, aus der Parklücke und beschleunigt.

»Halt dich fest!«, rufe ich Jörn zu und drücke aufs Gas. Der Motor heult auf, der Golf macht einen Sprung nach vorn, ich aktiviere die Sirene und sehe aus dem Augenwinkel, dass Jörn reagiert. Er hat das Seitenfenster heruntergelassen und setzt gerade das Blaulicht aufs Dach.

Der BMW wird langsamer und hält nach etwa fünfzig Metern. Kaum ist er zum Stehen gekommen, öffnet sich die Beifahrertür, eine männliche Gestalt springt auf den Bürgersteig.

»Nimm die Personalien von dem Fahrer auf!«, fordere ich Jörn auf, mein Sicherheitsgurt öffnet sich, im gleichen Moment drücke ich die Tür auf und haste dem flüchtenden Mann hinterher.

Er hat einen Vorsprung von mindestens zwanzig Metern. Ich gebe mich lautstark als Polizistin zu erkennen, öffne mit einer schnellen Bewegung mein Holster, hetze die Straße hinunter. Der Mann biegt ab, ist für einen Moment aus dem Sichtfeld verschwunden, bis ich ihn wieder vor den Augen habe. Er ist verdammt schnell, ich beiße die Zähne zusammen und aktiviere die letzten Reserven. Komme ich ihm näher? Keine Chance. Ich kann nur noch darauf hoffen, dass Jörn Kollegen zu Hilfe gerufen hat und die gleich an der nächsten Kreuzung stehen.

Nein, da ist niemand. Ohne nach rechts und links zu schauen, läuft der Mann über die Straße, verschwindet nach rechts. Eine Sekunde, zwei, drei. Ich erreiche die Stelle, stoppe und schaue vorsichtig um die Ecke. Niemand ist zu sehen.

Ich lasse mich nach vorn sinken, stütze mich mit den Händen auf den Knien ab und versuche meine Atmung wieder unter Kontrolle zu bekommen. Warum ist der Mann vor uns geflohen? Wird nach ihm gesucht, oder hält er sich illegal in Deutschland auf? Ist er ein Dealer und musste die Ware verschwinden lassen?

Langsam gehe ich die Strecke zurück, suche nach Verstecken, in denen der Mann ein oder mehrere Drogenpäckchen hätte entsorgen können, finde aber nichts. Habe ich wieder einmal überreagiert? Ich hoffe inständig, dass meine Intuition mich nicht getäuscht hat. Bei Drogen und Schule sehe ich rot – und Sarah vor mir in der Ecke liegen, leichenblass, mit der Spritze im Arm.

Zwölf

Kea

Angela Grewe sitzt in die Ecke eines Sofas gekauert da und schluchzt herzzerreißend. Jannik ist nirgends zu sehen. Jürgen Grewe läuft ziellos im Zimmer auf und ab und schlägt immer wieder seine linke Faust in den Teller seiner rechten Hand. Angesichts dieser Geste und Grewes finsteren Gesichtsausdrucks kann keinerlei Zweifel daran bestehen, dass er eher wütend als traurig ist.

Ich folge seinem Blick zu einem der bodentiefen Fenster und entdecke vor dem Haus Mias älteren Bruder Vincent, der gerade sein Motorrad startet und, begleitet von einem weiteren Biker, mit aufheulendem Motor davonrauscht.

»Ist es das, was Sie so wütend macht?«, frage ich. Woraufhin Grewe für einen kurzen Moment in seiner Bewegung innehält und mich anstarrt, als hätte er mich noch nie gesehen. Dann jedoch setzt er seinen Gang übers Parkett fort, ohne auf meine Frage zu antworten.

»Herr Grewe?«, lasse ich nicht locker. »Sie haben vorhin mit Ihrem Sohn gestritten. Worum ging es in diesem Streit?«

»Ich wüsste wirklich nicht, was Sie das angeht!«, kommt es in harschem Tonfall zurück. »Es hat mit Mia nichts zu tun.« Grewes Blick fällt auf Hauke, der nun den kleinen Plastikbeutel mit den Ecstasy-Pillen vor seinem Gesicht hin- und herbaumeln lässt. »Herrgott noch mal, wenn Sie was zu sagen haben, dann sagen Sie es doch!«, faucht er meinen Kollegen an.

»Bitte, Jürgen«, wimmert Angela Grewe. »Nun sei doch nicht so …« Sie schluchzt auf. »Nun sei doch bitte nicht so grob. Die Herrschaften machen doch nur ihre Arbeit.«

»Sag du mir nicht, was ich zu tun habe, Angela!« Grewes zorniger Blick wandert erneut zum Fenster, hinter dem nun niemand mehr zu sehen ist außer einer grau getigerten Katze, die sich träge im Schatten eines Baumes rekelt. Er ballt die Hände zu Fäusten, ohne im Laufen innezuhalten. »Da erdreistet sich dieses verkommene Subjekt doch tatsächlich, hierherzukommen! An einem solchen Tag! Und mein werter Herr Sohn rollt ihm auch noch den roten Teppich aus und … ach!« Er macht eine wegwerfende Handbewegung.

»Jürgen, nicht jetzt!«, jammert seine Frau. »Ich ertrage das jetzt nicht, hörst du?!« Sie schaut mich entschuldigend an. »Bitte verzeihen Sie. Mein Mann … er ist sonst nicht so. Es muss der emotionale Stress sein.« Sie senkt den Kopf und wispert kaum hörbar: »Es ist … die Trauer um unser Kind.«

Jürgen Grewe öffnet den Mund, um etwas vermutlich nicht sehr Freundliches zu entgegnen, doch kommt es nicht dazu, als Hauke nun auf ihn zutritt, ihm den Beutel vors Gesicht hält und sagt: »Diese Drogen haben wir im Zimmer Ihrer Tochter gefunden. Vermutlich MDMA oder eine ähnliche Substanz. Das sagt Ihnen als Arzt ja sicherlich was. Haben Sie gewusst, dass Mia so etwas nimmt?«

Der Reaktion der Eltern ist unschwer zu entnehmen, dass dies für sie völlig überraschend kommt. Angela Grewe vergisst sogar für einen Moment zu weinen. Mit offenem Mund starrt sie auf den Beutel wie eine Maus auf die Schlange, dann schüttelt sie langsam den Kopf.

Ihrem Mann ist beim Anblick der Pillen sämtliche Farbe aus dem Gesicht gewichen. Er schnappt nach Luft, und auf seinem Hals bilden sich hektische rote Flecken. Es braucht ein paar Sekunden, bis er seine Sprache wiederfindet, doch dann sagt er mit belegter Stimme: »Sie gehören nicht Mia. Er hat sie ihr untergeschoben. Dieses Schwein hat sie ihr untergeschoben.«

»Dürfen wir erfahren, wer dieses Schwein ist, von dem Sie reden?«, erkundige ich mich. Die Reaktion der Eltern verwundert mich keineswegs. Nur selten habe ich erlebt, dass Eltern den Drogenkonsum ihrer Kinder auf Anhieb als Tatsache akzeptieren, selbst wenn der noch so offensichtlich ist. Ich erinnere mich an einen Fall, als wir einen jungen Mann tot in einer öffentlichen Toilette fanden, die Nadel der Spritze noch in seinem vernarbten Arm steckend. Sein Anblick ließ keinerlei Zweifel daran aufkommen, dass er schon ewig an der Nadel hing. Und doch hatten seine Eltern, bei denen er wohnte, behauptet, ihr Sohn habe niemals zuvor Drogen jedweder Art auch nur angeschaut.

»Lenny.« Anklagend streckt Jürgen Grewe seinen Arm Richtung Fenster. Aus meiner Perspektive sieht es so aus, als wollte er mit seinem spitzen Finger die Katze erdolchen. »Lenny muss es bei Mia deponiert haben. Gut möglich, dass er sie um diesen Gefallen gebeten hat. Und sie konnte nicht Nein sagen. Weil sie nie Nein sagen konnte. Aus einem mir unerfindlichen Grund hat sie schon als kleines Mädchen für ihn geschwärmt. Dabei ist er nichts weiter als ein Taugenichts.«

»Hat Lenny auch einen Nachnamen?«, erkundigt sich Hauke.

»Kopper. Lenny Kopper.« Ungefragt nennt Grewe uns auch noch dessen Adresse. »Es wird Zeit, dass gegen ihn endlich mal was unternommen wird.«

Hauke macht sich eine Notiz. »Und er ist mit Ihrem Sohn befreundet?«

»Ich habe Vincent von Anfang an gesagt, dass Lenny nicht der richtige Umgang für ihn ist«, knurrt Grewe. »Schon im Kindergarten habe ich es ihm gesagt. Aber nichts hat geholfen. Keine Erklärungen, kein gutes Zureden, keine Verbote, keine Versprechungen. Die beiden klebten aneinander wie die Kletten und tun es immer noch.«

»Wir hatten gehofft, dass es anders wird, wenn Vincent sein Medizinstudium aufnimmt«, fügt Angela Grewe hinzu. »Na ja, eigentlich hatten wir es schon gehofft, als Vincent aufs Gymnasium kam.« Sie seufzt. »Ach herrje, Jürgen, weißt du noch? Was hat unser Junge damals für ein Theater gemacht! Er wollte unbedingt auf die Realschule, weil Lenny auch dorthin kam.«

»Ja, und das auch nur mit viel Glück«, bemerkt ihr Mann mit erhobenem Zeigefinger. »Das wollen wir hier doch mal festhalten. Keine Ahnung, was seine Eltern dafür getan haben, dass es überhaupt so gekommen ist.«

»Was ihn ja noch nicht zu einem schlechten Freund macht«, stelle ich fest. Es bringt mir einen vernichtenden Blick beider Elternteile ein. Aha. Ganz offensichtlich gehören die Grewes zu den Leuten, die den Wert eines Menschen an dessen Bildungsabschluss und nicht selten sogar an dessen Elternhaus festmachen.

»Sie behandeln nur Privatpatienten, nehme ich an«, kann ich es mir nicht verkneifen zu sagen.

Jürgen Grewe runzelt die Stirn. »Was soll denn nun diese Frage? Ich wüsste wirklich nicht ...«

»Können Sie mir sagen, ob Mia einen Freund hatte?«, wechsele ich das Thema, ohne ihn ausreden zu lassen. Mehr als die von Mias Eltern getätigten Bemerkungen brauche ich nicht, um mir ein Bild davon zu machen, wie sie ticken. Nach außen hui, nach innen pfui, lautet mein zumindest vorläufiges Fazit. Allerdings glaube ich nicht, dass ich mein Urteil irgendwann werde revidieren müssen, denn dazu habe ich viel zu viele Eltern ihrer Art erlebt, beruflich wie privat. Natürlich ist es nicht einfach, mit pubertierenden Kindern umzugehen, das bekomme ich tagtäglich am eigenen Leib zu spüren. Dennoch versuche ich, auf Freya und Jonas einzugehen, ihre Launen als das zu nehmen, was sie sind: der verzweifelte Versuch Pubertierender, sich in dieser chaotischen und herausfordernden Welt, die mit der ihrer behüteten Kindheit nicht mehr allzu viel zu tun hat, zu verorten und zu behaupten. Eltern wie die Grewes aber, das zeigt die Erfahrung, weigern sich ja sogar, die Pubertät als solche zu akzeptieren. Ihre Kinder sind auf der Welt, um zu funktionieren und einen guten Eindruck zu machen, egal in welchem Alter. Ein Lenny Kopper, was für ein Typ er auch immer sein mag, passt anscheinend nicht ins Bild, das man als Familie Saubermann nach außen vermitteln möchte.

»Was ist nun mit dem Freund?«, hake ich nach, als Mias Eltern nur einen stummen Blick wechseln. »Gab es einen?«

»Es gab mal einen«, sagt Angela Grewe nach längerem Zögern. »Na ja, eine Annäherung eben. Wie es so ist in dem Alter. Daraus ist aber nichts geworden.«

Aha. Das erklärt womöglich die Kondome. »Warum nicht?«

Um Angela Grewes Mund zeigt sich ein Lächeln. »Früher dachten wir immer, dass Lukas und Mia füreinander bestimmt sind. Sie waren unzertrennlich, schon im Kindergarten.«

»So wie Vincent und Lenny.« Hauke schmunzelt. Aber ich kenne ihn lange genug, um zu wissen, dass es kein zustimmendes Schmunzeln ist. Beruhigend zu wissen, dass er die Grewes offensichtlich genauso wenig leiden kann wie ich. »Was ist passiert? Ist Lukas auch durch Ihr soziales Raster gefallen?«

»Mein Gott, Sie verstehen wirklich nichts.« Jürgen Grewe mustert Haukes heute nicht eben vorteilhaft daherkommende

Gestalt abschätzig von Kopf bis Fuß. »Nun gut, mag ja sein, dass ein solcher Sarkasmus in Polizeikreisen üblich ist. Irgendwie muss man sich ja von dem Bodensatz der Gesellschaft abgrenzen.«

»Welcher Sarkasmus?« Hauke hebt erstaunt die Brauen, und es fällt mir schwer, ein Grinsen zu unterdrücken.

»Warum hat es mit Mia und Lukas nicht geklappt?«

Noch bevor seine Frau antworten kann, sagt Grewe: »Wir wissen es nicht. Mia hat unsere dahingehenden Fragen unbeantwortet gelassen. Aber von Lukas' Eltern, mit denen wir gut befreundet sind, wissen wir, dass Lukas sehr darunter gelitten hat, dass Mia ihm plötzlich die kalte Schulter zeigte.« Es folgt ein tiefer Seufzer. »Wie wir gestern schon sagten: Unsere Tochter war in den letzten Monaten nicht mehr sie selbst.«

»Und sie war auch nicht bei Emily, wenn sie nicht zu Hause übernachtet hat«, ergreife ich die Gelegenheit.

Die Grewes schauen mich ungläubig an. »Wer behauptet denn so was?«, fragt Mias Vater.

»Emily.« Ich lasse den Eltern Zeit, diese für sie sicherlich schockierende Erkenntnis zu verdauen.

»A-aber wo war Mia denn dann?«, stammelt Angela Grewe.

»Sie sind ihre Eltern. Sagen Sie's mir.«

Die einzige Antwort, die ich darauf bekomme, ist ein zweifaches Schulterzucken. Die Erschütterung der Eltern wirkt ehrlich. Anscheinend haben die Grewes wirklich keine Ahnung, was ihre Tochter in den letzten Monaten getrieben hat.

»Glauben Sie, dass Lenny Kopper Mia mit Drogen versorgt hat?«, fragt Hauke.

Grewe schnaubt. »Wenn es so ist, dann gnade ihm Gott. Hat er Mia auch nur eine dieser Pillen gegeben, dann werden meine Anwälte ihn auf links drehen. Der kann für den Rest seines Lebens einpacken, das kann ich Ihnen schon jetzt versprechen.«

»Wissen Sie, ob Kopper zu Mia ein sexuelles Verhältnis hatte?«

Grewe funkelt ihn wütend an, und es ist ihm anzusehen, dass er Hauke am liebsten seine Faust ins Gesicht rammen würde und dass es ihm schwerfällt, sich zu zügeln. Womöglich hat er ein Aggressionsproblem. »Mia war gerade mal sechzehn, Herrgott noch mal! Ich lege meine Hand dafür ins Feuer, dass sie keine derartigen Erfahrungen hatte.«

»Wie erklären sich dann die Kondome, die wir in ihrem Zimmer gefunden haben?« Hauke hält nun den entsprechenden Beutel in die Höhe. »Und nun sagen Sie bitte nicht, dass Kopper auch die in ihrem Zimmer deponiert hat.« Hauke kräuselt die Lippen. »Es sei denn …« Er macht eine Handbewegung und der Rest des Satzes verpufft in der Luft.

Grewe steht nun stockstef da, seine Fäuste in den Taschen seiner hellen Leinenhose vergraben. Vermutlich muss er sich sehr zwingen, die Ruhe zu bewahren. »Ich glaube, es ist an der Zeit für Sie zu gehen«, sagt er ebenso steif wie kompromisslos. »Ich überlege mir noch, ob ich diese Unverschämtheit auf uns sitzenlasse oder ob ich den Polizeipräsidenten konsultiere, mit dem ich seit Langem befreundet bin. Guten Tag.«

Es liegt mir nicht, Kollegen vor versammelter Mannschaft abzukanzeln. Im Fall von Lina aber hätte ich nicht wenig Lust dazu. Ich muss wirklich an mich halten, um meinen Vorwurf nicht allzu scharf oder gar verletzend klingen zu lassen, als ich auf unserem kurzfristig einberufenen Meeting, das ich zum Abgleich unserer Ermittlungsergebnisse im Besprechungszimmer angesetzt habe, sage: »Ich verstehe noch nicht so ganz: Was genau hat dich veranlasst, diesen weißen BMW vor der Schule zu überprüfen? Haben sich die Insassen irgendwie verdächtig verhalten? Oder war Gefahr im Verzug?« Ich schaue von Lina zu Jörn und wieder zurück. Letzterer scheint sich nicht wohl in seiner Haut zu fühlen, denn als sein Blick dem meinen begegnet, zieht er den Kopf zwischen die Schultern.

»Ich … hatte einen Informanten«, erklärt Lina.

»Einen Informanten? Wo? In der Schule?«

»Sozusagen. Na ja, gut, nennen wir es einen Hinweis.« Lina schaut zu Jörn und der nickt. Dann aber reckt sie selbstbewusst das Kinn und sagt: »Wichtig ist doch, dass ich recht behalten habe. Der Fahrer des Wagens gehört besagtem niederländischen Familienclan an, dem ihr auf der Spur seid. Das konnten wir anhand seiner Personalien, die Jörn aufgenommen hat, eindeutig ermitteln.«

»Das ist richtig, ja«, entgegne ich. »Blöd nur, dass er bisher noch nicht polizeilich in Erscheinung getreten ist. Und gefunden habt ihr auch nichts, was wir ihm oder seinem Beifahrer anlasten könnten. Fakt ist also zunächst einmal, dass ihr einen unbescholtenen Bürger ohne Grund überprüft habt. Noch dazu einen ausländischen, was uns, wenn es dumm läuft, als eine Art Racial Profiling ausgelegt werden könnte. Ihr wisst ja, wie das läuft heutzutage. Hoffen wir mal, dass das kein Nachspiel hat.«

Lina schnaubt. »Nun übertreib mal nicht, Kea.«

»Übertrieben ist allenfalls das, was du gemacht hast.«

»Und warum hat der Beifahrer dann Fersengeld gegeben, als ich ihm gefolgt bin? Das stinkt doch zum Himmel!«

»Möglich. Nur leider haben wir zu diesem Beifahrer nicht einmal einen Namen«, sage ich und merke selbst, dass meine Stimme vor unterdrückter Wut vibriert.

Nachdem ich noch ein paar Anweisungen zum weiteren Vorgehen erteilt habe, raffe ich schnell meine Unterlagen zusammen und verlasse den Raum. Ich kann unprofessionelles Verhalten nicht leiden und möchte wirklich mal wissen, was Lina zu einem solchen Fehlverhalten getrieben hat, schließlich macht sie den Job nicht erst seit gestern. Ich nehme mir vor, sie zu fragen, wenn ich sie mal allein erwische. Der De-Jong-Clan hat uns schon oft genug an der Nase herumgeführt, als dass wir uns nun auch noch selbst ein Bein stellen müssten.

Nun aber will ich erst mal wissen, was es mit Vincents Freund Lenny auf sich hat. Vor allem interessiert es mich, in welcher Beziehung er zu Mia gestanden hat. Ging deren Schwärmerei für ihn womöglich tiefer, als es ihre Eltern ahnen?

Dreizehn

Lina

Kea scheint mir mein kleines Schauspiel der unsichereren Untergebenen abgenommen zu haben. Unter anderen Bedingungen hätte ich ihr die Zurechtweisung nicht durchgehen lassen. Sie scheint mir eindeutig mit dem Posten der kommissarischen Leiterin überfordert zu sein und hat sich darüber hinaus nicht im Griff. Ihre Zurechtweisung vor versammelter Mannschaft gegenüber einer Kollegin, die auch noch denselben Rang hat wie sie, war mehr als unprofessionell. In der Schule musste ich handeln, schon gar angesichts des Drogenfundes in Mias Zimmer.

Dabei tut Kea mir eigentlich leid. Ich kann mir vorstellen, wie schwierig ihre Situation als alleinerziehende Mutter ist und wie nah ihr der Fall gehen muss. Sie hat eine Tochter im selben Alter, ihr Sohn kennt den Bruder des Opfers.

Unter anderen Umständen könnte ich mir gut vorstellen, mit Kea befreundet zu sein. Sie ist eine attraktive Frau, die mitten im Leben steht.

Ich rufe mich zur Räson. Mein Auftrag ist klar definiert. Ich muss vorsichtig sein mit persönlichen Kontakten und

Bindungen zu meinen neuen Kollegen. Auch Kea steht im Fokus meines Auftrags.

Zurück im Büro erreicht mich eine Nachricht von Phillip Carstens mit der Bitte, zurückzurufen, wenn ich allein bin.

»Können Sie reden?«, ist seine erste Frage, als ich ihn erreiche.

»Ja, ich bin in meinem wunderschönen Büro.«

»Ist nicht für lange«, murmelt Carstens, der wohl ahnt, worauf ich anspiele. »Es geht um die Adresse, die Sie mir durchgegeben haben. Hat leider etwas länger gedauert.« Er hält kurz inne. »Der Mann, der dort gemeldet ist, ist kein Unbekannter. Harald Kaup, fünfundfünfzig, seit vier Jahren in Aurich. Zuvor hat er lange Jahre in Hannover seine Zelte aufgeschlagen und war dort im Rotlichtmilieu eine mittelgroße Nummer. Unter anderem ist er wegen illegaler Organisation von Glücksspielen festgenommen worden.«

»Verurteilt?«

»Nein, dazu hat es nicht gereicht. Das übliche Spiel. Die Zeugen haben nach und nach ihre Aussagen widerrufen. Die Pokerrunden wurden zu einem Treffen alter Freunde, die eine Runde Karten spielen.«

»Illegales Glücksspiel. Das könnte passen«, sage ich mehr zu mir selbst.

»Richtig. Auch wenn die Kollegen der Inneren keine Hinweise auf Spielsucht bei Hauke Behrends gefunden haben, liegt der Verdacht durchaus nahe.«

»Was hat Kaup noch so getrieben?«, frage ich.

»Die übliche Karriere. Türsteher, Geldeintreiber, der Mann fürs Grobe, Zuhälter. Wegen Letzterem stand er vor Gericht und wurde zu einer Bewährungsstrafe verurteilt.«

»Gehört ihm das Haus?«

»Nein, gemietet. Von einem Unternehmen, das in den letzten Jahren eine Reihe von Objekten in Ostfriesland erworben hat.

Alles querbeet. Restaurants, Ladengeschäfte, Ferienwohnungen, alte Bauernhäuser. Der Sitz ist in den Niederlanden. Groningen. Allerdings ist das nicht der Hauptsitz. Cayman Islands – mehr muss ich dazu wohl kaum sagen.«

»Interessant. Und Groningen ist eine Zweigniederlassung?«

»Sieht so aus. Ich habe es an die Kollegen der Wirtschaftskriminalität weitergegeben. Ich sollte in ein paar Tagen mehr wissen. Allerdings ...« Er macht eine bedeutungsvolle Pause. » ... Sie sollten sich auf Ihren eigentlichen Auftrag konzentrieren.«

»Ich brauche die Liste der Immobilien«, sage ich, ohne auf seine Anweisung zu reagieren.

»Frau Lübbers ...«

»Vertrauen Sie mir?«

»Selbstverständlich. Das wissen Sie doch.«

»Dann schicken Sie mir die Liste.«

Der Kriminaldirektor stöhnt theatralisch, aber ich weiß, dass ich gewonnen habe. »Wohin?«

»An meine private E-Mail-Adresse, bitte.« Ich höre schwere Schritte auf dem Flur. »Ich muss auflegen. Melde mich.«

Im nächsten Augenblick klopft jemand an die Tür und öffnet sie gleich darauf. Hauke schaut rein. »Kleine Planänderung, ich komme mit zu Lukas Bakker.«

Ich sehe ihn fragend an. »Und Jörn ...«

»Der Kleine geht mit Kea.«

Ich werfe einen kurzen Blick zu Hauke, der auf der Beifahrerseite sitzt. »Stress mit Kea?«

»Frag nicht.«

»Und wenn doch?«

Hauke rollt mit den Augen. »Können Frauen eigentlich nie etwas einfach so im Raum stehen lassen?«

»Klar, können sie.« Ich grinse breit. »Aber es ist schwer. Du läufst rum wie ein begossener Pudel. Soll ich da wirklich so tun, als wäre alles in bester Ordnung?«

»Himmel! Ja, es gab eine kleine Auseinandersetzung. Ich habe entschieden, dass es besser ist, wenn wir heute etwas Abstand halten.«

»Okay, abgehakt.«

Die Navi-Stimme will, dass ich rechts abbiege. Ich ordne mich ein und reduziere die Geschwindigkeit. Lukas Bakkers Elternhaus steht am Stadtrand von Aurich in einem Neubaugebiet. »Was wissen wir über Lukas und sein Umfeld?«

Hauke scheint froh zu sein, dass ich das Thema wechsele. »Seine Familie und die Grewes kennen sich ewig, sind mehrfach gemeinsam in Urlaub gefahren und treffen sich regelmäßig. Lukas' Vater hat hier in Aurich eine alteingesessene Anwaltspraxis. Er hat sie von seinem Vater übernommen. Der war einer dieser Auricher Superhelden. Hansdampf in allen Gassen, Fraktionsvorsitzender im Kreistag mit guten Kontakten nach Hannover und Bonn. Er wurde sogar mal als Justizminister in Hannover gehandelt. Hat sich aber ehrenhafterweise für seine Heimatstadt entschieden und ist hiergeblieben.«

»Ist Lukas Einzelkind?«

Hauke nickt. »Viel mehr weiß ich nicht. Scheint aber wohl so zu sein, dass die Familien Grewe und Bakker gut zusammenpassen.«

Die freundliche Stimme aus dem Navi lenkt mich von der Hauptstraße ab. Schon von Weitem sehe ich die weißen, quadratischen Flachdachhäuser, wie sie seit einigen Jahren in Mode sind. Die Grundstücke scheinen hier größer als normal zu sein, umzäunte Gärten, alter Baumbestand, Überwachungskameras direkt an der Einfahrt.

»Dreiunddreißig«, sagt Hauke. »Wir sind gleich da.«

Ich parke an der Straße, wir gehen auf das beeindruckende Tor zu, Hauke klingelt.

»Ja, bitte?«, fragt eine junge weibliche Stimme über die Gegensprechanlage. Hauke stellt uns vor, hält den Polizeiausweis in die Kamera und bittet darum, mit Lukas Bakker sprechen zu dürfen.

»Einen Augenblick bitte.«

Hauke wendet sich mit dem Rücken der Kamera zu, zuckt mit den Schultern, wir warten. Kurz bevor ich ein weiteres Mal auf die Klingel drücken will, öffnet sich fast lautlos das Tor. Ein gepflasterter Weg führt auf das Haus zu. An beiden Seiten gepflegter Rasen mit kleinen Pflanzeninseln. Alles blüht.

»Scheiße, hier stinkt es ja nach Geld«, murmelt Hauke.

»Immer mit der Ruhe«, raune ich ihm zu. »Wir wollen was von ihnen und nicht umgekehrt.«

Eine Frau Mitte fünfzig öffnet die Tür, bevor wir sie erreichen. Sie stellt sich als Katharina Bakker vor, lässt sich unsere Ausweise zeigen und bietet uns in der Bibliothek des Hauses einen Platz an einem Tisch an, bleibt aber selbst stehen.

»Herr Dr. Grewe hat uns informiert, was passiert ist. Was kann ich für Sie in dieser Angelegenheit tun?«

»Wir würden gern mit Ihrem Sohn sprechen«, sage ich.

»Warum? Er hatte in der letzten Zeit nur wenig bis gar keinen Kontakt zu Mia.«

»Wir würden trotzdem gern mit ihm sprechen.«

»Aber nur in meiner Anwesenheit.«

Ich nicke. »Wenn Lukas dem zustimmt, selbstverständlich.«

Sie wendet sich ab, schließt die Tür hinter sich.

»Zeitverschwendung«, flüstert Hauke mir zu. »Der wird keinen Ton sagen, wenn seine Mutter im Raum ist.«

»Wir werden sehen.«

Kurz darauf öffnet sich die Tür, eine junge Frau mit einem Tablett in der Hand kommt herein, begrüßt uns, stellt eine Wasserflasche und Gläser auf den Tisch und geht wieder.

Katharina Bakker lässt uns gut zehn Minuten warten, bevor sie mit ihrem Sohn zu uns kommt. Lukas ist für sein Alter klein, dunkle, kurze Haare, ängstliche Miene. Er und seine Mutter setzen sich zu uns an den Tisch, sie bietet uns etwas zu trinken an. Ich lehne dankend ab.

Ich schenke dem jungen Mann ein Lächeln. »Hallo Lukas, darf ich Du sagen?«

Er nickt.

»Du hast ja inzwischen gehört, dass Mia tot ist.«

Er nickt ein weiteres Mal.

»Wann hast du sie das letzte Mal gesehen?«

Lukas schaut kurz zu seiner Mutter und atmet tief durch. »In der Schule. Wir sind in derselben Klasse. Das war am Freitag. Wir hatten aber nur Deutsch zusammen.«

»Du hast dich mit ihr unterhalten?«

Er zuckt mit den Schultern. »Nicht wirklich. Wir sitzen nicht zusammen.« Zwischen nicht und *zusammen* hat Lukas eine kurze Pause gemacht. Wollte er eigentlich »nicht *mehr* zusammen« sagen?

»Das klingt, als wenn sich euer Kontakt in den letzten Monaten verschlechtert hat.« Ich halte kurz inne, bevor ich hinzufüge: »Mias Eltern sagten uns, ihr beide wart mehr als nur gute Freunde. Ist das richtig?«

»Was wollen Sie damit sagen?«, fährt Katharina Bakker dazwischen.

Ich antworte ihr nicht sofort. »Wir wollen gar nichts sagen, wir fragen. Aber vielleicht lassen Sie einfach Ihren Sohn antworten?«

Katharina Bakker scheint eine Entgegnung auf den Lippen zu haben, schweigt aber.

»Wir haben uns ziemlich gut verstanden, wenn Sie das meinen.«

»Ihr wart ein Paar?«, wirft Hauke ein.

»Ja, ich glaube schon.«

»Mehr so platonisch?«, versuche ich Lukas zu unterstützen. Lukas schüttelt den Kopf. »Es war schon etwas mehr. Ich mochte Mia sehr gern.«

»Du warst in Mia verliebt?«, frage ich weiter.

Ein kleiner Ruck geht durch Lukas' Körper. Er richtet sich auf und lächelt. »Ja, das bi… *war* ich.«

Aus dem Augenwinkel sehe ich, wie seine Mutter kurz davor zu sein scheint, dazwischenzugehen. Ich werfe ihr einen warnenden Blick zu, sie funkelt mich an.

»Hat Mia dich auch geliebt?«

»Ich glaube schon«, sagt Lukas. Seine Stimme klingt jetzt etwas entrückt, seinen Blick hat er geradeaus ins Nichts gerichtet.

»Ihr wart also ein Paar?«, wiederhole ich Haukes Frage.

Lukas sackt wieder in sich zusammen, senkt den Kopf. »Nein, nicht mehr. Vor einem halben Jahr hat Mia Schluss gemacht.«

»Weißt du, warum?« Ich habe genauso leise gesprochen wie er zuvor. Lukas starrt an mir vorbei durchs Fenster hinter mir.

»Nein, ich weiß es nicht. Es gab auch keinen Grund.« Er räuspert sich und scheint zu merken, dass er in einer Art Trance gewesen ist. Erneut richtet er sich auf. »Mia wollte mir nicht sagen, was los ist.«

»Hatte sie einen anderen Freund?«, fragt Hauke.

»Das glaube ich nicht.« Seine Stimme klingt jetzt wieder fester. Er schaut Hauke und mich abwechselnd an.

»Ich muss das jetzt fragen, Hauke. Wart Mia und du schon intim?«

Katharina Bakker steht auf. »Ich denke, mein Sohn braucht jetzt etwas Ruhe. Ihn hat die Nachricht von Mias Tod sehr mitgenommen.«

Ich wende mich an Lukas. »Kann ich dir noch weitere Fragen stellen?«

Er schaut kurz zu seiner Mutter, schüttelt schließlich den Kopf und steht ebenfalls auf.

»Na prima«, murmelt Hauke, als wir durch das Tor gehen und es sich langsam hinter uns schließt.

»Sei froh, dass er überhaupt mit uns gesprochen hat.« Ich deute auf die Kamera am Tor. »Lass uns weitergehen.«

»Was sagst du zu dem Jungen?«, fragt Hauke, als wir wieder in meinem Wagen sitzen. »Etwas merkwürdig war er schon.«

»Er hat gerade erst von dem Tod seiner langjährigen Freundin erfahren«, werfe ich ein.

»Komm schon, Lina. Die Antworten hörten sich eher nach einem Zwölfjährigen an.«

»Ja, okay, Lukas stand reichlich neben sich, das ist schon richtig. Entweder hat ihn die Nachricht so geschockt oder er hat Drogen genommen. Und natürlich ist er noch nicht raus aus dem Spiel. Ich bin mir sicher, dass er mehr weiß, als er gesagt hat oder im Moment sagen konnte. Ich kann mir nicht vorstellen, dass er sich einfach ohne Weiteres seinem Schicksal ergeben hat, als Mia ihm den Laufpass gegeben hat.«

»Heißt?«

»Keine Ahnung, Hauke. Aber wir werden es herausbekommen.«

Ich klappe den Laptop zu. Die beiden Berichte sind geschrieben und in die Datenbank hochgeladen. Ich beschließe, für heute Schluss zu machen, packe den Laptop ein und gehe. Als ich auf den Flur hinaustrete, kommt Kea auf mich zu.

»Hast du noch einen Augenblick?«, fragt sie.

»Klar. Komm rein.« Wir gehen in mein Büro, ich schiebe Kea den Besucherstuhl hin, sie schüttelt den Kopf und bleibt stehen.

»Es geht noch einmal um diese Aktion bei der Schule.«

»Ja?«

»Ich habe mich vorhin etwas zurückhaltend ausgedrückt. Vor allen Kollegen wollte ich nicht ... du weißt schon.«

»Nein, weiß ich nicht.«

Kea scheint zu ahnen, dass nicht sie es war, die sich zurückgehalten hat, sondern ich. Sie schnaubt verächtlich. »Um das ein für alle Mal klarzustellen: Ich leite diese Abteilung. Deine Aktion war unprofessionell und übereilt. Mag sein, dass in Osnabrück solche Methoden üblich sind, hier bei uns sind sie es nicht. Wir gehen systematisch vor, sammeln Indizien und Beweise, bevor wir zuschlagen. Du hattest nichts in der Hand. Nur weil irgendein Schüler meinte, sich wichtigmachen zu müssen, machst du einen auf Rambo ohne Sinn und Verstand. Das ist inakzeptabel und kann sogar langfristig unseren Ermittlungen schaden.« Keas Stimme ist mit jedem weiteren Satz lauter und aggressiver geworden. Sie funkelt mich wütend an. »Das war das letzte Mal, dass du so aus der Reihe getanzt bist.«

»Nennst du das etwa Augenhöhe? Es gab gute Gründe, gleich zu handeln. Die Flucht des Beifahrers spricht doch Bände. Übrigens war das eine durchaus glaubwürdige Zeugenaussage.«

»Sieht Jörn das auch so?«

»Bin ich die mit Erfahrung oder er?«

Kea macht einen Schritt auf mich zu. »Verdammt, was bildest du dir ein? Bist zwei Tage hier und meinst, machen zu können, was dir gerade so in den Kopf kommt. Noch einmal ganz langsam: Wir sind schon eine Weile hinter dieser niederländischen Familie her. Solche Hauruck-Aktionen bringen gar nichts. Die fliegen uns nur um die Ohren.«

»Und was bringt etwas? Gut geplante Durchsuchungsaktionen?« Ich weiß im gleichen Augenblick, dass meine Frage ein Fehler war.

»Was willst du damit sagen?«

»Vielleicht sollten wir mal überdenken, wie man anders an die Sache rangehen kann?«, versuche ich zurückzurudern. »Etwas mehr Druck aufbauen und zeigen, wer hier das Sagen hat?«

Kea funkelt mich wutentbrannt an, dreht sich auf der Stelle um und rennt aus meinem Büro.

Ich öffne das Fenster und atme tief durch. Habe ich einen Fehler gemacht? Bin ich zu früh zu weit gegangen? Über kurz oder lang wäre genau das passiert, was jetzt passiert ist. Kea hat von Anfang an klargemacht, was sie von mir hält. Besser, wir klären das jetzt, als wochenlang umeinander herumzuschleichen. Nach einem Gewitter bricht die Sonne durch die Wolken. Gerade im windigen Ostfriesland.

Vierzehn

Kea

»Verflucht!« Ich knalle mein Smartphone so hart auf den Schreibtisch, dass ich für einen Moment Angst habe, es könnte beschädigt sein. Gott sei Dank aber scheint selbst das Display robuster zu sein, als ich angenommen hatte. Es hätte mir gerade noch gefehlt, dass ich mich auch darum noch kümmern muss.

Mit einem tiefen Seufzer lehne ich mich in meinem Schreibtischstuhl zurück, lege den Kopf in den Nacken und vergrabe die Hände in meinen Haaren. Was ist heute nur wieder für ein beschissener Tag?!

Dabei fing er eigentlich gar nicht so schlecht an – immerhin haben wir einen Eindruck davon gewinnen können, wie Mias Familie tickt. Seitdem aber scheint nichts mehr gelingen zu wollen. Was natürlich nicht zuletzt an Linas eigenmächtigem Vorgehen liegt. Was hat sie sich nur dabei gedacht, auf einen schnöden Verdacht hin ein Fahrzeug zu kontrollieren? Gut, schränke ich ein, das kann man machen. Aber dann doch bitte so, dass mehr dabei herauskommt als ein paar aufgeschreckte Niederländer, die sich vermutlich gerade totlachen über uns. Aber auch das dürfte ja eigentlich nichts Neues sein, nach all den Ermittlungspannen, die es bei uns in Bezug auf diesen Familienclan bereits gegeben hat.

Was mich angesichts des Berichts, den mir Frank Erken früher als erwartet auf den Schreibtisch gelegt hat, nicht gerade beruhigter stimmt. Demnach wird ganz Ostfriesland zurzeit von einer Welle synthetischer Drogen geradezu überschwemmt. Aber wen wundert's, wenn die Niederländer annehmen müssen, von uns nichts zu befürchten zu haben? Natürlich weiten die dann ihren Geschäftsradius nach Lust und Laune aus.

»Jetzt komm mal wieder runter!«, beschwöre ich mich nach ein paar tiefen Atemzügen. »Lina macht einen guten Job.« Immerhin hat sie mit ihrem Verdacht recht behalten, dass es sich beim Fahrer des SUV um ein Mitglied des De-Jong-Clans handelt, wenn auch um ein bislang unbescholtenes. Zu blöd nur, dass der Einsatz gefloppt ist. Aber Fehler passieren uns allen.

Die Tür zu meinem Büro fliegt auf und Jörn kommt herein.

»Fahren wir jetzt zu Lenny Kopper?«, fragt er. Im Gegensatz zu mir, die ich mich plötzlich völlig ausgelaugt fühle, macht er einen hochmotivierten Eindruck. Was natürlich allemal besser ist, als mit einem übernächtigten Hauke im Team zu sein – aber über dieses Problem will ich mir zu diesem Zeitpunkt nicht auch noch den Kopf zerbrechen.

Ich erhebe mich von meinem Platz. »Ja, lass uns fahren.«

Sobald wir im Auto sitzen und uns durch den zähen Auricher Stadtverkehr Richtung Sandhorst schieben, wo außer Mias Freundin Emily auch Lenny Kopper wohnt, frage ich: »Hast du schon irgendwas über Kopper in Erfahrung bringen können?«

»Sagen wir mal so: Polizeilich ist Lennart Kopper, wie er eigentlich heißt, bislang wegen kleinerer Delikte, wie zum Beispiel Ladendiebstahl oder das eine oder andere Verkehrsvergehen, in Erscheinung getreten. Das ist allerdings schon ein paar Jahre her. Was seine Herkunft anbelangt, so kann ich mir nach euren Schilderungen der Grewes gut vorstellen, dass er nicht zu dem Umgang gehört, den die sich für ihren Sohn wünschen.«

Ich nicke. »Woraus sie uns gegenüber ja auch kein Geheimnis gemacht haben. Was macht Kopper beruflich?«

»Er arbeitet für einen Hausmeisterservice.« Jörn hebt den Zeigefinger. »Seit ungefähr einem Jahr unter anderem auch für das Auricher Gymnasium.«

»Ach so? Dann müssten meine Kinder ihn eigentlich kennen«, überlege ich laut. Ich nehme mir vor, den Namen zu Hause mal wie nebenbei fallen zu lassen.

»Vor allem aber müsste auch Mia ihn gekannt haben«, wirft Jörn ein.

»Wir wissen, dass sie ihn gekannt hat«, entgegne ich. »Er ist der Kumpel von Mias Bruder, schon vergessen? Darum sind wir unterwegs zu ihm.«

Jörn schlägt sich mit der flachen Hand vor die Stirn. »Natürlich. Sorry, kurzer Aussetzer. Wie auch immer. Dass er ausgerechnet am Gymnasium arbeitet, an dem Mia Schülerin war, kann ein Zufall sein, muss aber nicht.« Jörn macht eine kurze Pause, dann sagt er: »Noch mal zu den Recherchen von Frank Erken. Er hat sich unter anderem auch beim Direktor des Gymnasiums erkundigt, ob es an der Schule in den letzten Monaten zu einem spürbaren Anstieg von Drogendelikten gekommen ist.«

»Und was hat der geantwortet?«

»Frank sagt, der Direktor hat sich sehr bedeckt gehalten und irgendwas davon gestammelt, dass es dazu keine offiziellen Erhebungen gibt. Kein Thema, das ihm behagt, schätze ich.«

Ich ziehe eine Grimasse. »Was so viel heißt wie Ja. Nur leider haben die Schulen keinerlei Interesse daran, dass solch ein Problem öffentlich wird.«

Jörn sieht mich ungläubig an. »Du meinst, der lässt lieber seine Schüler vor die Hunde gehen, als dass er offiziell Meldung macht?«

»Das ist zumindest nicht ausgeschlossen. Vor zwei Jahren hatten sie an der Schule ein Problem mit Kopfläusen. Er hat so lange gezögert, diese Info an die Schüler und Eltern rauszugeben, bis quasi die halbe Schule von den Viechern befallen war.«

»Kopfläuse sind keine Drogen.«

»Das ist richtig. Aber wenn er schon bei Kopfläusen um den guten Ruf seiner Schule besorgt ist, dann dürfte er sich bei dem Verdacht, es könnten vermehrt Drogen im Umlauf sein, erst recht in die Hose machen.«

Jörn schaut mich zweifelnd an, sagt jedoch nichts. Er ist so jung, dass er noch an das Gute im Menschen glaubt, auch hat ihm noch niemand seinen Idealismus austreiben können. Nun, wahrscheinlich ist es nur eine Frage der Zeit, bis auch er in der Realität ankommt. Das bleibt in unserem Job selten aus.

»Was war das heute mit Lina und dem SUV?«, bringe ich in aller Direktheit den Vorfall an der Schule zur Sprache, was Jörn kurz zusammenzucken lässt. Vermutlich hat er gehofft, dass der Kelch nach der Aussprache zwischen Lina und mir an ihm vorübergeht.

»Es war ... na ja.« Er presst die Lippen zusammen und starrt für eine ganze Weile konzentriert auf die Straße, als könne er dort die Antwort finden. »Wir sind einem Hinweis des Schülersprechers nachgegangen. Aber das ... äh ... hat Lina ja schon gesagt.«

»Hattest du den Eindruck, dass der Einsatz angemessen war?«

»Angemessen?« Jörn runzelt nachdenklich die Stirn, hinter der es ordentlich zu rattern scheint. Mir ist bewusst, dass es nicht ganz fair ist, ihn in diese Lage zu bringen, aber er war nun mal als Einziger bei der Aktion dabei. »Doch, ja, hätte ich einen solchen Verdacht gehabt, hätte ich wohl genauso gehandelt. Außerdem ist der Beifahrer vor uns geflohen. Das zeigt doch schon, dass die beiden Dreck am Stecken haben.«

»Umso bedauerlicher, dass Lina der Flüchtende durch die Lappen gegangen ist.«

»Ja, das ist bedauerlich, aber einen Versuch war es wert«, erwidert Jörn säuerlich. Anscheinend geht es ihm gegen den Strich, dass ich immer wieder darauf herumreite.

»Lassen wir es dabei«, seufze ich. »Es ist, wie es ist. Irgendwann werden wir die schon noch erwischen.«

Wie sich herausstellt, liegt das Haus, in dem Lennart Kopper wohnt, nur wenige Hundert Meter von Emilys Elternhaus entfernt in einer Wohnsiedlung. Es handelt sich um ein kleines, älteres und ein wenig verwunschen aussehendes Backsteinhaus aus rotem Klinker. Die hölzerne Eingangstür, von der die grüne Farbe abblättert, wird beidseitig von zwei schief gewachsenen Obstbäumen flankiert, das Grundstück von einer hüfthohen Hecke eingerahmt. Getrübt wird das idyllische Bild durch eine Ansammlung Sperrmüll, der sich im Vorgarten stapelt. Gleich neben dem Sperrmüll stehen aufgebockt drei Motorräder.

Ich stelle unseren Wagen an der Straße ab, und wir steigen aus. Noch während wir auf die Haustür zulaufen, höre ich Stimmen, die sich uns vom rückwärtigen Teil des Hauses zu nähern scheinen. Jörn fasst an den Tank eines der Motorräder. »Noch warm«, stellt er fest.

Schon im nächsten Moment treten drei junge Männer in Motorradkluft hinter dem Haus hervor, ihre Helme halten sie unter dem Arm geklemmt. Als sie uns sehen, bleiben sie abrupt stehen und schauen uns wie ertappt an. Einer von ihnen ist Vincent Grewe, die anderen beiden sind mir unbekannt.

»Lenny Kopper?«, frage ich.

»Wer will das wissen?«, fragt einer der Männer.

»Die sind von der Polizei«, klärt Grewe seine Freunde auf, noch bevor ich meinen Dienstausweis gezogen habe. Er klopft seinem Kumpel auf die Schulter. »Okay, Alter, ich bin dann mal weg.«

»Ich auch«, schließt sich sogleich der dritte an, dessen Blick nun unruhig zwischen Jörn und mir hin- und herwandert. Ich schätze ihn auf Mitte zwanzig. Schwarzes, lockiges Haar, südländischer Teint, dunkle Augen, durchtrainierte Statur.

»Wollen Sie uns nicht Ihre Freunde vorstellen?«, frage ich an Vincent Grewe gerichtet.

Für einen längeren Moment heftet sich dessen Blick an meinen, dann nickt er kaum merklich. Er deutet auf den Schwarzhaarigen. »Luis.«

»Angenehm«, sagt der und verzieht spöttisch den Mund.

»Hat Luis auch einen Nachnamen?«

»Keine Ahnung. Bin ihm heute zum ersten Mal begegnet.« Er grinst dem Mann augenzwinkernd zu. »Hast du auch einen Nachnamen, Luis?«

»Gómez«, sagt der Angesprochene nach kurzem Zögern widerwillig, dann verschwindet sein hübsches Gesicht unter seinem Helm, und er stakst mit quietschenden Lederhosen auf sein Motorrad zu.

»Dann sind Sie Lenny Kopper, nehme ich an«, wendet sich Jörn an den dritten Mann, der daraufhin nickt. Auch er ist gut aussehend, wenn auch auf eine ganz andere Art als Luis Gómez. Blondes, sonnengebleichtes Haar, braun gebranntes, markantes Gesicht, dunkle Augen. An seinem Hals prangt ein Anker-Tattoo. Verwunderlich wäre es nicht, wenn sich Mia in ihn verguckt hätte.

»Okay, war's das?« Grewe schaut mich mit hochgezogenen Brauen an, sein Blick hat etwas Provozierendes. Dafür, dass gerade erst seine Schwester tot aufgefunden wurde, macht er einen sehr gelassenen Eindruck. Oder mimt er nur vor seinen Freunden den Coolen?

»Ja«, antworte ich knapp. Auch wenn ich noch diverse Fragen an ihn hätte, möchte ich mich zunächst einmal auf seinen Freund Lenny konzentrieren.

Gleich darauf brausen die beiden Männer auf ihren Motorrädern davon.

»Schicken Vincents Eltern Sie zu mir?«, fragt Kopper. Er schnaubt. »Wieso frage ich überhaupt? Natürlich waren die es, wer sonst?« Er macht keine Anstalten, uns ins Haus zu bitten. Stattdessen zündet er sich eine Zigarette an und nimmt einen tiefen Zug. »Ist echt scheiße, das mit Mia, aber ich war's nicht, Mann«, fügt er ungefragt hinzu, während blauer Dunst um seinen Kopf wabert.

»Wie standen Sie zu Mia?«, fragt Jörn.

»Hä?« Kopper mustert Jörn abfällig. Zwischen seinen Augen bildet sich eine steile Falte. »Ey, Mann, wenn Sie glauben, dass ich was mit ihr hatte … Ich vergreife mich nicht an Kindern, klar? Schon gar nicht, wenn sie die Schwester meines besten Freundes ist. Wie krank wäre das denn, bitte?!«

»Dennoch hat Mia für Sie geschwärmt«, sage ich.

»Ja, kann sein. Aber wie gesagt …« Kopper macht eine unbestimmte Handbewegung, ohne den Satz zu Ende zu bringen. »Sonst noch was?«

»Sie sind Hausmeister am Auricher Gymnasium.«

»Nicht fest«, konkretisiert er. »Ich bin da nur ab und zu mal im Einsatz. Warum?«

»Haben Sie mitbekommen, dass dort in letzter Zeit vermehrt Drogen im Umlauf sind?«

Ich beobachte ihn ganz genau und meine, ein nervöses Aufblitzen in seinen Augen zu sehen. Vielleicht aber habe ich mich auch getäuscht, denn nun sagt er freiheraus: »Ja, ist kein

Geheimnis.« Er hebt abwehrend die Hände. »Hab ich aber auch nichts mit zu tun, falls Sie das meinen.«

»Hatte denn Mia was damit zu tun?«, fragt Jörn.

»Keine Ahnung. Woher soll ich das wissen?«

Irgendetwas in seiner Stimme sagt mir, dass dies nicht die ganze Wahrheit ist. »Sie haben, was Mia angeht, nichts Auffälliges bemerkt?«, hake ich nach.

»Nee. Bin ich ihr Babysitter, oder was?« Kopper bläst den Rauch wie unabsichtlich in Jörns Richtung, der die Schwaden mit der Hand wegwedelt. »Hey, Mann, die Schüler schmeißen sich da alle was ein. Keine Ahnung, ob Mia das auch gemacht hat. Ist sie daran gestorben, oder was?«

Ich ignoriere diese Frage und überlege, ob ich ihn auf den weißen SUV ansprechen soll, den Lina und Jörn vor der Schule hochgenommen haben, aber mein Bauchgefühl sagt mir, dass dies kontraproduktiv wäre. Sollte Kopper in die Drogengeschichte verwickelt sein, würde ihn eine solche Frage nur unnötig alarmieren. Anders die nach dem Alibi. »Wo waren Sie in der Nacht zum Montag zwischen dreiundzwanzig und zwei Uhr?«

»Zu Hause.« Er deutet über die Schulter auf das kleine Häuschen.

»Kann das jemand bezeugen?«

»Nee. Ich leb hier allein.«

»Wem gehört das Haus?«, erkundige ich mich.

»Mir.« Als er meinen ungläubigen Blick wahrnimmt, fügt er hinzu: »Hab es geerbt, von meiner Oma. Können Sie gern nachprüfen.«

»Okay, Herr Kopper«, sage ich, »das war's dann fürs Erste. Wann sind Sie denn das nächste Mal am Auricher Gymnasium beschäftigt?«

»Morgen.«

»Dann geben Sie uns bitte Bescheid, wenn Ihnen in Sachen Drogen etwas auffällt.«

Kopper zieht die Stirn in Falten. »Bin ich jetzt euer verdammter Spitzel, oder was?«

»Ich kann Ihnen nur raten, mit uns zu kooperieren«, erwidere ich und betrachte ihn mit einem langen Blick. Zwar habe ich keinerlei Indiz dafür, dass er irgendetwas mit den Drogengeschäften oder gar mit dem Mord an Mia zu tun hat, aber eine subtile Drohung kann nicht schaden. Dieser Lenny Kopper ist mir nicht geheuer, auch wenn ich nicht sagen kann, warum. Aber bislang hat mich mein Gefühl nur selten getrogen.

»Diesen Luis Gómez, den sollten wir uns mal genauer ansehen«, meint Jörn, als wir wieder in unserem Auto sitzen. Als ich ihn nur fragend ansehe, erklärt er: »Ich bin mir nicht sicher, aber irgendwie hat der Kerl Ähnlichkeit mit dem Typen, der Lina heute an der Schule durch die Lappen gegangen ist.«

FÜNFZEHN

LINA

Der Supermarkt ganz in der Nähe meiner neuen Wohnung ist gut bestückt. Ich finde mich schnell zurecht und habe in Rekordzeit den Einkauf erledigt.

Das kurze Wortgefecht mit Kea liegt mir immer noch im Magen. Zu einem gewissen Teil hat sie ja recht mit ihrer Kritik. Ich habe rotgesehen, als Finn Hansen uns den Hinweis auf die möglichen Drogendealer gegeben hat. Ich hasse diese Typen, die ihre Millionen mit dem Leid von jungen Menschen machen, denen es egal ist, ob die Kids krepieren oder ihre gesamte Zukunft aufs Spiel setzen. Sarah, meine kleine Schwester, ist eine von ihren Opfern. Ich konnte sie nicht beschützen, war nicht da, als sie mich gebraucht hätte.

Aber was wäre gewesen, wenn ich den Beifahrer erwischt und er seine Taschen voll mit diesen kleinen bunten Pillen gehabt hätte? Niemand hätte etwas gesagt. Ich war einfach nur einen Tick zu langsam. Das wird mir beim nächsten Mal nicht wieder passieren.

Und Kea? Mir wird nichts anderes übrig bleiben, als morgen bei der Besprechung etwas kleinere Brötchen zu backen. Sie wird sich schon wieder einkriegen. Sollte sie nichts mit meinem eigentlichen Auftrag zu tun haben und sauber sein, werde ich ihre Hilfe noch brauchen.

Nachdem der Einkauf in der Küche verstaut ist und ich mir einen Milchkaffee gemacht habe, stelle ich mir einen der Sessel auf den Balkon und lasse mir die Spätnachmittagssonne ins Gesicht scheinen.

Mein Verdacht, dass Hauke in der Nacht zuvor keinen alten Freund besucht hat, scheint durch die Informationen des Kriminaldirektors bestätigt zu sein. Ist Hauke spielsüchtig? Hat er die halbe oder die ganze Nacht durchgezockt und ein kleines Vermögen verloren? Wie anders wäre seine durch und durch schlechte Laune zu erklären? Ist er mein Mann? Hängt er an der langen Leine des De-Jong-Clans?

Verrückterweise habe ich Hauke bereits bei der ersten Begegnung ins Herz geschlossen. Eigentlich täusche ich mich selten in Menschen, aber vielleicht hat meine Intuition mich dieses Mal in die Irre geführt. Auf jeden Fall muss ich an Hauke dranbleiben.

Mein Handy liegt neben mir auf dem Boden. Ich greife danach und schreibe Hauke eine Nachricht.

Sehen wir uns später in der Arche?
Keine zwei Minuten später kommt die Antwort.
Weiß noch nicht, ob ich mich aufraffen kann.
Ich warte zwei Minuten und schreibe zurück.
Klar kannst du. Auf ein Bier ... oder zwei? Ich bin da. Die Kneipe hat mir gefallen.
Fünf Minuten vergehen, bevor er sich wieder meldet.
Mal sehen. Kann aber etwas später werden.

Seit einer halben Stunde warte ich vor dem Mietshaus, in dem Hauke wohnt. Hinter dem Fenster im zweiten Stock habe ich jemanden herumlaufen sehen.

Ich habe meine roten Haare unter einer dünnen Mütze versteckt und kann nur auf mein Glück hoffen. Lasse ich mich zu weit zurückfallen, ist die Gefahr zu groß, dass ich Hauke verliere. Bin ich zu nah dran, habe ich kaum eine Chance, wenn er sich plötzlich umdreht oder mich in einem spiegelnden Schaufenster entdeckt. Eine Ausrede habe ich mir zwar schon zurechtgelegt, aber das wird mich höchstens einmal retten, kaum ein zweites Mal.

Keine zehn Minuten später verlässt Hauke das Haus, ich weiche zurück in die Eingangsnische, warte, bevor ich ihm folge. Er geht schnell, scheint ein klares Ziel zu haben. Vor den großen Fenstern eines Cafés bleibt er stehen. Sucht er jemanden? Jetzt geht er hinein. Folgen kann ich ihm nicht.

Ich habe Glück. Hauke taucht an einem der Plätze direkt am Fenster auf, begrüßt einen Mann und setzt sich zu ihm. Sie reden, ich wechsele die Position, nachdem mir einige Passanten einen misstrauischen Blick zugeworfen haben.

Haukes Gesprächspartner schüttelt den Kopf, Hauke beugt sich vor, spricht auf ihn ein und scheint ihn zu etwas überreden zu wollen. Erneutes Kopfschütteln. Haukes Getränk wird gebracht, er trinkt einen hastigen Schluck, stellt das Glas wieder ab, rauft sich die Haare und scheint noch einmal zu versuchen, den Mann an seinem Tisch von etwas überzeugen zu wollen. Der Mann lehnt sich zurück, schüttelt ein weiteres Mal den Kopf, Hauke springt auf, sagt noch etwas zu dem Mann und läuft aus dem Café heraus.

Ich folge ihm. Ein kleiner Park, Bäume, Büsche, Bänke. Vier Männer spielen auf einer Freifläche Boule. Hauke grüßt einen von ihnen, der nickt ihm zu und wirft noch seine Kugel, bevor er sich mit Hauke ein paar Meter von der Gruppe entfernt.

Hauke redet, der Mann hört zu. Auch er schüttelt den Kopf, entgegnet etwas. Haukes Schultern rutschen nach unten.

Dieses Mal scheint er gleich aufzugeben. Er nickt dem Mann zu und geht weiter.

Was ist hier los? Was will Hauke von diesen Männern? Geld leihen? Ich folge ihm weiter, warte vor einer Kneipe, bis er nach wenigen Minuten wieder herauskommt und wenig später in einem Restaurant verschwindet. Auch hier bleibt er nicht lange.

»Was machst du hier?« Nicht Beene steht hinter dem Tresen in der Arche, sondern Steffen. Mein Steffen.

»Probe arbeiten«, antwortet Steffen gelassen. »Ein Bier?«

»Jetzt hör auf mit dem Scheiß! Was soll das?«

Steffen zuckt mit den Schultern und greift nach einem sauberen Glas. »Keine Angst, ich kann bei Beene schlafen. Netter Kerl. Er ist kurz nach hinten, etwas holen.«

Ich atme tief durch. Natürlich bin ich froh, Steffen zu sehen, und würde ihm um den Hals fallen, wenn nicht jeden Augenblick Hauke reinkommen könnte. »Hast du dir das gut überlegt?«

Steffen grinst. »Du weißt doch, dass ich ein spontaner Mensch bin. Und ich brauche sowieso eine Auszeit von Osnabrück.«

Ich deute mit dem Kopf auf den Eingang. »Gleich kommt ein Kollege. Es wäre …«

»Schon klar«, unterbricht Steffen mich. »Duzen darf ich dich aber?«

Ich rolle mit den Augen und trinke einen kräftigen Schluck Bier.

»Alles klar?«, murmelt Hauke, nachdem er sich eine halbe Stunde später in die Arche geschlichen und sich auf den von mir freigehaltenen Hocker gesetzt hat.

»Sollte ich das nicht lieber fragen?«

Hauke reagiert nicht, nickt Beene zu, der gleich darauf zu einem Glas greift und es füllt. Ich warte, bis Hauke einen kräftigen Schluck genommen hat und tief durchatmet. »Nicht mein Tag, nicht meine Woche, nicht mein ...« Er macht eine abschätzige Handbewegung.

»Beziehungsärger?«, frage ich nach einer Schweigeminute.

Er lacht. »Ja, so könnte man es nennen.«

»Deine Frau?«

Hauke schüttelt den Kopf. »Frag nicht.« Er stößt mit mir an. »Prost. Morgen ist auch noch ein Tag.«

Ich bohre nicht weiter. Wir kennen uns erst einen Tag, da wird Hauke mir wohl kaum seine offensichtlich gravierenden Probleme auf einem Silbertablett präsentieren. Aber habe ich die Zeit?

»Und bei dir?« Er wirft mir einen fragenden Blick zu. »Bereust du es schon?«

»Aurich?«

»... und unser fantastisches Team.« Er deutet ein Augenrollen an.

»Wird schon. War mein Fehler bei der Schule. Ich hätte vorsichtiger vorgehen sollen.«

»Unsinn! Diese Leute verstehen nur eine einzige Sprache. Wenn wir nicht klar zeigen, wer der Herr im Haus ist, lachen die uns aus. Klar, es wäre schon gut gewesen, wenn du diesen Typen zu fassen bekommen hättest. Wir brauchen einen Türöffner. Vielleicht wäre er das ja gewesen.«

»Habe ich aber nicht«, murmele ich und trinke mein Glas leer. Als ich aufblicke, kommt Steffen auf mich zu.

»Noch eins, schöne Dame?«

»Ja! Und wenn du hier schon rumsülzen musst, dann bitte mit meinem Namen. Lina.«

»Oh, schöner Name. Ich heiße Steffen.«

»Neu hier?«, brummt Hauke.

»Probetag. Vielleicht sehen wir uns bald öfter.«

»Hauke. Bin hier Stammgast.« Er trinkt sein Glas leer und schiebt es Steffen über den Tresen. »Lass die Luft raus, Steffen!«

Wir warten auf unser Bier, schweigen, trinken, reden übers Wetter, über die Touristenschwemme, die Ostfriesland und vor allem die Inseln in den letzten Jahren überrollt hat, über die anstehende Bürgermeisterwahl, über die explodierenden Preise und die eine oder andere Nebensächlichkeit. Gegen dreiundzwanzig Uhr wirft Hauke einen Blick auf die Uhr. »Es wird Zeit für mich.«

Er steht auf, nickt Beene zu und legt mir kurz die Hand auf die Schulter. »Bis morgen.«

Als er sich gerade abwenden will, halte ich ihn zurück. »Wenn ich dir irgendwie helfen kann, sag Bescheid.«

Er schüttelt unmerklich den Kopf. »Oder hast du gerade fünfzigtausend Euro für mich?« Als er mein erstauntes Gesicht sieht, grinst er. »War ein Scherz. Und danke fürs Angebot. Ich komme drauf zurück, wenn es mal kneift.« Er hält kurz inne. »Hatte ich dir schon gesagt, dass ich froh bin, dass du bei uns bist? Du hast mehr Mumm als manch einer unserer aufgeblasenen Kollegen, die immer auf dicke Hose machen.«

Ich schenke ihm ein warmes Lächeln. »Danke, Kollege. Und schlaf gut.«

Ich sehe Hauke hinterher, als er die Arche verlässt. Zurück zur Theke gewandt, steht Steffen auf der anderen Seite. »Was war denn eben? Das klang ja fast wie eine Liebeserklärung deines verehrten Kollegen.«

»Eifersüchtig?«

»Klar. Aber nicht nur.«

»Lass sein, Steffen. Ich bin inzwischen ein großes taffes Mädchen. Du brauchst dir keine Sorgen mehr um mich zu machen.« Ich lege einen Zwanzig-Euro-Schein auf den Tresen. »Sag Bescheid, ob du den Job hier bekommst.«

Ich laufe Hauke hinterher, sehe aber gleich, dass er heute eine andere Richtung als gestern eingeschlagen hat. Eine Viertelstunde später betritt er das Haus, kurz darauf geht bei ihm in der Wohnung das Licht an.

Ich mache auf der Stelle kehrt und suche im Netz nach dem schnellsten Weg zum Haus von Harald Kaup, dem mutmaßlichen Veranstalter von illegalen Pokerrunden. Eine weitere Viertelstunde später stehe ich auf meinem Observationsposten.

Eine Stunde gebe ich mir, länger werde ich heute hier nicht stehen. Ich kann mir nicht die Nächte um die Ohren schlagen und gleichzeitig am Tag in einem komplizierten Fall ermitteln.

Zwei Minuten vor Ablauf der Zeit wird die Tür geöffnet, und Kaup tritt auf die Straße. Kriminalinspektor Carstens hat mir drei Fotos von ihm an meine private Mailadresse geschickt. Sie sind zwar schon ein paar Jahre alt, aber Kaup hat sich kaum verändert.

Ich folge ihm in gebührendem Abstand, bin je nach dem Umfeld mal näher an ihm dran und mal weiter entfernt. Als er in eine dunkle Straße abbiegt, warte ich einige Sekunden, bevor ich ihm folge.

Jetzt erreicht Kaup eine der wenigen Laternen in der Straße, bleibt kurz stehen, steckt sich eine Zigarette an und will gerade weitergehen, als zwei Männer auf ihn zukommen. Kaup bewegt sich nicht, wirft plötzlich die Zigarette auf die Straße und rennt im nächsten Moment in meine Richtung. Die Männer scheinen das erwartet zu haben. Sie sind, ihren Bewegungen nach zu urteilen, jünger als er, durchtrainierter, erreichen ihn nach wenigen Schritten und reißen ihn zu sich herum. Mir ist im gleichen Augenblick klar, was jetzt passieren wird. Ich muss mich entscheiden, laufe los und renne auf die Dreiergruppe zu.

Der erste Schlag trifft Kaup in der Magengegend, er will sich nach vorn krümmen, wird aber gleich darauf von einem weiteren Schlag im Gesicht getroffen, kommt aus dem Gleichgewicht und stürzt hart auf die Straße.

Fünf, vier, drei, zwei Meter. Einer der Männer dreht sich zu mir um, glotzt mich an und grinst breit. Ich nutze meinem Vorteil, gehe aus dem Laufen in Kampfposition, schleudere einmal um mich selbst, um ausreichend Kraft in meinen Fußtritt zu legen, der ihn direkt in seinen empfindlichsten Teilen trifft. Der Mann schreit auf, knickt auf die Knie und hält sich seine Hände vor den Schritt. Sein Partner, der gerade den am Boden liegenden Kaup traktiert, nimmt mich erst jetzt wahr, lässt von Kaup ab und wendet sich mir zu. Zu spät. Ich habe bereits Schwung geholt und fliege mit dem Fuß voran auf ihn zu, treffe ihn frontal auf der Brust, er kippt hintenüber und kann sich gerade noch auf dem Boden abrollen. Als er hochkommen will, habe ich bereits meinen Schlagstock ausgefahren und versetze ihm mit aller Kraft einen Hieb in die Seite. Auch er schreit auf, krümmt sich im Liegen. Der zweite Mann ist hinter mir, ich höre, wie er sich aufrichtet, schnelle herum und treffe ihn mit dem Schlagstock am Kopf. Er sackt in sich zusammen. Ich weiß, dass er eine Weile kampfunfähig sein wird, wende mich wieder um und gehe in Kampfposition. Der noch immer am Boden liegende Mann hält die Hand vors Gesicht. Er scheint für den Moment genug zu haben.

Ich haste zu Kaup, helfe ihm auf die Beine und stütze ihn, als wir die Straße zurückgehen. »Ich rufe einen Rettungswagen«, raune ich ihm zu, als mir die Entfernung zu den zwei Männern ausreichend zu sein scheint.

Kaup schüttelt den Kopf. »Nein, ich will nach Hause. Ein Taxi.«

»Sie könnten ernsthaft verletzt sein. Das kann …«

»Nein, bitte«, fällt er mir mit heiserer Stimme ins Wort und zeigt die Straße hinunter. »Um die Ecke steht sicher eins.«

Ich stütze ihn, sehe aus dem Augenwinkel, dass sich die Angreifer aufraffen und in die entgegengesetzte Richtung verschwinden.

»Okay, Taxi. Auf Ihre Verantwortung.«

»Wo haben Sie das gelernt?«, fragt Harald Kaup, als wir zwanzig Minuten später in seiner Küche sitzen. Ich habe einen Tee für uns gemacht, während Kaup sich vorsichtig abgetastet hat. Er hat offenbar Glück gehabt, bis auf ein paar schmerzhafte Prellungen scheint ihm nichts passiert zu sein.

»Zehn Jahre Kampfsport.«

»Respekt!« Er nickt anerkennend. »Sie haben mir das Leben gerettet. Das hätte nicht jeder gemacht. Und schon gar nicht jede. Ich stehe in Ihrer Schuld.«

»Was waren das für Typen?«

»Weiß ich nicht. Sie hatten es wohl auf mein Geld abgesehen.«

Jetzt lügt er. Er weiß, wer ihn überfallen hat, ahnt es zumindest.

»Und das hier in Aurich?«, werfe ich ein.

»Sieht so aus.«

»Sollten wir nicht die Polizei rufen?«

Er schüttelt den Kopf. »Nein, das bringt nichts. Oder können Sie die Männer beschreiben?«

Ich tue so, als wenn ich nachdenke. »Das ging alles zu schnell. Vielleicht würde ich sie wiedererkennen, vielleicht auch nicht.«

»Eben.« Er müht sich auf, holt sein Portemonnaie aus der Tasche und scheint mir Geld geben zu wollen. »Ich würde Ihnen gern ...«

Ich hebe die Hand. »Schon gut. Sie müssen mich nicht bezahlen.« Ich stehe auf. »Ich lasse Sie jetzt mal allein.

Versprechen Sie mir, den Notarzt zu rufen, wenn es Ihnen schlechter geht?«

Er lächelt. »Versprochen. Aber nur, wenn Sie mir Ihren Namen und Ihre Telefonnummer geben, damit ich mich noch einmal richtig bei Ihnen bedanken kann.« Er deutet auf seine Bauchgegend. »Im Moment brauche ich wohl tatsächlich etwas Ruhe.«

Ich schaue mich in der Küche um, finde einen Notizblock und schreibe ihm meinen Vornamen und die Nummer des Handys auf, das ich vom Kriminaldirektor bekommen habe.

Sechzehn

Kea

»Freya steht total auf Lenny«, behauptet Jonas, woraufhin seine Schwester tiefrot anläuft und ihm unter dem Tisch vors Schienbein tritt. Besonders fest kann dieser Tritt nicht gewesen sein, da sie mit ihren Füßen kaum zu ihm rüberreicht, dennoch stößt mein Sohn einen Schmerzensschrei aus, als wäre eine Amputation nun unausweichlich. Eine Reaktion, die er sich als hoffnungsvolles Nachwuchstalent vermutlich von den Fußballprofis abgeguckt hat. »Stimmt doch«, mault er, als ich seinem vermeintlichen Leiden keine Beachtung schenke, sondern lediglich entnervt das Gesicht verziehe. »Alle Mädchen in der Schule fahren total auf den ab.«

»Das war aber nicht meine Frage«, erwidere ich. »Ich wollte lediglich wissen, ob euch schon aufgefallen ist, dass ihr einen neuen Hausmeister habt.«

»Das ist ja wohl kaum zu übersehen.« Jonas grinst seiner Schwester frech ins Gesicht. »Der knutscht doch dauernd mit irgendwelchen Weibern rum.«

Freya läuft hochrot an, springt wie angestochen von ihrem Stuhl auf und keift ihn über den Tisch hinweg an: »Erzähl hier bloß keinen Scheiß, Mann! Das tut er nicht! Nimm das sofort zurück!«

Okay, sie scheint wirklich auf diesen Kerl zu stehen.

»Tut er doch!« Jonas' Grinsen wird breiter.

»Tut er nicht!«

»Tut er doch!«

Nun ist es an mir, auf den Tisch zu klopfen. »Jonas, hör auf, deine Schwester zu provozieren! Und Freya, kreisch du hier nicht so rum! Oder willst du, dass mir das Trommelfell platzt?!«

Ich hätte gar nicht mit dem Thema anfangen sollen. Denn was hatte ich erwartet, das meine Kinder über Kopper erzählen würden? Dass er jeden Tag mit einer Tüte voller synthetischer Drogen durch die Schule läuft und jedem Schüler ein paar bunte Pillen zusteckt? Oder dass er Mia zunächst umgarnt und sie dann umgebracht hat?

»Ich geh dann mal.« Jonas, noch auf seinem Käsebrot kauend, greift nach der Dose mit den Pausenbroten und steht vom Tisch auf. »Bin vor der Schule noch mit Tim verabredet.«

Was wohl so viel heißt, dass er von Tim die Mathehausaufgaben abschreiben will. Aber ich frage lieber gar nicht erst nach.

»Was ist denn nun mit Lenny?«, fragt Freya, nachdem Jonas die Küche verlassen hat. »Warum interessierst du dich für ihn?«

»Ich habe nur gehört, dass ihr einen neuen Hausmeister habt, das ist alles.« Nach einem Blick auf die Uhr schenke ich mir einen weiteren Kaffee ein. Zehn Minuten habe ich noch.

»Wer's glaubt. Du interessierst dich sonst doch nicht mal dafür, wenn wir einen neuen Lehrer haben«, behauptet Freya. »Und nun fragst du plötzlich nach dem ...« Sie stockt und bekommt große Augen. »Hat Lenny was mit deinem neuen Fall ... Scheiße, es geht um Mia, oder?! Weil er mit ihrem Bruder befreundet ist. Deswegen fragst du nach ihm. Und nun willst du wissen, ob er was mit Mia hatte.«

»Hatte er?«

»Nee.« Freya sagt es so bestimmt, als müsse sie sich selbst davon überzeugen. Dann aber runzelt sie die Stirn. »Da fällt mir aber ein …«

»Ja?« Ich versuche, möglichst unbeteiligt zu klingen.

»Es ist ein paar Wochen her, da hab ich gesehen, wie Mia nach der Schule bei so 'nem Typen ins Auto stieg. Ich habe mich noch gewundert, weil sie doch meistens von ihren Eltern gebracht und abgeholt wird … äh … wurde.«

Ich muss es mir verkneifen, sie gleich nach einem weißen SUV zu fragen. »Was war das für ein Auto?«

»Keine Ahnung. Weiß. So 'n SUV. Ich hab nicht darauf geachtet, was genau das für einer ist.«

Also lag ich mit meiner Vermutung richtig! Ich versuche, mir meine plötzliche Nervosität nicht anmerken zu lassen. »Ich dachte, es wäre dir aufgefallen, dass Mia dort eingestiegen ist.«

»Ja, schon. Aber eigentlich hat es mich ja auch nicht interessiert, was Mia macht.« Sie presst die Lippen zusammen und senkt beschämt den Kopf. »Ich konnte ja nicht wissen, dass …«

»Natürlich nicht«, beeile ich mich zu sagen. Auf gar keinen Fall will ich meiner Tochter ein schlechtes Gewissen machen. »Und der Mann, der bei ihr war, wie sah der aus? Du hast ihn nicht zufällig gesehen?«

»Nee, wie gesagt …« Sie seufzt. »Der ist nicht ausgestiegen. Dunkelhaarig, glaube ich.« Sie zieht die Nase kraus. »Er hatte 'ne Basecap auf.«

»Also bist du dir bei seiner Haarfarbe nicht sicher?«

»Doch. Der war dunkelhaarig. Ein Türke vielleicht oder so.«

Sofort kam mir Koppers Freund Luis in den Sinn. Aber welche Verbindung konnte der zu dem De-Jong-Clan haben? Wenn es denn überhaupt der SUV der de Jongs gewesen war, schränke ich sogleich ein. »Hast du noch mehr beobachtet?«

»Nee. Mia ist eingestiegen, und er ist losgefahren.«

»Wie alt schätzt du ihn?«

»Weiß nicht. Eher alt, würde ich sagen. Dreißig vielleicht.«

Vielen Dank für die Blumen. »Hast du das Fahrzeug danach noch öfter vor der Schule gesehen? Also, kann es sein, dass Mia nicht nur dieses eine Mal von diesem Mann abgeholt wurde?«

Freya druckst herum, scheint sich bei dieser Frage nicht wohlzufühlen. Ich überlege, ob ich nachhake, möchte aber nicht riskieren, dass sie völlig dichtmacht.

»Du hast ihn also öfter gesehen?«

»Ja. Nee. Also nicht mit Mia. Keine Ahnung, ob das derselbe SUV ist wie sonst, in den sie eingestiegen ist.«

»Also treibt sich öfter mal ein weißer SUV vor eurer Schule herum?«

»Keine Ahnung. Kann sein.« Freya steht abrupt auf. »Ich muss jetzt los, sonst komme ich zu spät. Hab Deutscharbeit.« Bevor sie mit ihrer Brotdose aus der Küche geht, dreht sie sich noch einmal um. »Soll ... soll ich dir vielleicht Bescheid geben, wenn er wieder da steht?«

Ich lächle. »Das wäre toll. Aber halt dich bitte von ihm fern.«

Sie nickt.

»Ach, Freya?«

»Ja?«

»Danke.«

Meine Tochter nickt erneut und verschwindet mit einem Tschüss zur Tür hinaus.

Mia wurde also allem Anschein nach mit einem weißen SUV von der Schule abgeholt. Wenn es derselbe ist, den Lina gestern hochnehmen wollte und von dem wir wissen, dass der Fahrer etwas mit dem De-Jong-Clan zu tun hat, dann ... Ich versuche mich zu bremsen. Weiße SUVs gibt es wie Sand am Meer, unter ihnen nicht wenige Elterntaxis, die sich vor der Schule regelmäßig auf verantwortungslose Art die Plätze streitig machen.

Ich greife zum Telefon und rufe Jörn an, der meistens deutlich vor mir im Kommissariat ist. »Moin«, sage ich, nachdem er sich gemeldet hat, »kannst du mal bitte für mich herausfinden, welche Fahrzeuge auf die Familie Grewe angemeldet sind?«

»Auf Mias Eltern also?«

»Und auf ihren Bruder. Vincent. Wir wissen zwar, dass er ein Motorrad fährt, aber ob er auch ein Auto hat ...«

»Okay, wird gemacht.« Im Hintergrund beginnt eine Tastatur zu klackern. »Übrigens ist der schriftliche Obduktionsbericht angekommen.«

»Was steht drin? Irgendwas Neues?«

»Nee. In der Quintessenz nur das, was Dr. Hassel schon gesagt hat. Die Ergebnisse der DNA-Analyse stehen aber nach wie vor aus.«

»Was ist mit der Spurensicherung? Haben die schon Ergebnisse aus Mias Zimmer geliefert?«

»Ja, haben sie.«

»Ist die Kiste mit den Tagebüchern aufgetaucht?«

»Nein, leider nicht.«

Mist. »Sonst irgendwas, was uns weiterhilft?«

»Das Interessanteste dürften Spermaspuren sein, die in Mias Bett gefunden wurden. Die DNA-Analyse läuft.«

»Gut, darüber reden wir nachher in der Besprechung.« Ich überlege kurz. »Gib bitte den anderen Bescheid, dass wir damit eine Stunde später starten als geplant. Ich will erst noch mit Vincent Grewe sprechen. Wer weiß, wann der wieder nach Oldenburg abschwirrt.«

»Okay, ich sag Bescheid. Apropos Vincent: Haben seine Eltern nicht behauptet, dass er in Oldenburg Medizin studiert?«

»Tut er nicht?«

»Nee. Die Kollegen haben das überprüft. Das Medizinstudium hat er nach zwei Semestern abgebrochen.«

»Das heißt, er studiert gar nicht?«

»Doch, eingeschrieben ist er. Für den Studiengang Kulturanalysen.«

»Hä?«

»Ja, so ging es mir auch. Aber ich habe mich gestern Abend noch schlaugemacht. Dieser Studiengang befasst sich, ich zitiere, mit der Materialität und Medialität von Gegenwarts- und Alltagskulturen sowie deren historischer Fundierung.«

»Sag bloß.« Ich habe keine Ahnung, was ich mir darunter vorstellen muss, aber es ist auch egal. Fakt ist, dass Vincent Grewe nicht das studiert, was seine Eltern für ihn vorgesehen haben und die anscheinend nichts davon wissen. Ob das für unseren Fall relevant ist oder nicht, gilt es herauszufinden. »Sonst noch was?«

»Auf ihn zugelassen ist nicht nur das Motorrad, sondern auch ein silberfarbener Porsche.«

»Woher weißt du das denn nun so plötzlich?«

»Habe es nebenbei schnell überprüft. Ist kein Hexenwerk.«

»Gehört zu dem Fuhrpark der Eltern ein weißer SUV?«

»Du meinst, wie Lina und ich ihn vorgestern kontrolliert haben?«

Schwingt da ein gewisser Sarkasmus mit? Oder reagiere ich einfach nur zu empfindlich auf dieses Thema? »Ja, genau.«

»Nein. Die fahren andere teure Schlitten.«

»Okay, danke.« Somit können wir vermutlich ausschließen, dass Mia an jenem Tag von einem Mitglied ihrer Familie von der Schule abgeholt wurde. »Alles andere später, Jörn. Ich mache mich jetzt auf den Weg zu den Grewes.«

»Vielleicht ist der Herr ja noch gar nicht aufgestanden.«

»Wir werden sehen. Bis dann.«

Der Besuch bei den Grewes verläuft nicht so wie geplant, ist Vincent doch in der letzten Nacht gar nicht zu Hause gewesen. Seine Mutter, die mit jedem Tag übernächtigter aussieht und mir die Tür im Bademantel öffnet, weiß nicht zu sagen, wo er sich aufhält. Auch ein Anruf auf seinem Handy bleibt erfolglos, bereits nach dem ersten Klingeln schaltet sich die Mailbox ein.

»Richten Sie ihm bitte aus, dass er sich bei mir melden soll, sobald Sie ihn sprechen«, fordere ich Angela Grewe auf. »Ach«, fällt mir dann ein, »noch mal zu Mias Tagebüchern. Sie haben sie nicht zufällig gefunden?«

»Nein.« Aus dem Haus heraus ist nun das mir schon vertraute Knarren der Treppe zu hören.

»Und Sie haben auch nicht gesehen, dass Mia die Holzkiste, in der sie sich befanden, aus dem Haus geschafft hat?«

»Nein. Wenn es so wäre, dann hätte ich es Ihnen doch schon längst gesagt.«

Hätte sie? Irgendetwas an Angela Grewes Tonfall gefällt mir nicht. Oder ist es nur die Müdigkeit, die ihrer Aussage einen zögerlichen Unterton gibt?

»Hatte Mia an dem Tag, als Jannik sie im Tagebuch schreibend angetroffen hat, vielleicht noch Besuch? Könnte sie die Kiste irgendwem anvertraut haben?«, lasse ich nicht locker.

»Nicht, dass ich wüsste.« Sie schüttelt den Kopf. »Mia hatte nur sehr selten Besuch. Aber ich war an dem Tag auch bis spätabends mit Kunden unterwegs, und daher ...«

»Lukas war da«, mischt sich Jannik ins Gespräch, der, in Boxershorts und T-Shirt gekleidet, neben seine Mutter getreten ist. Er reibt sich verschlafen die müden Augen.

»Lukas?«, fragen Angela Grewe und ich gleichzeitig. »Lukas Bakker?«, füge ich vorsichtshalber hinzu, um sicherzugehen, dass wir von demselben Jungen reden.

»Ja.«

»Bei unserem letzten Gespräch hast du davon nichts erwähnt.« Und laut Protokoll hat auch Lukas davon nichts gesagt, als Lina und Hauke mit ihm gesprochen haben.

»Ist mir gerade erst wieder eingefallen.« Jannik schaut mich schuldbewusst an.

»Schon gut.« Wahrscheinlich ist es der Ausnahmesituation geschuldet, dass er nicht früher mit dieser Info herausgerückt ist. »Und es war ganz bestimmt an dem Tag, als du Mia beim Tagebuchschreiben gesehen hast?«

Jannik nickt. »Er stand im Garten.«

»Im Garten?«

»Ja. Er hat zu Mias Zimmer raufgeglotzt.«

»Und dann?«

»Keine Ahnung. Ich hab ihn da nur stehen sehen, als ich mein Fahrrad aus der Garage geholt habe, um zum Fußballtraining zu fahren.«

»Du weißt also nicht, ob er noch zu Mia ins Haus gegangen ist?«

»Nee.«

»Wie Sie bereits wissen«, kommt Angela Grewe einer weiteren Frage von mir zuvor, »waren Mia und Lukas eng befreundet. Es ist also nichts Besonderes, dass Lukas zu Besuch kommt.«

»War es denn in der Vergangenheit üblich, dass Lukas durch den Garten zum Haus kam?« Ich schaue auf das hohe Tor, durch das ich hereingekommen bin, dann lasse ich meinen Blick über das eingemauerte Grundstück schweifen. »Ist es überhaupt möglich, dass man, ohne zu klingeln, in den Garten kommt?«

»Eigentlich nicht.« Angela Grewe wirkt verunsichert, knetet nervös ihre Hände.

»Also muss ihm jemand das Tor aufgemacht haben.«

»Lukas kann gut klettern«, bemerkt Jannik, als würde das alles erklären. Und vielleicht tut es das ja auch? Mein Blick fällt auf eine am Tor installierte Kamera. »Ich nehme an, dass Sie hier mehrere Überwachungskameras installiert haben?«

»Ja, aber ich glaube wirklich nicht ...«

»Es geht um den Mord an Ihrer Tochter, Frau Grewe«, insistiere ich. »Ich denke, es liegt auch in Ihrem Interesse, dass wir uns die Aufnahmen ansehen. Ich werde im Laufe des Vormittags jemanden vorbeischicken, der sie abholt.« Ich wende mich an Jannik. »Könntest du mir bitte die Stelle im Garten zeigen, an der du Lukas gesehen hast?«

Jannik nickt und läuft mir und seiner Mutter voraus in eine der drei Garagen, die rechts neben dem Wohnhaus stehen. In ihr sind Fahrräder sowie Regale mit Werkzeug und anderem Krempel untergebracht. In die rückwärtige Mauer eingelassen sind eine stählerne Tür, die zum Garten führt, sowie gleich daneben ein mit Spinnweben behängtes Fenster.

Jannik deutet durch die Scheibe hindurch in Richtung einer hochgewachsenen Ulme. »Unter dem Baum da stand Lukas.«

»Okay, das würde ich mir gern mal genauer ansehen.« Ich schaue Angela Grewe fragend an, woraufhin sie zögerlich nickt. »Gehen Sie ruhig. Die Tür ist offen.«

Nur wenig später stehe ich unter dem besagten Baum und lasse mir von Jannik die beiden Fenster zeigen, die zu Mias Zimmer gehören. Von hier unten ist unmöglich zu erkennen, was in dem Zimmer geschieht. Es sei denn, dass es draußen dunkel ist und drinnen Licht brennt. »Ist Lukas denn auch mal auf den Baum geklettert?«

»Also, Frau Kommissarin, ich muss doch sehr bitten …!«, empört sich Angela Grewe. »Was Sie hier unterstellen …«

»Ich unterstelle gar nichts«, schneide ich ihr das Wort ab. »Ich möchte lediglich nichts übersehen. Also, Jannik?«

»Nee, gesehen habe ich Lukas da oben nicht.«

»Okay. Danke, Jannik. Du hast uns sehr geholfen.« Als seine Mutter nun gequält das Gesicht verzieht, frage ich mich, ob Jannik in dieser Familie der Einzige ist, der ein echtes Interesse daran hat, dass die Wahrheit ans Licht kommt.

Siebzehn

Lina

Ich laufe hinter einem weißen SUV her und wundere mich, dass ich ihm immer näher komme. Jetzt bin ich auf der Höhe des Fahrers und erkenne Harald Kaup, der kopfschüttelnd neben sich greift und gleich darauf eine Waffe mit Schalldämpfer auf mich richtet. Ich ducke mich, höre den Knall und spüre den Luftzug. Aber warum ist die Seitenscheibe noch heil? Ich lasse mich zurückfallen, aber der SUV wird auch langsamer und ist kurz darauf wieder neben mir. Kaup lacht. Ihm scheint die Jagd Spaß zu bereiten. Ich greife zu meinem Holster, will meine Waffe ziehen und stürze im nächsten Moment über eine Unebenheit im Boden.

Ich schrecke auf und muss mich erst mal einen Augenblick orientieren. Wo bin ich? Ich stöhne. Aurich, neue Wohnung, neue Arbeit. Ich richte mich auf, mein Blick fällt auf den Wecker. Verdammt. Habe ich vergessen, ihn zu stellen, oder ist er defekt? Ich springe aus dem Bett und haste in die Dusche. Nach einem Schwall kaltem Wasser, das erst langsam warm wird, wache ich endgültig auf. Harald Kaup. Ich habe ihm gestern Nacht den Arsch gerettet. Hatten seine eigenen Leute es auf ihn abgesehen, oder handelt es sich um einen Revierkampf?

Angezogen und mit trockenen Haaren rufe ich Kriminaldirektor Carstens an und berichte ihm von dem Zwischenfall.

»Können Sie die Männer beschreiben?«, fragt Carstens.

»Keine Mitteleuropäer. Ich würde sie eher dem arabischen Raum zuordnen.«

»Sah es nach einem versuchten Auftragsmord aus?«

»Glaube ich nicht. Das sollte wohl eher eine Warnung sein.«

»Dann würde ich auf die Libanesen aus Bremen tippen. Die sind schon eine Weile dabei, sich im hohen Norden breitzumachen. Eine Warnung an die Konkurrenz sozusagen.«

»Aber warum Kaup?«, frage ich.

»Eventuell ist er doch wichtiger für die Niederländer, als ich gedacht habe.«

»Das ergibt Sinn. Ich bleibe dran.«

»Frau Lübbers! Ihre eigentliche Aufgabe ist eine andere. Sie können nicht auf zwei Hochzei…«

»Hauke Behrends ist im Moment auf Platz eins meiner Liste. Aber ich muss ihm nachweisen, dass er für den De-Jong-Clan arbeitet. Und Kaup ist genau die Person, die Behrends mit Schuldscheinen erpressen könnte.«

»Das habe ich schon verstanden. Trotzdem ist mir nicht ganz wohl dabei, wenn Sie zweifach undercover arbeiten.«

»Ich sehe im Moment keinen anderen Weg.« Ich halte kurz inne. »Leider bin ich schon etwas zu spät fürs Morgenmeeting. Ich muss jetzt auflegen, Herr Kriminaldirektor. Und denken Sie bitte an die Immobilienliste.«

Carstens brummt etwas Unverständliches, was ich als Abschiedsgruß interpretiere, als ich das Gespräch beende.

Kea wirft mir einen missbilligenden Blick zu, als ich in den Besprechungsraum husche.

»Dann sind wir jetzt ja vollzählig«, sagt sie, noch bevor ich auf meinem Platz neben Hauke sitze. Er schenkt mir ein warmes Lächeln, ich schlage mein Notizheft auf.

»Der schriftliche Obduktionsbericht ist eingetroffen. Er enthält nichts wesentlich Neues.« Kea legt eine bedeutungsvolle Pause ein. »Vor einer Viertelstunde habe ich einen Anruf von Dr. Hassel bekommen.« Sie schaut in die Runde. »Das Sperma, das in Mias Vagina gefunden wurde, ist von zwei unterschiedlichen Männern.«

Ein Raunen geht durch die Gruppe. Selbst ich bin so sprachlos, dass mir der Kugelschreiber aus der Hand fällt.

»Ist das absolut sicher?«, wirft Hauke ein.

»Dr. Hassel war nicht sehr erfreut, als ich ihm die gleiche Frage gestellt habe«, sagt Kea. »Mehr brauche ich dazu wohl nicht zu sagen.«

»Und das Sperma auf Mias Bettlaken?«, will Jörn wissen.

Erneut schaut Kea in die Runde. »Das ist die nächste Überraschung. Es ist von einem dritten Mann.«

Es ist absolut still im Besprechungsraum. Jörn schüttelt entsetzt den Kopf, Hauke atmet einmal tief durch, Frank Erken rauft sich die Haare. Wir alle versuchen, diese Information zu verarbeiten.

»Ich habe natürlich sofort daran gedacht, dass Mia vor ihrem Tod vergewaltigt worden ist«, sagt Kea. »Ich habe diese These noch einmal mit Dr. Hassel besprochen. Er sieht nach wie vor keine Anzeichen für eine Vergewaltigung und rät davon ab, ausschließlich auf diese Hypothese zu bauen. Auf der einen Seite hat er natürlich recht, wir müssen beide Varianten auf dem Schirm haben, auf der anderen Seite wehrt sich nicht jedes Vergewaltigungsopfer gegen den Peiniger – auch wenn keine Abwehrspuren zu finden waren, ist das noch kein Beweis.«

»Sehe ich auch so«, wirft Hauke ein.

Kea nickt und schaut auf ihre Notizen. »Dann mache ich mal weiter: Die DNA-Analyse der Hautpartikel, die an Mias Unterwäsche gefunden wurden, läuft noch. Anfang nächster Woche sollte sie vorliegen. So weit die Rechtsmedizin.« Sie holt tief Luft und fährt fort: »Aus der Kriminaltechnik gibt es keine Neuigkeiten. Die DNA-Analyse des Zigarettenstummels, der auf dem Weg vor dem Deich gefunden wurde, ist in Arbeit. Auch hier wurde ich auf Anfang der Woche vertröstet. Ich habe da noch einmal Druck gemacht.«

»Mia hatte also innerhalb weniger Tage mit drei Männern Sex. Oder sogar am selben Tag«, sagt Frank, dessen Stimme keinen Zweifel daran lässt, wie erstaunt er über diese Vorstellung ist. »Was sagt uns das jetzt?«

Kea hebt ihre Hand. »Später! Wir sollten zuerst kurz mündlich von unseren Befragungen berichten, und anschließend solltest du uns noch einmal auf den neusten Stand zum aktuellen Drogengeschehen zwischen Ems und Weser bringen.«

Kea beginnt, Jörn folgt, anschließend sind Hauke und ich an der Reihe. Zu guter Letzt gibt Kea ihr frühmorgendliches Gespräch mit ihren Kindern wieder und berichtet von dem Besuch im Hause Grewe.

»Was hat der junge Mann im Garten verloren?«, poltert Hauke. »Das wird ja immer bunter.«

Erneut schreitet Kea ein und erteilt Frank Erken das Wort.

»Gut, im Groben seid ihr ja bereits informiert«, sagt Frank mit Blick auf seine Notizen. »Ich habe fast den ganzen Tag am Telefon gehangen und die Kollegen auf die Situation vor Ort angesprochen. Alle sagen übereinstimmend, dass sie zunehmend Probleme an den Schulen haben. Die sind keinesfalls auf einen Schultyp begrenzt, sondern ziehen sich durch das gesamte Spektrum. Auch die Größe der Städte beziehungsweise Ortschaften scheint keine große Rolle zu spielen. Mit

Cannabis und Co. haben wir ja schon seit vielen Jahrzehnten zu tun, mal mehr, mal weniger. Letztlich sind die aber harmlos im Verhältnis zu den neuen synthetischen Drogen, die schnell und in großen Mengen hergestellt werden können. Gerade in den Beneluxländern sind in den letzten Jahren etliche Labore hopsgenommen worden. Im gleichen Atemzug sind bisher, wie mir der Kollege aus den Niederlanden sagte, für jedes zerstörte fünf neue Labore aus dem Nichts entstanden. Allerdings ist die Masche mit den in alten Scheunen versteckten Laboren gerade in den Niederlanden in aller Munde. Die Organisationen haben inzwischen Schwierigkeiten, neue ...«, er malt Anführungszeichen in die Luft, »Locations zu finden. Wie wir eindrucksvoll vor ein paar Tagen bestätigt bekommen haben, könnten sie nach Norddeutschland ausweichen wollen. Nun gut, wir werden sehen.« Er schaut auf seine Notizen. »Das Zeug innerhalb Europas zu verschieben, ist ein Kinderspiel. Bleibt der Absatzmarkt, der entweder zu schaffen ist oder einer anderen Organisation abgejagt werden muss. Bei den synthetischen Drogen ist gerade im ländlichen Raum einiges an Nachholbedarf vorhanden, sprich, die Produzenten müssen sich ihren Markt selbst schaffen. Dabei verdrängen sie natürlich zum Teil die klassischen Drogen und kommen in Konflikt mit den hier dominierenden Kräften.«

»Wer würde in Ostfriesland um seine Pfründe fürchten müssen?«, frage ich und kann nicht umhin, mir Frank als Informant vorzustellen. Präsentiert er uns hier nur einen Teil von dem, was er tatsächlich weiß? Versucht er, sich in einem guten Licht darzustellen, um ja nicht in Verdacht zu kommen?

Frank räuspert sich und beantwortet meine Frage. »Ein paar kleine Zwischenhändler, die überwiegend aus den Niederlanden importierte Drogen im regionalen Markt verkaufen, und die in den größeren Städten wie Bremen und Hannover agierenden Clans. Die sollen im Moment auch hier im Kommen sein.«

»Der Bremer Libanesen-Clan«, wirft Hauke ein. »Die versuchen seit Jahren, über Bremerhaven und Wilhelmshaven in Ostfriesland und den angrenzenden Kreisen Fuß zu fassen.«

»Gut, lassen wir den Konkurrenzkampf der großen Player mal außer Acht«, schlägt Kea vor. »Das ist für unseren Fall eher nicht relevant.« Sie wendet sich an Frank Erken. »Absatzmarkt Schule. Gibt es Hinweise, dass wir es an allen Orten Ostfrieslands mit ein und derselben Organisation zu tun haben?«

»Ich habe Fotos von den Pillen aus Mias Zimmer verschickt und aus vier Kommissariaten positive Rückmeldung bekommen. Wir haben es hier entweder mit einem aktiven Auricher Zwischenhändler zu tun oder mit der Organisation selbst. Ich tippe nach all den Informationen, die ich bisher gesammelt habe, auf das Letztere. An welche Großfamilie ich da jetzt denke, sollte hier jedem im Raum klar sein.« Würde Frank direkt auf den Clan zu sprechen kommen oder wiegt er sich so in Sicherheit, dass er mit uns spielt? Vielleicht gefällt ihm genau die Rolle, die ihm gerade zukommt.

»Der De-Jong-Clan«, flüstert mir Hauke zu. Ich nicke.

Frank Erken skizziert kurz, wie andere Kommissariate gegen die neue Drogenschwemme vorgehen, und berichtet, dass das LKA Hannover eine Soko eingesetzt hat, die die Ermittlungen der einzelnen Kommissariate koordiniert, und auf Landesebene eigene Ermittlungen am Laufen hat.

»Danke, Frank«, übernimmt Kea wieder. »Kommen wir zu unserem Fall. Was haben wir? Mia Grewe, sechzehn, wird mit einer Überdosis MDMA tot im Watt aufgefunden. Die Flut ist schneller als die mutmaßlich tödliche Wirkung der Drogen, sie ertrinkt. Wir haben inzwischen von mehreren Seiten bestätigt bekommen, dass Mia sich seit einiger Zeit verändert hat. Neben schlechten Schulnoten hat sie gravierende Probleme im Elternhaus, hat sich von ihrer besten Freundin entfremdet und ist mehrfach unentschuldigt dem Unterricht in der Schule ferngeblieben. Wir vermuten, dass dahinter eine Beziehung mit einem mutmaßlich jungen Mann steckt. Hier kommen die Sperma-Funde ins Spiel. Mia hatte bis zwei Tage vor ihrem Tod mit mindestens zwei Männern Verkehr, ein dritter hat Spermaspuren in ihrem Bett hinterlassen. Da laut Mias Mutter die Bettwäsche Mitte der letzten Woche gewechselt wurde, hat auch dieser mutmaßliche sexuelle Kontakt in den Tagen vor ihrem Tod stattgefunden.«

Kea hält inne, klappt ihren Laptop auf und verbindet ihn mit dem an der Decke hängenden Beamer. Sie öffnet die vorbereitete Datei und schreibt als ersten Namen Lenny Kopper. Auf dem zweiten Platz platziert sie Lukas Bakker.

»Mia hat angeblich für Lenny Kopper geschwärmt. Mit Lukas Bakker verbindet sie eine lange Freundschaft, und er hat zugegeben, in sie verliebt gewesen zu sein.« Kea hält kurz inne. »Weiter haben wir den älteren Bruder, der noch ein unklares Bild abgibt. Er hat sein Medizinstudium bereits nach zwei Semestern geschmissen und in ein komplett anderes Fach gewechselt. Seine Eltern scheinen darüber nicht informiert zu sein. Punkt zwei: Er fährt ein großes Motorrad, und gleichzeitig ist auf ihn ein Porsche angemeldet. Das Auto ist zwar fünf Jahre alt, scheint mir aber allein in der Unterhaltung nicht gerade das typische Studentenfahrzeug zu sein. Wo kommt das Geld fürs Motorrad und den Porsche her? Weiß Vincent mehr über eine mögliche Verbindung von Lenny und Mia? Was weiß er über eventuelle andere Kontakte, die seine Schwester pflegte?«

»Wie kommt es bei einer Sechzehnjährigen aus gutem Haus zu schnell wechselnden Sexualkontakten?«, wirft Hauke ein. »Das scheint mir die entscheidende Frage zu sein.«

Ich muss ihm zustimmen. Lenny Kopper und Lukas Bakker müssen selbstverständlich unter die Lupe genommen werden, aber im Moment kann ich mir nicht vorstellen, dass die drei zeitnahen Sexualkontakte mit einer der üblichen Teenager-Beziehungen zusammenhängen.

»Hauke hat recht«, sagt Kea. »Der dreifache Spermafund scheint eine wichtige Rolle zu spielen.«

Ich kann mir denken, warum Kea erst jetzt auf diese Informationen aus der Rechtsmedizin reagiert. Sie denkt an ihre eigene Tochter und weigert sich, das Naheliegende zu sehen.

»So schwierig es für uns alle ist«, werfe ich ein, »aber ich sehe nur zwei Möglichkeiten. Entweder ist Mia doch vergewaltigt worden oder sie hatte – mehr oder weniger freiwillig – Sex mit mehreren Männern.« Es wird still im Besprechungsraum, aber ich weiß, dass bereits alle über die zweite Variante nachgedacht haben. »Entweder hat sie Gefallen an vielfältigen sexuellen Kontakten gefunden, oder sie hat sich prostituiert.«

Eine Weile ist es totenstill im Besprechungsraum. Schließlich räuspert sich Kea. »Beides würde ich nach dem bisherigen Stand der Ermittlungen fast ausschließen. Was wir bisher über Mia gehört haben, passt einfach nicht dazu.«

»Vielleicht brauchte sie Geld für Klamotten oder die Drogen«, wirft Jörn ein. »Vielleicht hat es ihr nichts ausgemacht, dafür mit irgendwelchen alten Säcken zu vö…, also … intim zu werden.«

Frank schüttelt den Kopf. »Ich halte es für unwahrscheinlich, dass sie Sex mit anderen Männern gegen Geld hatte. Das hatte sie doch gar nicht nötig, wenn man sich mal ihre Herkunft anschaut. Ich stimme Kea zu: Das passt doch hinten und vorn nicht zusammen.«

Hauke zuckt mit den Schultern. »Dann hat sie halt jemanden kennengelernt, dem sie besser aus dem Weg gegangen wäre.«

»Woran denkst du?«, fragt Kea.

Hauke räuspert sich. »Thema Loverboy. Ich habe vor einiger Zeit eine Doku im Internet dazu angeschaut. Bisher hatten wir – soweit ich weiß – hier in Aurich noch nichts damit zu tun, aber wenn die Experten in der Sendung richtigliegen, ist das eine flächendeckende Seuche. Übrigens: Ich will nicht den Teufel an die Wand malen, aber diese Art der Zwangsprostitution kommt ursprünglich aus den Niederlanden. Habe ich auch aus der Doku.«

»Echt jetzt?«, wirft Frank Erken ein. »Bei dem Elternhaus? Und die Kleine ging aufs Gymnasium. Das ergibt für mich keinen Sinn.«

»Durchaus. In der Doku wurde klar gesagt, dass es alle Gesellschaftsschichten betrifft und auch keinesfalls nur eine Schulform. Diese Typen stellen sich als Traummänner dar. Die wissen genau, welche Art von Mädchen sie ansprechen müssen, lassen sich Zeit und gehen höchst raffiniert vor. Die Eltern und das Umfeld raffen erst viel zu spät, was passiert. Zu dem Zeitpunkt hat sich die junge Frau schon so weit von ihrer Familie und ihren Freunden entfernt, dass sie sie nicht mehr erreichen.«

»Hier bei uns in der Provinz?«, fragt Kea mit Entsetzen in den Augen.

»Überall«, bestätigt Hauke. »Glaub mir, ich habe es auch nicht geglaubt und anschließend weiter im Netz recherchiert. Das Schlimmste ist: Man kommt diesen Typen nur ganz schlecht bei. Die Beweislage ist häufig so dünn, dass die Staatsanwaltschaften abwinken und gar nicht erst Anklage erheben.«

Ich nicke. »In Osnabrück gab es vor etwa vier Jahren einen solchen Fall. Vier betroffene junge Frauen, alle zwischen fünfzehn und siebzehn. Ich war nicht an den Ermittlungen beteiligt, habe aber von einer Kollegin das eine oder andere mitbekommen. Der Typ ist übrigens zu sieben Jahren verurteilt worden.«

Erneutes Schweigen, bis Kea sich leise räuspert. »Okay, ich halte das zwar für unwahrscheinlich, aber wir sollten es abklären. Wer kümmert sich darum. Hauke, du?«

Er nickt und deutet auf mich. »Wir beide.«

»Gut. Bleiben im Moment noch die drei jungen Männer. Lukas Bakker, Lenny Kopper und Mias Bruder Vincent Grewe. Wir sollten mit Lukas anfangen. Jörn und ich werden ihn gleich im Anschluss in der Schule besuchen.« Sie schaut in die Runde. »Wir treffen uns spätestens morgen Mittag wieder.«

ACHTZEHN

KEA

Loverboys. Puh! Ich mag mir gar nicht vorstellen, dass Freya in die Fänge eines solchen Typen geraten könnte!

Jörn lässt noch auf sich warten, also google ich in meinem Büro rasch den Begriff und lese: *Ein »Loverboy« flirtet Mädchen und junge Frauen an, gewinnt ihre Liebe und macht sie von sich abhängig. Schließlich zwingt er sie in die Prostitution – mit Überredung, Druck oder Erpressung. Loverboys sind im Internet, in Clubs, sogar in Schulen aktiv.*

Ich schlucke schwer. Zwar hatte ich schon von dieser Masche gehört, aber bislang eher angenommen, dass es sich um ein typisches Großstadtproblem handelt. Ich nehme mir vor, noch heute Abend mit Freya über dieses Thema zu reden. Am besten schauen wir uns gemeinsam die Dokumentation an, die Hauke erwähnte. Unabhängig davon, ob dies im Fall Mia eine heiße Spur ist oder nicht – es ist höchste Zeit, dass ich meine Tochter vor diesem Abschaum warne. Ob sie überhaupt schon mal davon gehört hat? Ich frage mich wirklich, warum es zu diesem Thema nicht schon längst breit angelegte öffentliche Aufklärungskampagnen gibt.

Aber nun erst mal wieder zurück zu unserem Fall, auch wenn ich gern noch ausführlicher recherchiert hätte. Was den Fall Mia betrifft, ist die Loverboy-Theorie jedoch nur eine von mehreren. Also werden Jörn und ich uns zunächst auf Lukas Bakker, Lenny Kopper und Vincent Grewe konzentrieren. Mit viel Glück treffen wir am Gymnasium nicht nur Bakker, sondern auch Kopper an.

Jörn kommt zur Tür herein. »Ich habe Vincent Grewe erreicht«, verkündet er, sein Smartphone in der Luft schwenkend. »Er ist in Oldenburg, fährt aber heute Mittag wieder zurück zu seinen Eltern.«

»Hast du ihm gesagt, dass wir mit ihm sprechen wollen?«

»Ja. Und er war nicht gerade begeistert.«

»Es ist nicht unser Job, den Leuten Freude zu bereiten.«

»Da bin ich aber froh, dass du das auch so siehst«, flachst er. »Darum habe ich ihn für heute Mittag zwölf Uhr hierher einbestellt.«

»Was er hoffentlich ernst nehmen wird.«

»An mir kann's jedenfalls nicht liegen, wenn er nicht kommt«, behauptet Jörn selbstbewusst. »Unmissverständlicher, als ich es getan habe, hätte man die Einladung nämlich kaum aussprechen können.«

»Gut.« Ich stehe auf. »Dann lass uns am besten jetzt sofort zum Gymnasium fahren.«

Gleich im Eingangsbereich der Schule flimmert uns von einem Bildschirm herab ein Schwarz-Weiß-Foto entgegen, von dem aus uns Mia mit einem schüchternen Lächeln entgegensieht. Unter dem Foto steht der Schriftzug *Wir werden dich nie vergessen, Mia.*

Was mir angesichts dessen, was wir inzwischen über das Mädchen erfahren haben, ein wenig zynisch erscheint, denn allem Anschein nach wurde sie bereits zu Lebzeiten von vielen ihrer Mitschüler übersehen. So auch jetzt. Wir platzen mitten in die große Pause hinein. Kaum einer der Schüler, die an dem Bildschirm vorbeilaufen, wirft einen Blick darauf, auch scheint das schreckliche Ereignis niemanden davon abzuhalten, wie gewohnt in seinem Leben fortzufahren. Es wird laut geredet, gelacht und herumgetollt, und auch ansonsten scheint alles seinen gewohnten Gang zu gehen. Ich frage mich, ob das anders wäre, wenn Mia zu den Coolen gehört hätte. Schwer zu sagen. Bleibt zu hoffen, dass ich die Antwort auf diese Frage nicht so schnell bekommen werde.

Nicht weit entfernt sehe ich Freya Arm in Arm mit zwei Freundinnen über den Schulhof schlendern, aber ich verkneife es mir, sie auf mich aufmerksam zu machen, denn das wäre ihr mit Sicherheit furchtbar peinlich. Aus diesem Grund verzichte ich auch darauf, nach Jonas überhaupt erst Ausschau zu halten. Außerdem muss ja nicht jeder wissen, dass die Mutter der beiden für die Ermittlungen im Fall Mia zuständig ist.

»Guck mal.« Jörn streckt seinen Arm nach vorn aus, und ich folge mit meinem Blick der angezeigten Richtung.

Zwischen etlichen Schülern, die auf der breiten Innentreppe sitzen, entdecke ich Lukas. Während alle um ihn herum miteinander sprechen oder herumalbern, wirkt er irgendwie apathisch. Auch ist er offensichtlich der Einzige, der sich für den Bildschirm interessiert, denn sein ausdrucksloser Blick wandert immer wieder dorthin, verweilt für eine Weile, senkt sich wieder. Uns hingegen scheint er noch nicht entdeckt zu haben.

»Gehen wir zu ihm.« Schweigend schieben wir uns durch die Menge, kaum jemand schenkt uns Beachtung.

»Moin, Lukas«, begrüße ich ihn. »Wir hätten noch ein paar Fragen an dich. Können wir irgendwo ungestört reden?«

Natürlich ist er nicht der Einzige, der uns nun seine Aufmerksamkeit schenkt. Die Stimmen und das Gelächter um ihn herum sind abrupt verstummt, mindestens ein Dutzend Augenpaare auf ihn gerichtet.

»Das ist doch die Mutter von Jonas«, sagt ein vielleicht dreizehnjähriger Junge, den ich nicht kenne, während er mich und Jörn interessiert von oben bis unten mustert.

»Ja, die ist Polizistin«, ergänzt ein anderer.

Nun haben wir definitiv die Aufmerksamkeit aller hier Sitzenden.

»Dachte ich mir doch gleich, dass Lukas was damit zu tun hat, dass Mia tot ist«, bemerkt ein Mädchen, woraufhin ihre Freundinnen ihr nickend zustimmen.

»Na, dann weißt du ja mehr als wir«, erwidere ich zuckersüß. »Vielleicht hast du Lust, heute Mittag zu uns aufs Kommissariat zu kommen und uns an deinem Wissen teilhaben zu lassen? Aber bring deine Eltern mit, sie müssten das Protokoll unterschreiben.«

Das Mädchen schaut mich erschrocken an und schüttelt den Kopf.

»Dachte ich's mir doch.« Ich wende mich erneut an Lukas, der immer noch dasitzt und so tut, als würde ihn das alles nichts angehen. »Es wäre schön, wenn wir irgendwo ungestört sprechen könnten.«

»Nicht ohne meine Eltern«, kommt es dumpf aus ihm heraus.

»Bitte?«

»Meine Eltern haben gesagt, dass ich nicht mit Ihnen reden soll, ohne dass einer von ihnen dabei ist.«

Ein älterer Schüler reckt die linke Faust in die Höhe und skandiert: »Gegen jede Autorität! Außer Mama!« Damit hat er die Lacher auf seiner Seite, und auch ich kann mir ein Grinsen nicht verkneifen.

Ich fordere Lukas mit einer Geste auf, uns zu folgen. »Komm bitte erst mal mit, dann klären wir alles Weitere.« Als er nicht reagiert, füge ich hinzu: »Oder stört es dich nicht, wenn uns alle zuhören? Dann können wir natürlich auch hier reden.«

Quälend langsam, fast wie ein alter, gebrechlicher Mann, bringt sich Lukas in die Vertikale und folgt uns nach draußen. Es ist erneut ein brütend heißer Tag. Lediglich der ein oder andere Windhauch sorgt für ein wenig Abkühlung. Ich flüchte mich in den Schatten eines Ahorns in der Nähe des Schulparkplatzes und winke Jörn und Lukas, zu mir zu kommen.

»Ich sage nichts ohne meine Eltern«, wiederholt Lukas.

»Nun, dann ruf sie an!«, fordere ich ihn auf.

»Sie arbeiten.«

»Ich denke, dass ihnen die Angelegenheit wichtig genug ist, dass sie ihre Arbeit für einen Moment unterbrechen.« Zumindest hoffe ich, dass es so ist, denn ansonsten wären wir völlig umsonst hier.

Ein Telefonat mit Lukas' Vater, in dem ich die Angelegenheit dringlich mache, gibt mir recht. Nachdem er aufgezählt hat, was er eigentlich alles zu tun hätte, verspricht er, in wenigen Minuten hier zu sein, klingt dabei allerdings alles andere als freundlich.

Patrick Bakker stellt sich als genau das heraus, was ich befürchtet hatte: ein aalglatter Anzugträger, der selbst bei dieser Bullenhitze in Schlips und Kragen daherkommt. Nicht einmal seine dunkle Anzugjacke hat er abgelegt. Dazu streng gescheiteltes dunkles Haar, kantiges Gesicht mit Schmiss auf der Wange, rahmenlose Brille. »Patrick Bakker, Rechtsanwalt«, wirft er sich stolz aufgerichtet und in militärischem Tonfall in die Brust, kaum dass er vor uns steht. Sein stechender Blick durchbohrt mich, als wollte er mich erdolchen. »Was liegt gegen meinen Sohn vor?«

»Wir haben lediglich ein paar Fragen an ihn«, sage ich. »Und nur zur Klarstellung, Herr Bakker: Wir befragen Lukas als Zeugen, nicht als Verdächtigen.«

»Nun, da es um Mia geht, die Tochter unserer besten Freunde, liegt uns viel daran zu kooperieren. Nicht wahr, Lukas?« Bakker nickt seinem Sohn auffordernd zu.

Ich bedaure, dass uns die Aufnahmen der Überwachungskameras vom Grundstück der Grewes noch nicht vorliegen, von denen ich annehme, dass Lukas auf ihnen zu sehen sein wird. Und das womöglich nicht nur einmal. Ich hätte sie diesem aufgeblasenen Fatzke nur allzu gern vorgespielt, um ihm ein wenig die Luft rauszulassen.

»Uns liegt eine Zeugenaussage vor, nach der sich Lukas am Tag von Mias Ermordung auf dem Grundstück der Grewes aufgehalten hat«, rede ich nicht lange drum herum. »Meine Kollegen von der Kriminaltechnik werten gerade die Aufzeichnungen der Kameras aus.«

Erstmals an diesem Tag sehe ich so etwas wie eine Regung in Lukas' Gesicht.

»Was erwarten Sie auf den Aufnahmen zu finden?«, erkundigt sich Bakker. Er verzichtet darauf, seinen Sohn zu fragen, ob das stimmt. Anscheinend ist er Profi genug, um zu wissen, dass wir eine solche Behauptung nicht ins Blaue hinein aufstellen würden.

»Uns interessiert zunächst einmal, wie Lukas auf das Grundstück gelangen konnte«, sagt Jörn. »Wie Ihnen sicherlich bekannt ist, ist das Anwesen der Grewes von einer hohen Mauer umgeben und durch ein Tor geschützt. Von der Familie hat ihn unseres Wissens niemand hereingelassen.«

Drei Augenpaare sind nun auf Lukas gerichtet, unter deren Blicken er sich zunehmend unwohl zu fühlen scheint. Er beginnt, mit dem Turnschuh über die staubtrockene Erde zu schaben. »Ich … habe einen Schlüssel«, presst er mit gesenktem Kopf hervor. »Mia hat ihn mir gegeben.«

»Wann hat sie ihn dir gegeben?«, möchte ich wissen.

»Ist schon länger her. Ziemlich lange.«

»Das heißt, du warst an jenem Abend tatsächlich bei Mia?«, fragt Bakker.

Lukas schüttelt unter dem inquisitorischen Blick seines Vaters zögerlich den Kopf. »Nur ... im Garten.«

»War Mia denn nicht zu Hause?«, erkundige ich mich.

»Ich ... ich weiß nicht. D-doch, ich denke schon.«

Bakker setzt zum Sprechen an, doch falle ich ihm ins Wort. »Ich würde es begrüßen, wenn Sie uns die Fragen stellen ließen.«

»Aber mein Sohn sagte doch gerade schon, dass er nichts Genaues weiß!«

»Du hattest an diesem Tag also nicht vor, Mia zu besuchen?«, ignoriert Jörn diesen Einwand.

»Sie wollte mich nicht sehen. Aber ich ... ich wollte sie sehen.«

Patrick Bakker schnappt nach Luft, dann wirft er einen hektischen Blick auf seine Rolex. Der Verlauf unseres Gesprächs scheint ihm nicht zu behagen. »Ich habe gleich meinen nächsten Termin. Und mein Sohn muss jetzt wieder in den Unterricht zurück. Sie werden ihn bereits vermissen.«

Tatsächlich ist es schon etliche Minuten her, seit die Pausenglocke geläutet hat. Ich schätze, dass Lukas mindestens die Hälfte der Unterrichtsstunde verpasst hat. Insofern bräuchte er nun auch nicht mehr reinzugehen. Allerdings halte auch ich es nach den soeben gewonnenen Erkenntnissen für besser, dass wir uns noch einmal in Ruhe und vor allem in einer anderen Umgebung mit dem jungen Mann auseinandersetzen. Ich drücke dem Vater meine Visitenkarte in die Hand. »Ich erwarte Lukas heute gegen siebzehn Uhr im Kommissariat. Ob mit oder ohne Begleitung. Ich denke, es sind noch jede Menge Fragen offen.«

»Wir ... werden da sein.« Bevor Bakker sich zum Gehen wendet, wirft er seinem Sohn einen so vernichtenden Blick zu, dass selbst mir angst und bange wird.

»So weit, so gut«, sage ich, als auch Lukas mit hängenden Schultern im Schulgebäude verschwunden ist. »Dann kümmern wir uns jetzt mal um Lenny Kopper und …« Noch ehe ich den Satz zu Ende gebracht habe, versetzt Jörn mir einen nicht gerade sanften Stoß an den Oberarm. Ich folge seinem Finger, mit dem er zum Parkplatz der Schule deutet.

»Da sieh mal einer an«, murmele ich. »Wenn man vom Teufel spricht.« Tatsächlich steht Kopper, bis zu den Schultern von einem Auto verdeckt, auf dem Parkplatz und redet wild gestikulierend auf einen Mann mit Basecap ein.

Jörn verengt seine Augen zu schmalen Schlitzen, schiebt seinen Kopf vor. »Ist das nicht sein Kumpel, mit dem er da spricht? Dieser Gómez?«

»Könnte sein, ja. Schwer zu sagen.« Unter dem Schirm der Kappe kann auch ich den Mann nicht eindeutig erkennen. Fakt ist jedoch, dass die beiden keineswegs ein freundschaftliches Gespräch führen, denn nun versetzt Kopper seinem Freund einen groben Stoß gegen die Schulter, sodass der nach hinten taumelt.

Jörn stöhnt auf. »He, Dudes, jetzt bitte keine Schlägerei, in die wir eingreifen müssten! Nicht bei dieser Hitze!«

Auch ich atme erleichtert auf, als Koppers Gegenüber sich umdreht und zwischen den Autos hindurch quer über den Parkplatz davonschreitet. Als ein paar Fahrzeugreihen zwischen ihnen liegen, begnügt er sich damit, Kopper den Mittelfinger entgegenzustrecken.

»Es könnte Gómez sein, definitiv«, bemerkt Jörn.

»Könnte ist nicht gerade das Wort, das uns Polizeibeamte glücklich stimmt«, sage ich. »Aber ja, du hast recht. Von der Statur und dem Auftreten her sollte es passen.«

»Am besten wird es wohl sein, wenn wir Kopper fragen, wer es war, mit dem er sich gestritten hat«, meint Jörn und macht

Anstalten, hinter dem Hausmeister herzulaufen, der nun in Richtung Schulgebäude davonstapft.

»Nein, stopp!«, halte ich ihn zurück. »Um ihn wirklich in die Mangel nehmen zu können, wissen wir zu wenig über ihn. Nach allem, was wir gerade beobachtet haben, fahren wir jetzt ins Kommissariat zurück und holen ein paar Erkundigungen ein, über Lenny Kopper und diesen Luis Gómez. Die könnten uns gegebenenfalls auch weiterhelfen, wenn wir nachher mit Vincent Grewe sprechen.«

Jörn sieht keineswegs unzufrieden aus. »Eine gute Gelegenheit, etwas zu trinken«, sagt er. »Mir klebt die Zunge schon völlig ausgetrocknet am Gaumen.«

Wir haben uns gerade auf den Weg zu unserem Fahrzeug gemacht, als Jörn mir schon wieder in den Oberarm knufft.

»Au!«, schimpfe ich. »Kannst du das vielleicht mal lassen?!« Als ich aber sehe, worauf er mich aufmerksam machen will, verschlägt es auch mir für einen Moment die Sprache.

Keine fünfzig Meter von uns entfernt steigt ein junges Mädchen in einen weißen SUV mit niederländischem Kennzeichen ein, der gleich darauf mit quietschenden Reifen davonbraust.

NEUNZEHN

LINA

Ich lege den Telefonhörer auf. Das fünfte lange Gespräch mit Kollegen in den Nachbarstädten. Nach der Teamsitzung haben Hauke und ich zusammengesessen und beschlossen, uns zunächst einen Überblick über die Rotlichtszene im Nordwesten zu verschaffen. Ich habe mit Kollegen in Bremerhaven, Oldenburg und den angrenzenden Landkreisen gesprochen und sie nach dem Babystrich vor Ort gefragt.

Babystrich – ein schrecklicher Begriff, den ich kaum in den Mund nehmen mag, aber er ist nun mal die Bezeichnung für Orte der Prostitution von Minderjährigen. Mädchen wie Jungen. Als Sexarbeit mag ich es nicht bezeichnen, da es in den meisten Fällen nicht nur strafbar ist, sondern auch überwiegend unter massivem Druck stattfindet.

Es klopft jemand an, Hauke schaut in mein Büro.

»Kann ich?«, fragt er und zieht sich, als ich nicke, einen Stuhl an meinen Schreibtisch. »Bist du auch so weit durch?«

»Ja, und meine Nerven liegen blank.«

»Wem sagst du das! Das scheint ein Riesenmarkt zu sein. Vor allem für unter Sechzehnjährige. Es war mir nicht klar, dass selbst in Aurich hin und wieder Minderjährige aufgegriffen werden, die sich prostituieren. Allerdings scheint es hier in den letzten Jahren eher ruhig geworden zu sein. In Emden und Leer finden regelmäßige Überprüfungen statt. Allerdings ist der Straßenstrich schwierig zu kontrollieren. In aller Regel stehen die Wohnwagen oder Wohnmobile irgendwo am Rand der Stadt und werden auch häufiger umgestellt. Übers Internet lässt sich für Freier schnell herausbekommen, wo sie suchen müssen.«

»Haben die in Leer und Emden ein aktuelles Problem?«, frage ich.

»Im Moment weniger. Vor drei Jahren gab es in Emden Jugendliche, die über die Niederlande kamen. Nachdem die niederländischen Kollegen landesweite Razzien und Durchsuchungen durchgeführt haben, ist es auch in Leer und Emden ruhiger geworden. Anders in Wilhelmshaven. Dort sind bei einer groß angelegten Razzia vor sechs Wochen drei minderjährige Prostituierte aufgegriffen worden. Rumäninnen. Eine war sechzehn, zwei gerade mal fünfzehn. Das Jugendamt hat sich um sie gekümmert. Inzwischen sind sie zurück in ihrem Heimatland.«

»Festnahmen?«

Hauke schüttelt den Kopf. »Immer das Gleiche. Die Mädchen reden nicht. Weder über die Freier noch gar über die Zuhälter. Das sind Landsleute von ihnen, häufig sogar Verwandte, die die Mädchen nach Deutschland begleiten und immer in ihrer Nähe sind.«

»Mit einer Loverboy-Geschichte hat das aber wenig bis gar nichts zu tun, oder?«

»Wohl eher nicht. Die rumänischen Zuhälter sind älter und können auch häufig kaum Deutsch. Und sie haben ausreichend ...« Er malt Anführungszeichen in die Luft. »... Nachschub aus ihrem Heimatland. Aber der Markt ist da. Die Kollegin in Wilhelmshaven meinte allerdings, dass die Freier, die es auf Minderjährige abgesehen haben, oft von außerhalb kämen. Oldenburg, Bremen, Bremerhaven. Die stellen sich schnell um, wenn sich die Situation vor Ort ändert. Im Moment können wir Wilhelmshaven wohl erst mal zurückstellen.«

Ich berichte Hauke von meinen Telefonaten. In Bremerhaven hat der libanesische Familienclan aus Bremen die Rotlichtszene unter Kontrolle. Auch hier sind Minderjährige auf dem Straßenstrich und in Laufhäusern aufgegriffen worden. Die Hintermänner konnten nicht ermittelt werden. Die Kollegen vor Ort haben, wie in Wilhelmshaven, ein besonderes Auge auf das Problem und glauben, es im Moment im Griff zu haben.

»In Oldenburg ist der Markt unübersichtlicher«, fahre ich fort. »Er scheint mir weniger unter Kontrolle zu sein. Der Straßenstrich wechselt häufig und ist schwierig zu kontrollieren. Die angrenzenden Landkreise, Ammerland, Cloppenburg und Oldenburg, sind schnell erreichbar, das Autobahnnetz ist mehr als gut ausgebaut. Die A 28 kommt von Bremen und führt weiter Richtung Ostfriesland, die A 29 verbindet Wilhelmshaven mit Oldenburg und geht dann Richtung Cloppenburg und Osnabrück. Zusätzlich gibt es noch den Ring rund um Oldenburg.«

»Was hat die Autobahn damit zu tun?«, wirft Hauke ein.

»Es gibt erstens die kleineren Rastplätze, auf denen sich einiges abspielt, und zweitens findet das Geschäft nahe den Abfahrten statt. Auf wenig befahrenen Straßen oder Feldwegen lassen sich die Wohnwagen und Wohnmobile gut und schnell positionieren. Rein rechtlich ist da nur schwer etwas gegen zu machen. Die Gemeinden versuchen es, aber Sexarbeit ist in Deutschland nun mal nicht verboten.«

»Bei Minderjährigen aber schon«, wirft Hauke ein. »Von der kriminellen Pädophilen-Szene einmal ganz abgesehen.«

Ich nicke. »Die Kollegen aus Oldenburg und Westerstede haben mir einige Stellen verraten, an denen in der letzten Zeit die Wohnmobile stehen beziehungsweise standen. In der Stadt Oldenburg gibt es zusätzlich noch den klassischen Straßenstrich.«

»Du willst vor Ort ermitteln?«, fragt Hauke.

»Zumindest sollten wir uns einen ersten Überblick verschaffen. Oder hast du heute Abend schon was vor?«

Hauke grinst. »Klar, ich werde mit einer wunderschönen rothaarigen Dame eine Nacht im Auto verbringen und hinter Gebüschen und Bäumen Verstecken spielen.«

Ich muss unwillkürlich lachen. »Klingt doch gut.«

Ich werfe Hauke einen kurzen Blick zu. Er sitzt auf der Beifahrerseite und schaut aus dem Seitenfenster. Wir sind seit einer halben Stunde unterwegs nach Oldenburg. Trotz meiner zwei Versuche, ein Gespräch zu beginnen, ist Hauke wortkarg geblieben. Er wirkt zwar nicht mehr so übernächtigt wie am Tag zuvor, seine Stimmung scheint aber immer noch im Keller zu sein.

»Alles in Ordnung bei dir?«, frage ich.

»Klar«, murmelt Hauke, ohne sich mir zuzuwenden.

»Wärst du jetzt ein Zeuge, würde ich dich als ausgesprochen unglaubwürdig einstufen.«

Er seufzt und sieht nach vorn. »Hast du nie Probleme?«

»Jede Menge sogar. Beziehungsprobleme, Freundschaftsprobleme, Wohnungsprobleme, Probleme mit mir selbst und …«

»Schon gut, ich habe es ja verstanden«, unterbricht mich Hauke. »Du kannst mir nicht helfen. Trotzdem danke für deine Bereitschaft.«

»Du bist im Zweitberuf Hellseher?«

Hauke wendet sich mir zu, lächelt matt. »Klar bin ich das.«

»Im Ernst, Hauke. Was ist los? Ich kenne dich noch nicht lange, aber ich glaube kaum, dass du im Team so akzeptiert wärest, wenn du ständig mit solch einer Sorgenmiene herumlaufen würdest.«

Er schweigt.

Ich gebe auf. Wenn Hauke wirklich an dem Problem knabbert, das ich vermute, wird er mir ohnehin nicht davon erzählen und schon gar nicht um meine Hilfe bitten.

»Zwanzig Minuten noch«, wechsele ich das Thema. »Wir fahren zuerst in den Landkreis Oldenburg. An einer Autobahnausfahrt sollen einige Wohnwagen ihr Quartier aufgeschlagen haben.«

Hauke wirft einen Blick auf die Uhr. »So früh?«

»Die haben den ganzen Tag über Kundschaft. Klar, gegen Spätnachmittag und am frühen Abend ist Rushhour, dafür hat aber vielleicht die eine oder andere jetzt Zeit für ein Gespräch.«

»Mit der Polizei?«, wirft Hauke ein.

»Sehe ich etwa wie eine Polizistin aus?«, frage ich gespielt empört.

Hauke lacht zum ersten Mal an diesem Tag. »Ich würde dich auf einen Kilometer Entfernung erkennen.«

Ich stöhne theatralisch. »Dann muss ich wohl mit offenen Karten spielen. Mit etwas Respekt und Höflichkeit gegenüber den Damen kommt man nach meinen Erfahrungen ziemlich weit.«

Hauke nickt und legt den Kopf in den Nacken. »Ich bin mir inzwischen nicht mehr so sicher, ob ich nicht lieber meinen Mund gehalten hätte. In der Teambesprechung, meine ich.«

»Sehe ich nicht so. Es gibt durchaus Indizien, die auf einen möglichen Loverboy hinweisen. Auf jeden Fall ausreichend, um dafür ein oder zwei Tage zu opfern.«

»Mag sein«, murmelt Hauke und wendet sich wieder dem Seitenfenster zu. Als sein Handy klingelt, schaut er kurz aufs Display, drückt den Anruf aber weg.

Gegen sechzehn Uhr fahre ich von der A 29 hinter Oldenburg auf der Höhe von Westerburg ab, halte mich links und biege kurz darauf in eine Seitenstraße ab, die parallel zur Hauptstraße verläuft. Der asphaltierte Weg ist durch eine Baum- und Buschreihe nicht einsehbar und hat einen breiten Seitenstreifen auf festem Sand. Ich halte direkt am Anfang. In etwa achtzig Metern Entfernung steht der erste Wohnwagen, dahinter drei weitere. Einer davon ist ein Wohnmobil.

»Der Kollege sagte mir, dass an diesem Weg früher bis zu fünfzehn Wohnwagen standen. Inzwischen ist die Gemeinde immer wieder eingeschritten.« Ich greife nach meinem auf der Rückbank liegenden Fernglas. »Zumindest zwei von ihnen scheinen im Moment besetzt zu sein.«

Ein dunkler BMW älteren Baujahres fährt an uns vorbei und hält hinter dem ersten Wohnwagen. Ein Mann steigt aus, läuft bis zum Wohnmobil, klopft ans Fenster. Die Tür öffnet sich, und er verschwindet im Inneren. Eine Viertelstunde später taucht er wieder auf, geht zu seinem Fahrzeug und fährt an uns vorbei auf die Hauptstraße.

Ich reiche Hauke das Fernglas. »Ich werde mal zu der Frau gehen und mein Glück versuchen.«

»Allein?«

Ich nicke. »Das erhöht die Chancen, etwas zu erfahren.«

Als ich an dem ersten Wohnwagen vorbeigehe, sehe ich, dass sich die Gardine hinter dem Fenster bewegt. Ich werde beobachtet.

Auf mein Klopfen wird die Tür des Wohnmobils geöffnet. Ich beuge mich vor und schaue hinein. »Darf ich reinkommen?«

»Meine Papiere sind in Ordnung«, höre ich eine weibliche Stimme antworten. »Das kannst du dir sparen.«

»Darum geht es nicht. Ich bin auf der Suche nach einem jungen Mädchen.«

»Die Babys sind hier schon lange nicht mehr aufgetaucht. Ich kann dir nicht helfen.«

»Darf ich trotzdem reinkommen?«

Nach einer gefühlten Ewigkeit kommt die Antwort: »Wenn es sein muss.«

Ich steige die beiden Stufen hinauf, meine Augen gewöhnen sich schnell an das matte Licht im Wagen. Eine Frau Anfang vierzig, nur mit einem dünnen Morgenmantel bekleidet, sitzt auf dem Bett und hält einen Becher in der Hand. Lange blonde Haare, kleiner als ich und leicht mollig. Ich gehe zu ihr, ziehe mir einen Hocker heran und setze mich.

»Auch einen Kaffee?«, fragt sie.

Ich nicke und warte, bis sie mir aus der Thermoskanne eingeschenkt hat. Auf ihre Frage, ob ich Milch und Zucker brauche, schüttele ich den Kopf und trinke einen Schluck aus dem Becher.

»Wenn jemand kommt, musst du verschwinden«, sagt die Frau.

»Mach ich.« Ich reiche ihr meine Visitenkarte. »Lina aus Aurich.«

Sie mustert die Karte. »Anja. Was willst du wissen?«

Ich halte ihr mein Handy entgegen, auf dem ich ein Bild von Mia aufgerufen habe. »Kennst du sie?«

»Fünfzehn?«

Ich nicke und entschließe mich, mit offenen Karten zu spielen. »Sie ist tot. Ermordet worden.«

Anja schluckt schwer. »Was ist das schon wieder für eine Scheiße?«

»Das versuche ich gerade herauszubekommen. Du hast sie schon einmal gesehen?«

Anja zuckt mit den Schultern. »Diese jungen Dinger sehen doch alle gleich aus.«

Ich warte, ob sie weiterspricht. Sie schweigt, behält aber das Foto im Blick. Kennt sie Mia? Oder ist sie nur entsetzt über ihr Schicksal?

»Und die war anschaffen?«

»Das ist unsere Vermutung. Eventuell spielt ein junger, gut aussehender Mann eine Rolle.«

»Ach Gott, diese schräge Nummer. Wie dämlich kann man sein, auf solch einen Nichtsnutz reinzufallen?«

»Du hast sie schon mal hier gesehen?«, wiederhole ich meine Frage.

»Nein, definitiv nicht. Wir achten darauf, dass die jungen Dinger sich hier nicht breitmachen. Bringt nur Ärger und Unruhe.«

»Aber?«

»Kann sein, dass die das war. Ist aber schon eine Weile her.«

Ich versuche, meine Enttäuschung zu verbergen. Sollte Mia in Oldenburg gewesen sein, hätte sie erst vor Kurzem hier auftauchen können. »Wie lange?«

»Monate, vielleicht auch ein halbes Jahr. Keine Ahnung. Das war auch nicht hier. In Oldenburg, an der Straße. Ich war da nicht lange. Die Kleine wurde gebracht und wieder abgeholt. Immer so ein aalglattes Jüngelchen. Ich habe ihn aber nur von Weitem gesehen. Der Typ hat darauf geachtet, dass er uns nicht zu nahe kommt.«

»Hatte sie viele Kunden?«

»Klar, was denkst du denn? Die geilen Typen träumen doch alle davon, ein blutjunges Mädchen zu entjungfern. Blond, blass und …«, sie sah auf ihre mächtigen Brüste, »… da kaum was. Wenn die Mädchen dann noch wie dreizehn aussehen, brummt das Geschäft.«

»Mit was für einem Fahrzeug wurde das Mädchen abgeholt?«

»Irgendeiner dieser dicken Schlitten. SUV. Auch mal eine Limousine. Der hatte wohl einen ganzen Fuhrpark zur Verfügung.«

»Kennzeichen?«, frage ich.

»Darauf habe ich nicht geachtet. Warum auch? Scheint ja sowieso niemanden zu interessieren, was mit den armen Dingern für Schindluder getrieben wird. Klar, wenn sie abgemurkst wurden, dann lauft ihr zur Höchstform auf. Nur leider ist es dann zu spät!«

»Ich kann dir da nur recht geben. Diese Szene steht viel zu wenig im Fokus unserer Arbeit.«

Anja wirft mir einen erstaunten Blick zu und scheint zu überlegen, ob ich meine Worte ernst meine oder sie nur einwickeln will.

»Okay, dir glaube ich das. Obwohl ich keine Bullen mag.«

Ich lächele. »Danke fürs Lob.«

»Kann es denn die sein, die du suchst?«, fragt Anja. »Du hast eben so komisch reagiert.«

Ich habe sie unterschätzt. Sie scheint eine aufmerksame Beobachterin zu sein. »Nein, leider nicht. Nach unseren Recherchen ist sie noch nicht so lange mit dem Jungen zusammen.«

»Diese Typen haben doch nicht nur etwas mit einem Mädchen am Laufen«, wirft Anja ein. »Vielleicht ist es zumindest derselbe Typ.«

Ich nicke. »Wo hast du das Mädchen gesehen?«

»Am alten Hafen, hinter der Eisenbahnbrücke. Ich glaube, da stehen aber nicht mehr viele von uns. Wenn überhaupt noch. Die haben dort überall die feinen Mietshäuser hingesetzt. Wohnen mit Wasserblick und so ein Quatsch. Fünfzehn bis zwanzig Euro pro Quadratmeter. Da kommt es nicht so gut, wenn da …« Sie winkt ab. »Ehrlich gesagt habe ich die Schnauze so voll von dem ganzen Mist. Das war mal eine ehrliche Arbeit, aber inzwischen … Überall mischen diese Ausländer mit und machen die Preise kaputt. Ich bin zu alt für diesen Scheiß.«

Ich blicke zurück zu Anjas Wohnmobil. Als jemand ans Fenster geklopft hat, habe ich mich gleich auf den Weg gemacht. Anja war davor ins Erzählen gekommen, hat mir von ihrem Weg in die Sexarbeit erzählt, was mich nachdenklich gestimmt hat. Sie hat es mit Mühe geschafft, einen Bogen um Drogen zu machen, hat sich freigemacht von ihrem Zuhälter und sich das Wohnmobil gekauft. Ein langer, harter Weg, über den ich gern noch mehr erfahren hätte.

Nachdenklich gehe ich auf meinen Dienstwagen zu und sehe erst spät, dass Hauke draußen herumläuft und telefoniert. Er scheint mich nicht bemerkt zu haben, steht jetzt mit dem Rücken zu mir.

»Ich weiß, dass du so viel nicht hast. Aber mir würden auch zwanzig- oder dreißigtausend ausreichen. Ich bekomme einen Kredit von der Bank und den Rest ... Irgendwie treibe ich das schon auf.«

Er horcht ins Handy und antwortet mit ärgerlicher Stimme. »Die haben mich am Arsch, verdammt! Was soll ich denn machen? Mich auf den Scheiß einlassen? Wenn du das nur einmal machst, haben die dich im Würgegriff. Da kommst du nie wieder raus.«

Ich habe genug gehört, ziehe mich zurück, bis Hauke sich umdreht. Er sieht mich einen Augenblick erschrocken an, realisiert dann aber wohl, dass ich aus der Entfernung nichts mitbekommen haben kann. Er lässt sein Handy in die Tasche gleiten und kommt auf mich zu.

»Alles klar bei dir?«, fragt er.

Ich nicke. »Könnte sein, dass wir eine Spur haben.«

Zwanzig

Kea

Lennart Kopper ist bei der Polizei keineswegs ein Unbekannter, wie ich den Recherchen unserer Kollegen entnehmen kann. Allerdings ist kein Delikt dabei, aus dem sich schließen ließe, dass er sich einer kriminellen Karriere verschrieben hätte. Vor gut zwei Jahren war er an dem Versuch eines nächtlichen Autodiebstahls beteiligt. Dabei stand er jedoch unter einem so hohen Alkoholpegel, dass man ihm unmöglich unterstellen konnte, noch Herr seiner Sinne gewesen zu sein. Was folgte, war lediglich eine Verwarnung. Schwerer wiegt da wohl die wiederholte Beteiligung an illegalen Autorennen in Aurich. Allerdings verliefen die ohne Sach- oder Personenschäden. Es blieb bei einer Geldstrafe.

Lediglich zwei weitere Punkte in seiner Kartei lassen mich aufmerken. »Zweimal ist Lenny Kopper erwischt worden, als er in einem Club synthetische Drogen dabeihatte«, stelle ich fest.

Jörn stellt die Wasserflasche, die er quasi in einem Zug geleert hat, auf seinem Schreibtisch ab. Nach einem Blick in Koppers Akte, die auch auf seinem Bildschirm zu sehen ist, sagt er: »Kinderkram. Die Menge war nicht groß genug, als dass es für ein Verfahren gereicht hätte.«

»Was ja nicht heißt, dass er den Rest nicht bereits an die Gäste des Clubs vertickt oder rasch verschwinden lassen hat.«

»Möglich. Nur leider nicht bewiesen.« Jörn schiebt sein Gesicht näher an den Bildschirm heran. »Um Längen interessanter scheint mir hingegen die Anzeige zu sein, die die Eltern eines fünfzehnjährigen Mädchens vor gut einem Jahr gegen ihn angestrengt haben. Sexueller Kontakt zu einer Minderjährigen. Da guck mal einer an.«

Ich zucke mit den Schultern. »Ist im Sande verlaufen. Kopper hat abgestritten, jemals was mit dem Mädchen gehabt zu haben, und es konnte ihm nichts nachgewiesen werden.«

»Nicht zuletzt, weil das Mädchen plötzlich behauptet hat, es sei nie was gelaufen zwischen ihnen.« Jörn öffnet zischend die nächste Wasserflasche. »Nicht ausgeschlossen also, dass er sie mit irgendetwas unter Druck gesetzt hat.«

»Reine Spekulation, die uns nicht weiterbringt.«

Ich wende mich den Informationen über Luis Gómez zu. »Wir haben nichts über ihn«, stelle ich perplex fest. Das hatte ich nicht erwartet. »Offenbar ist er ja nicht mal in Deutschland gemeldet.«

»Was ja nicht bedeutet, dass Gómez tatsächlich ein Unschuldslamm ist«, merkt Jörn an, als ich mit einem Seufzer die Datei schließe. »Es heißt lediglich, dass er womöglich schlauer war als sein Freund und sich nicht hat erwischen lassen.«

Ich schiebe diesen Hinweis mit einer Geste beiseite. Wahllose Verdächtigungen zu äußern, die jeder Grundlage entbehren, führt zu nichts. Es wäre wirklich schön, zur Abwechslung mal einen Hinweis zu bekommen, der wirklich Substanz hat. Ob wenigstens Lina und Hauke erfolgreicher sind? Ich werfe einen Blick in meine Nachrichten, noch aber hat sich keiner von ihnen gemeldet.

Es klopft an der Tür und Birte kommt herein. Schon heute Morgen war mir aufgefallen, dass unsere Sekretärin, die sich bevorzugt ganz in Schwarz kleidet, mal wieder eine neue Frisur hat. War ihr modischer Kurzhaarschnitt gestern noch weißblond, so ist er heute tiefschwarz. Im Nacken trägt sie einen aus wenigen Strähnen geflochtenen, pink eingefärbten Zopf, den sie seit Jahren wachsen lässt und der ihr schon jetzt bis tief zwischen die Schulterblätter reicht. Auch ihre Fingernägel hat sie sich machen lassen, sie gleichen nun den Krallen eines Raubvogels, allerdings knallrot lackiert.

Schon häufiger habe ich mich gefragt, woher Birte als zweifache Mutter die Zeit für all den kosmetischen Firlefanz nimmt, während ich es nicht mal schaffe, regelmäßig für einen schnellen Haarschnitt zum Friseur zu gehen. Vermutlich setze ich einfach die falschen Prioritäten.

»Vincent Grewe wäre dann da«, verkündet Birte. »Ich habe ihn in den Vernehmungsraum gesetzt.« Ein anzügliches Lächeln umspielt ihre Mundwinkel. »Ist ja eine ziemliche Sahneschnitte, der Typ. Also, wenn ich zehn Jahre jünger wäre ...«

»Bist du aber nicht«, hole ich sie auf den Boden der Tatsachen zurück. »Wie geht es eigentlich deinem Mann?«

Birtes Lächeln verschwindet genauso schnell, wie es gekommen ist. »Hier, du Spaßbremse!« Sie wedelt mit einem Zettel. »Gerade ist eine Nachricht reingekommen. Keine Ahnung, ob die für euren Fall relevant ist, aber ... guck selbst!« Sie legt mir die Notiz auf den Schreibtisch.

»Es ist ein ausgebranntes Fahrzeug gefunden worden?« Ich werfe Jörn einen bedeutungsvollen Blick zu. »Könnte uns interessieren, oder?

»Die Kollegen vor Ort gehen von Brandstiftung aus«, sagt Birte. »Nach Aussage der Kollegen würde es sich lohnen, die Kriminaltechnik hinzuschicken. Der Schlitten ist nur zum Teil abgebrannt.«

»Dann veranlasse das bitte.«

»Wird gemacht.« Sie fährt eine ihrer roten Krallen zum Bildschirm meines Computers aus. »Außerdem hat euch die KTU die bereits vorsortierten Aufnahmen der Überwachungskameras überspielt. Also die von den Grewes.«

»Sind sie so interessant, dass wir sie Vincent vorziehen sollten?«, erkundige ich mich.

Birte nickt. »Ich habe mal reingeschaut. Würde behaupten, dass die eine gewisse Sprengkraft haben.«

Sprengkraft! Ich rolle mit den Augen. Birte neigt verbal gern mal zu Übertreibungen. »Gut, dann schauen wir uns die zuerst an, und Vincent darf sich noch ein wenig gedulden.«

»Ich bringe ihm einen Kaffee.« Birte verlässt den Raum.

»Lukas stand gut eine Stunde lang einfach nur unter dem Baum und hat zu Mias Zimmer raufgeglotzt?« Jörn runzelt die Stirn, nachdem wir uns die ersten Minuten der Aufnahmen angesehen haben. Gott sei Dank hat uns die KTU nur einen kurzen Ausschnitt dieser einen Stunde geschickt, mit dem Hinweis, dass in der restlichen Zeit auch nichts Spannenderes zu sehen ist. »So ganz klar scheint der wirklich nicht in der Birne zu sein, oder?«

»Er ist verliebt«, murmele ich nachdenklich. In den Aufnahmen ist ebenfalls zu sehen, dass Lukas tatsächlich mithilfe eines eigenen Schlüssels aufs Grundstück gekommen ist. Ist es wirklich vorstellbar, dass Mia ihm diesen Zutritt ermöglicht hat? Schließlich ist das Anwesen der Grewes gesichert wie Fort Knox. Da überlässt man doch nicht irgendwelchen Freunden der Kinder wahllos die Schlüssel!

»Vielleicht hat er den Schlüssel ja auch nicht von Mia bekommen, sondern ihn nachgemacht«, bringe ich eine weitere Möglichkeit ins Spiel.

»Dann müsste er sich schon einen Gipsabdruck angefertigt oder einen vorhandenen Schlüssel geklaut haben«, gibt Jörn zu bedenken. »Die Kopie eines solchen Schlüssels beauftragt man nicht mal so eben beim Schlüsseldienst um die Ecke.«

»Er bewegt sich«, stelle ich wenige Minuten später fest. Zwischendurch hatte ich den Eindruck, als wären die Aufnahmen zum Standbild eingefroren, so minimal waren Lukas' Bewegungen.

»Er bewegt sich nicht nur«, bemerkt Jörn. »Er geht ins Haus.«

Wir schauen uns perplex an. »Also hat er uns angelogen, als er behauptete, nur im Garten gewesen zu sein.« Das war es wohl, was Birte mit Sprengkraft meinte.

»Könnte mir vorstellen, dass er eher seinen Vater angelogen hat als uns«, erwiderte Jörn gedehnt. »Sein alter Herr würde wohl kaum amüsiert reagieren, wenn er wüsste, dass sein Sohn sich ungefragt Zutritt zu fremden Häusern verschafft.«

»Vielleicht war es mit Mia abgesprochen, dass er ins Haus kommt.«

Jörn klopft mit dem Knöchel seines Zeigefingers gegen den Bildschirm. »Hast du den Jungen auch nur einen Moment telefonieren oder eine Textnachricht schreiben sehen?«

»Nee. Aber wir haben ja auch nur einen Ausschnitt ...« Ich verstumme, als Jörn mir einen fast mitleidigen Blick zuwirft. Er hat recht. Hätte Lukas zwischendurch zum Handy gegriffen, hätte uns die KTU diesen Ausschnitt ganz bestimmt nicht vorenthalten.

Die Aufnahmen enden, als Lukas die Villa betreten hat. Sein Blick wandert in Richtung der Treppe, doch ist lediglich im Eingangsbereich des Hauses eine Kamera installiert, während alle weiteren Räume nicht überwacht werden.

»Da bin ich ja mal gespannt, welche Erklärung uns der Junge nachher dafür liefert«, sagt Jörn. Er zieht eine Grimasse.

»Und das in Gegenwart seines Vaters. Ich möchte wirklich nicht in seiner Haut stecken.«

»Wir sollten uns um eine richterliche Verfügung für eine DNA-Probe von Lukas kümmern«, überlege ich laut. »Freiwillig lässt sich Patrick Bakker bestimmt nicht darauf ein, wenn er merkt, dass es eng wird für seinen Sohn.«

»Du denkst an die Spermaspuren in Mias Bett?«

Ich nicke. »Sollten es Lukas' …«, ich zeichne Anführungsstriche in die Luft, »… Hinterlassenschaften sein, hätte ich noch jede Menge Fragen an den Jungen.« Ich erhebe mich von meinem Platz und nicke Jörn auffordernd zu. »Aber jetzt schauen wir erst mal, was uns Mias Bruder zu berichten hat.«

Der älteste Spross der Grewes schaut uns betont gelangweilt entgegen. Ebenso betont kaut er auf einem Kaugummi herum. Seine Finger trommeln irgendeinen sich ständig wiederholenden Rhythmus auf die Tischplatte.

Ich nicke ihm zu. »Moin, Herr Grewe. Danke, dass Sie unserer Vorladung gefolgt sind.«

»Kein Ding. Es geht schließlich um Mia.« Für einen Moment bekommt sein Blick etwas Trauriges, doch ist es lediglich das kurze Aufflackern einer Emotion, die sogleich wieder erlischt. »Haben Sie das Arschloch endlich gefunden?«

»Wir arbeiten dran.«

Jörn und ich setzen uns ihm gegenüber. Als Erstes lassen wir uns von Grewe erzählen, was Mia seiner Meinung nach für ein Typ war, ob sie viele Freunde hatte, was sie in ihrer Freizeit getrieben hat. Aber leider erfahren wir nichts Neues. Ruhig, introvertiert, wenige soziale Kontakte. Er bestätigt damit lediglich das, was auch alle anderen Befragten gesagt haben.

Allerdings scheint das Erzählen über seine Schwester Grewes coole Fassade mehr und mehr bröckeln zu lassen. Er wirkt plötzlich nachdenklich, und erneut ist da der Ausdruck von Trauer in seinen Augen, den er diesmal jedoch nicht zu kaschieren versucht.

»Sie wohnen und studieren in Oldenburg«, komme ich auf seine Person zu sprechen. »Waren Sie auch in der Nacht dort, als Mia ermordet wurde?«

»Ja.« Grewes Stirn umwölkt sich, er presst die Lippen zusammen und schließt für einen Moment die Augen. »Ja, leider war ich das. Und ich werde es mir nicht so schnell verzeihen.«

»Verzeihen? Was meinen Sie damit?«

Grewe schluckt ein paarmal schwer, sein Adamsapfel hüpft nervös auf und ab. »Mia hat mich an dem Tag angerufen.«

»Sie meinen den Tag, an dem sie starb?«

Er nickt. »Sie brauchte meine ... meine Hilfe, hat sie gesagt.«

»Ihre Hilfe? Wobei?«

»Ich weiß es nicht. Ich ... ich habe sie abgewimmelt.«

»Sie hat auch nicht angedeutet, worum es ging?«

»Nicht so direkt. Aber irgendwie ging es wohl um diesen kleinen Wichser.«

»Kleinen Wichser?« Ich schaue ihn mit erhobenen Brauen an. »Wen meinen Sie damit?«

»Lukas.«

»Sie sprechen von Lukas Bakker?«

Grewe nickt, dann atmet er geräuschvoll ein und schlägt kraftlos seine Faust auf den Tisch. »Ich habe schon tausendmal versucht, zusammenzukriegen, was Mia in dem Telefonat zu mir gesagt hat. Aber ich habe ihr nicht richtig zugehört. Ich ...« Er senkt den Kopf, schüttelt ihn kaum wahrnehmbar. »Ich ... habe ihr nicht zugehört.«

»Können Sie sich wenigstens an Bruchstücke erinnern? Jedes Detail ist wichtig.«

Grewe zieht die Stirn in Falten. »Sie sagte was von ... ausgenutzt und ...« Er schüttelt erneut den Kopf.

»Und?«, gebe ich nicht auf.

»Dass sie das alles nicht mehr will, hat sie gesagt.«

»Und was genau meinte sie damit?«

Grewe stößt geräuschvoll den Atem aus. »Ich glaube, sie sagte was von Sex.«

»Sex mit Lukas?«

»Keine Ahnung.«

»Sie hat seinen Namen also nicht genannt?«

»Doch. Nee.« Er rauft sich die Haare. »Ach, ich weiß doch auch nicht. Aber wer soll es denn sonst gewesen sein?«

»Dennoch nennen Sie Lukas einen kleinen Wichser, obwohl Sie ...«

»Noch mal«, unterbricht mich Grewe ungeduldig, »wer soll es denn wohl sonst gewesen sein? Mia hatte doch nie Kontakt zu irgendwelchen anderen Männern. Lukas wollte einfach nicht begreifen, dass Mia nichts von ihm will. Nicht nur sie hat es ihm tausendmal gesagt, sondern auch ich. Geholfen hat das aber nichts. Er hat ihr immer weiter nachgestellt.«

»Nachgestellt?« Jörn schaut ihn fragend an. »Wie müssen wir uns das vorstellen?«

Eine Kostprobe davon, wie wir uns das vorzustellen haben, konnten wir gerade im Video bewundern. Ob Vincent Grewe davon weiß?

»Ständige Telefonanrufe, Textnachrichten, so was eben«, erklärt Grewe. »Außerdem hat er sie immer wieder irgendwo abgepasst.« Seine Augen verengen sich, bevor er hinzufügt: »Und Jannik hat mir erzählt, dass Lukas sich am Tag vor Mias Tod Zutritt zu unserem Grundstück verschafft und Mia vom Garten aus beobachtet hat. Aber das weiß ich erst seit gestern.« Er macht eine Geste, als wollte er Lukas den Hals umdrehen.

Dass Mias Verehrer sogar im Haus war, scheint ihm nicht bekannt zu sein.

»Wissen Ihre Eltern, dass Mia sich von Lukas belästigt fühlte?«, frage ich.

Grewe macht eine wegwerfende Handbewegung. »Ja, klar wissen die das. Mia hat sich nicht nur einmal bei ihnen darüber beschwert.«

»Und wie haben sie reagiert?«

»Wie sie immer reagieren, wenn ihre vermeintlich heile Welt droht, Kratzer zu bekommen: Sie haben es ignoriert. Irgendwann hat mein Vater sogar mal gesagt, dass Mia doch froh sein soll, einen so anhänglichen Freund zu haben, als sie sich mal wieder über Lukas beschwert hat.«

Ich kann nicht behaupten, dass mich diese Aussage sonderlich überrascht. Wie mochte sich Mia gefühlt haben, von ihren Eltern derart im Stich gelassen zu werden? »Warum rücken Sie erst jetzt mit dieser Info heraus?«

»Mich hat keiner danach gefragt.«

»Man sollte annehmen, es liegt Ihnen am Herzen, uns auch ohne Nachfrage alle Informationen zu geben, die uns weiterhelfen könnten.«

»Ich musste erst mal selbst damit klarkommen, dass ich womöglich schuld bin ...« Das Ende des Satzes verhallt unausgesprochen im Raum. Dann schlägt er mit der Faust auf den Tisch, doch wirkt es eher verzweifelt als aggressiv. »Ich trauere um meine kleine Schwester, verdammt!«

»Was ist mit Ihrem Freund Lenny?«, fragt Jörn.

Sofort verschließt sich Grewe, seine ganze Mimik drückt Misstrauen aus. »Was soll mit ihm sein?«

»In welchem Verhältnis stand er zu Mia?«

»In gar keinem. Sie haben sich gekannt, mehr nicht.«

»Wie wir hörten, hat Mia für ihn geschwärmt.«

»Hm.«

»Wäre es da nicht möglich, dass er sich das zunutze gemacht hat?«

Grewe streckt den Rücken durch, seine ganze Körperhaltung drückt nun Abwehr aus. »Was soll das? Spielen Sie schon wieder auf diese alte Geschichte an? Lenny ist damals ungeschoren davongekommen, okay? Das wird ja wohl auch in Ihren verdammten Akten stehen.«

»Man konnte ihm nichts nachweisen, weil das Mädchen ihre Anschuldigungen zurückgezogen hat. Das heißt nicht, dass er tatsächlich unschuldig war«, widerspreche ich.

»War's das?« Grewe wirft provokativ einen Blick auf sein Smartphone. »Ich müsste dann mal wieder ...«

»... studieren?«, bringt Jörn den Satz zu Ende. Er beugt sich vor. »Was genau muss ich mir eigentlich unter Kulturanalysen vorstellen?«

Grewe entgleiten für einen Moment die Gesichtszüge, doch fängt er sich rasch wieder. »Können Sie im Internet nachlesen.«

»Zumindest scheint man sich einen pompösen Lebensstil leisten zu können, wenn man es studiert. Porsche, Motorrad ...« Jörn schiebt die Unterlippe vor und nickt. »Nicht schlecht, Herr Specht.«

Grewe schaut ihn für ein paar Sekunden mit einem unergründlichen Gesichtsausdruck an, dann zuckt er mit den Schultern und steht auf. »Packt euren Neid wieder ein. Konzentriert euch lieber auf denjenigen, der meine Schwester auf dem Gewissen hat, anstatt in Sachen herumzuwühlen, die euch nichts angehen.«

»Nicht so schnell, Herr Grewe!«, halte ich ihn zurück. »Wir hätten noch ein paar Fragen zu Luis Gómez, und es kann nur in Ihrem Interesse sein, sie uns zu beantworten.«

»In meinem Interesse? Wieso?«

»Es ist unschwer zu übersehen, dass Sie Ihren Freund Lenny schützen wollen, was, nebenbei bemerkt, keine gute

Idee von Ihnen ist. Auch Mia tun Sie damit ganz sicher keinen Gefallen ...«

»Niemand tut Mia mehr einen Gefallen!«, ruft Grewe aufgebracht in den Raum. »Mia ist tot!«

»Umso mehr sollte es auch in Ihrem Interesse liegen ...«

»Ich kenne Luis nicht.«

»Was?« Ich schaue ihn perplex an. »Wir haben Sie zusammen gesehen, woran Sie sich sicherlich noch erinnern. Also erzählen Sie keine Märchen!«

Grewe schnaubt verächtlich. »Ja, und? Ich habe Luis gestern zum ersten Mal gesehen, okay? Er kam Lenny besuchen, als ich auch gerade bei ihm war. Und das ist auch schon alles, was ich über ihn weiß.«

Ich werfe Jörn einen fragenden Blick zu, aber der zuckt nur mit den Schultern. Was wohl so viel heißen soll wie, dass wir Vincent Grewe zu diesem Zeitpunkt schwerlich das Gegenteil beweisen können.

»Kann ich jetzt gehen?« Vincent funkelt mich wütend an.

Ich nicke ihm zu, und er verschwindet zur Tür hinaus.

Einundzwanzig

Lina

Ich akzeptiere, wenn Frauen freiwillig Sexarbeiterinnen sind, auch wenn ich nicht selten Zweifel habe, ob es nicht die finanzielle Not war, die sie auf die Idee gebracht hat, ihren Körper zu verkaufen. Zu viele von ihnen haben irgendwann in ihrer Laufbahn Kontakt mit Drogen, nicht wenige halten die Arbeit nur aus, weil sie sich dauerhaft auf die eine oder andere Art betäuben. Ein Teufelskreis, aus dem kaum ein Entkommen ist. Spätestens, wenn die Frauen sich verkaufen, um den nächsten Schuss bezahlen zu können, hört für mich die Freiwilligkeit auf. Sollten sie auch noch minderjährig sein, brennen bei mir sämtliche Drähte durch.

Ich weiß nicht, wie weit Sarah gegangen ist. Sie hatte Sex mit Männern, um an Geld zu kommen. Wie lange und wie alt sie war, weiß ich nicht. Aber ich hätte es wissen müssen. Sie war meine kleine Schwester.

Ich zeige der leicht bekleideten Frau vor mir das Foto von Mia und frage, ob sie sie schon einmal gesehen hat. Sie starrt mich an, als wenn ich sie mit einer Waffe bedrohen würde, schüttelt schließlich vehement den Kopf und schiebt meine Hand mit dem Handy von sich.

»Sie ist gerade mal sechzehn Jahre alt geworden«, gebe ich nicht auf.

Die Frau, die ich auf Anfang dreißig schätze, wirft mir einen erschrockenen Blick zu. »Ich kenne sie nicht. Und ich will auch keinen Ärger.«

Ich atme tief durch. Wie häufig habe ich diesen Satz in den letzten Minuten gehört? Mir platzt gleich der Kragen. Mit letzter Kraft reiße ich mich zusammen, schaue die Frau, deren Namen ich nicht kenne, ernst an. »Haben Sie Kinder?«

Die Frau zuckt zusammen, funkelt mich kurz an, nickt aber schließlich.

»Eine Tochter?«

Sie deutet ein weiteres Nicken an.

»Wie ist ihr Name?«

Die Frau zögert, schaut schließlich die Straße entlang und sagt mit einem zarten Lächeln: »Lotta.«

»Und wie heißen Sie?«

Ein ungläubiger Blick. »Janina.«

»Ich heiße Lina. Meine Tochter ist zwölf. Und Lotta?« Es fällt mir schwer, Janina anzulügen, aber ich weiß mir keinen anderen Rat.

»Zehn«, sagt sie zögerlich.

Ich halte ihr erneut das Handy mit Mias Foto hin. »Das ist Mia. Sie ist nur ein paar Jahre älter als unsere Töchter. Wir vermuten, dass sie einem jungen Mann verfallen ist, der sie anschaffen geschickt hat.«

»Und jetzt ist sie tot?«, fragt Janina leise.

»Ja. Sie wurde achtlos vor Bensersiel ins Meer geworfen. Wie Abfall. Sie sollte mit in die Nordsee gezogen werden und damit für immer verschwinden. Wissen Sie, was das für die

Eltern bedeutet hätte? Sie hätten sich nicht einmal von ihrer Tochter verabschieden können.«

Janina ist ganz still geworden, schaut sich nicht mehr um, reagiert nicht mehr auf langsam vorbeifahrende Autos. Jetzt schließt sie die Augen, atmet einmal tief durch und schaut wieder auf. »Ich würde das Mädchen kennen, wenn sie hier gestanden hätte. Glauben Sie mir, sie war nicht hier.«

Ich kämpfe gegen die Enttäuschung an, schlucke sie runter und konzentriere mich. »Ich habe heute mit einer Ihrer Kolleginnen gesprochen. Sie steht mit ihrem Wohnmobil im Landkreis Oldenburg.«

»Ich kenne den Platz. Ich habe dort auch schon gearbeitet. Wohnmobil? Meinst du Anja?«

Janina hat zum Du gewechselt. Ich scheine zu ihr durchgedrungen zu sein. »Ja, ich habe lange mit ihr gesprochen. Sie ist sehr nett.«

»Das ist sie. Wir haben uns immer gut verstanden.«

»Anja hat mir gesagt, dass ein junges Mädchen eine Zeit lang hier gearbeitet hat. Sie soll Mia sehr ähnlich gesehen haben.« Ich halte ihr noch einmal das Handy hin. »Erinnerst du dich an sie?«

»Ja, kann sein. Die war eine Weile hier. Viel zu jung. Schüchtern und unerfahren. Sie ist mit jedem mitgefahren, der angehalten hat.«

»Kennst du ihren Namen?«

»Den richtigen?«, fragt Janina mit verzagter Miene. »Den wollte sie mir nicht sagen. Lolita hat sie sich genannt oder musste sich so nennen.«

»Der Zuhälter?«

Janina nickt. »Wer sonst? Er hat sie gebracht und abgeholt.« Sie zeigt auf eine Stelle etwa hundert Meter entfernt. »Da, bei dem verklinkerten Haus stand er immer. Der ist nur selten ausgestiegen und hier bei uns war er nie. Aber Lolita, oder wie immer sie hieß, hat immer schon auf ihn gewartet.«

»Hatte sie Angst vor ihm?«, frage ich.

»Sah nicht so aus. Sie hat sich eher gefreut, wenn er kam. Erst dachte ich, dass sie froh war, dass ihre Schicht zu Ende ging, aber dann habe ich gesehen, dass sie ihn leidenschaftlich geküsst hat. Der Wagen stand zwar weit entfernt, aber das spürt man ja, sieht man doch. Sie ist auf ihn zugelaufen wie ein kleines Kind, hat sich in seine Arme geworfen, als wenn sie …« Janina seufzt.

»Seit wann ist sie nicht mehr hier aufgetaucht?«

»Das ist eine Weile her. Einen Monat vielleicht. Nein, Lotta hat da ihre Zahnspange bekommen. Das war vor zwei Monaten.«

»Das Autokennzeichen hast du dir nicht zufällig gemerkt?«

»Der war zu weit weg. Und er hatte auch nicht immer das gleiche Auto. Aber ich bin mir sicher, dass die Kennzeichen alle gelb waren.«

Ich notiere mir die Informationen, die ich von Janina bekommen habe. Hauke ist noch in dem Laufhaus, in dem ich ihn vor einer Stunde abgesetzt habe und vor dem ich jetzt parke und auf ihn warte.

Mir geht das unfreiwillig belauschte Telefongespräch durch den Kopf. Die Rede war von zwanzig- bis dreißigtausend, die Hauke sich leihen wollte. Wenn ich Hauke richtig verstanden habe, reicht der Betrag nicht aus, um seine Schulden zu bezahlen. Waren die fünfzigtausend, die Hauke mir angeblich im Spaß gesagt hat, doch die Summe, um die es geht? Meine Schuldscheintheorie scheint sich immer mehr zu bestätigen.

Mein Handy macht sich bemerkbar. Kriminaldirektor Carstens. Nach einem Blick zum Laufhaus nehme ich das Gespräch an.

»Es kann sein, dass ich auflegen muss, wenn mein Kollege zurückkommt. Wir ermitteln gerade in Oldenburg.«

»Ist in Ordnung. Ich habe nur eine kurze Info. Die Kollegen aus der Wirtschaftskriminalität haben sich gemeldet. Sie konnten die Häuser der Familie de Jong zuordnen. Nicht gerichtsfest, aber sie sind sich zu achtzig Prozent sicher. Die Liste der Gebäude habe ich Ihnen zugeschickt.«

Damit habe ich nicht gerechnet, oder ich habe nicht gewagt, darauf zu hoffen. Harald Kaup steht also mit dem Familienclan in Verbindung. Es kann kein Zufall sein, dass er in einem ihrer Häuser wohnt. Damit wird auch die Theorie wahrscheinlicher, dass der Angriff auf ihn ein gezielter war, ein Warnschuss der Drogenkonkurrenz. Was spielt Kaup für eine Rolle im Clan? Er ist kein Niederländer, und auch verwandtschaftliche Beziehungen scheint es nicht zu geben. Wäre er unwichtig für den Clan, wäre wohl kaum der Angriff auf ihn erfolgt. Und Hauke scheint ihn zu kennen. Warum wäre er sonst von ihm in die mutmaßliche Pokerrunde eingeladen worden?

»Sind Sie noch in der Leitung?«, fragt Carstens.

»Sorry, mir ging gerade einiges durch den Kopf. Danke für die Info, sie scheint wichtig zu sein.«

»Das habe ich schon vermutet. Kollege Behrends rückt damit in den Fokus Ihrer Ermittlungen.« Als ich nicht antworte, fährt Carstens fort: »Sehe ich das richtig?«

»Ich bin mir noch nicht ganz sicher. Ich melde mich bei Ihnen, wenn ich mehr weiß.«

»Seien Sie vorsichtig!«

Ich verspreche dem Kriminaldirektor, keine unüberlegten Schritte zu machen und ihn regelmäßig über die Entwicklung in Aurich zu informieren.

Was hat Hauke am Telefon zu seinem Gesprächspartner gesagt? Er wolle sich nicht auf den Scheiß einlassen, weil sie ihn sonst am Arsch hätten. Was hat er damit gemeint? Eine

Stundung des Betrags oder Ratenzahlung? Beides könnte mit Wucherzinsen verbunden sein. Ergibt das tatsächlich einen Sinn? Wenn Hauke für den Clan arbeitet, ihnen Informationen zugänglich macht, ist er bereits im – wie er es am Telefon formuliert hat – Würgegriff der Organisation. Oder hat er angedroht, sich zurückzuziehen, und der Clan musste neuen Druck aufbauen, um ihn bei der Stange zu halten? Aber vielleicht schieße ich mit meinen Theorien auch weit übers Ziel hinaus.

Ich klappe mein Notizbuch zu, als Hauke aus dem Laufhaus kommt, sich umschaut und auf meinen Wagen zuläuft.

»Hast du was erreicht?«, frage ich ihn, als er neben mir im Auto sitzt.

»Nicht sofort, ich musste dem Aufpasser erst drohen, um ins Haus zu kommen. Schließlich wollte er mit mir gehen – das gleiche Spiel noch einmal. Und dann waren die Damen nicht sehr gesprächig. Aber mit der richtigen Ansage lief es irgendwann.«

Ich will lieber nicht wissen, was Hauke unter einer *richtigen Ansage* versteht, nicke nur und sehe ihn fragend an.

»Niemand hat Mia Grewe gesehen. Weder im Laufhaus noch auf der Straße.«

»Ist auch mein Ergebnis. Hast du noch mehr herausbekommen?«

»Nicht wirklich, aber mir ist aufgefallen, dass einige der Frauen das Foto ziemlich lange angeschaut haben. Klingt das nicht verdammt danach, dass sie mich angelogen haben?«

Ich wiege den Kopf hin und her. »Nicht unbedingt. Ich habe eine nach meiner Einschätzung vertrauenswürdige Aussage, die ein Mädchen in Mias Alter auf dem Straßenstrich gesehen hat. Sie sieht Mia anscheinend ähnlich.«

»Vertrauenswürdig? Ich weiß nicht. Die ... Damen stehen nicht so auf uns, und mit der Wahrheit scheinen sie eher auf dem Kriegsfuß zu stehen.«

»Anja aus dem Wohnmobil hat mir das Gleiche erzählt«, werfe ich ein.

Hauke zieht die Augenbrauen hoch. »Anja? So vertraulich bist du mit denen?«

»Wenn du was erreichen willst, musst du schon auf Augenhöhe mit den Zeuginnen sprechen. Und ich habe es als Frau sicher leichter.«

»Mag sein«, murmelt Hauke. »Bisher haben wir allerdings nicht viel herausbekommen.«

»Nicht so schnell. Anja konnte zwar nichts zu den Kennzeichen der Autos sagen, die das junge Mädchen abgeholt haben. Aber auf der Straße habe ich eine Frau gefunden, die sicher ist, dass es sich um gelbe Kennzeichen handelt.«

Hauke stößt einen Pfiff aus. »Sieh an. Haben wir da eine Verbindung zu Aurich und unserer Top-Familie?«

»Ja, das könnte sein.« Haukes Reaktion kam schnell und scheint ehrlich zu sein. Entweder ist er ein hervorragender Schauspieler, oder er hat nicht die Seiten gewechselt. Mehr noch, er scheint sich zu freuen, etwas gegen den De-Jong-Clan in die Hand bekommen zu können. »Ein Stellplatz steht noch auf unserer Liste.« Ich werfe einen Blick auf die Uhr. »Es ist mindestens noch drei Stunden hell.«

Hauke reckt sich. »Muss das sein?«

»Sollen wir das Los entscheiden lassen?« Ich hole meine Spezialmünze aus der Tasche. »Bei Kopf fahren wir.« Ohne Haukes Reaktion abzuwarten, werfe ich die Münze in die Luft, fange sie und klatsche sie auf die Oberfläche meiner linken Hand. »Kopf.« Die Münze verschwindet wieder in meiner Tasche.

Wir stehen seit einer Stunde auf unserem Observationsplatz und schauen abwechselnd durch das Fernglas. Fünf Wohnwagen und zwei Wohnmobile, in allen scheint jemand zu arbeiten.

Bisher habe ich erst zwei der Frauen zu Gesicht bekommen. Beide waren deutlich älter als sechzehn.

»Da ist wieder eine. Sie raucht vor dem Wohnmobil«, sagt Hauke und drückt mir im nächsten Augenblick das Fernglas in die Hand.

Die Frau steht in einem einteiligen Dessous vor dem Wagen und zieht an ihrer Zigarette, bevor sie den Kopf in den Nacken reckt, um den Rauch gen Himmel zu pusten. Sie ist jung, aber nach meiner Einschätzung über zwanzig. Jetzt verlässt ein Mann den Wagen neben ihrem, gefolgt von einer Frau, die ihm zum Abschied mit der Hand über die Wange streichelt. Anschließend gesellt sie sich zu der Raucherin, spricht sie an und bekommt eine Zigarette angeboten. Die zweite Frau schätze ich auf Mitte dreißig. Ich lasse das Fernglas sinken. »Da ist noch jemand gekommen. Sie ist aber auch zu alt.«

»Jetzt haben wir vier. Fehlen noch drei Damen.«

So wie Hauke das Wort *Damen* ausspricht, klingt es anrüchig. Ich lasse es ihm durchgehen, um seine Stimmung nicht noch weiter in den Keller rauschen zu lassen.

»In einer halben Stunde wird es dunkel«, sage ich stattdessen. »Dann müssten wir näher ran, was nicht funktionieren wird.«

Hauke grinst. »So lange halte ich noch durch.«

Ich setze das Fernglas wieder an. Die beiden Frauen sind in ihren Wagen verschwunden. Im Moment scheint in keinem der Wagen ein Freier zu sein. Jetzt kommt ein Fahrzeug angerollt, bleibt vor einem der Wohnwagen stehen, eine Frau öffnet die Tür und geht dem Mann entgegen. Ich schätze ihr Alter auf mindestens vierzig.

»Wieder eine. Sie ist auch zu alt.«

Nach weiteren fünf Minuten wechseln wir. Hauke entdeckt die vorletzte Frau, meint aber, sie sei Mitte zwanzig. »Jetzt ist es nur noch eine«, murmelt er und reicht mir das Fernglas.

Ein weiteres Fahrzeug hält vor dem Wohnwagen, dessen Frau wir noch nicht gesehen haben. Der Mann steigt nicht aus, hupt aber.

»Sie wird abgeholt. Mach ein Foto!«, raune ich Hauke zu.

Jetzt öffnet sich die Tür, eine junge Frau kommt aus dem Wohnwagen. Sie ist blond, trägt normale Straßenkleidung. Sie könnte Mias Doppelgängerin sein. »Hast du sie?«

»Gleich.«

Die Beifahrertür wird von innen geöffnet, die junge Frau beugt sich vor, schaut in den Wagen und steigt ein. Ich schwenke zum Nummernschild, es ist verdreckt, aber ich bin mir sicher, dass es gelb durchscheint. Der Wagen könnte durchaus in den Niederlanden registriert sein.

»Wir fahren hinterher!«, rufe ich Hauke zu, haste zum Auto, starte den Motor und warte, bis Hauke sich auf den Beifahrersitz fallen lässt. Ich wende, fahre mit hoher Geschwindigkeit den Feldweg entlang, erreiche die Landstraße, biege nach rechts ab und rase kurz darauf die Autobahnauffahrt hoch. Der schwarze SUV ist nicht zu sehen.

»Er muss schon durch sein«, sagt Hauke. »Oder er ist Richtung Oldenburg gefahren.«

Ich setze den Blinker, beschleunige und schaffe es, vor einem roten Golf aufzufahren, der gemächlich auf der Autobahn von hinten kommt. Der Motor heult auf, als ich das Gaspedal voll durchdrücke. Ich überhole, setze die Lichthupe ein, um einen langsam fahrenden Volvo dazu zu bewegen, zur Seite zu fahren. Als er nicht reagiert, schalte ich die Sirene ein und nicke Hauke zu, der bereits das Blaulicht in der Hand hat. Der Volvo bleibt trotzdem auf der linken Seite, überholt einen Lkw, bevor er die Spur wechselt. Ich gebe Gas, unser Wagen schnellt nach vorn, die Autos vor uns weichen nach rechts aus, um uns Platz zu machen.

»Dahinten«, sagt Hauke mit aufgeregter Stimme. »Das könnte er sein.«

Ich nicke. Etwa fünfhundert Meter entfernt fährt ein schwarzer SUV. Wir nähern uns langsam, er weicht, wie die anderen Fahrzeuge, nach rechts aus, Hauke greift bereits nach der Kelle und will gerade mit der linken Hand das Seitenfenster herunterlassen, als der SUV, ohne den Blinker zu setzen, auf die linke Spur wechselt und gleich darauf beschleunigt. Als er ruckartig nach vorn prescht, weiß ich, dass wir keine Chance haben werden, ihn zu überholen. Hauke wirft wütend die Kelle in den Fußraum und flucht vor sich hin. Ich halte noch zwei Minuten die hohe Geschwindigkeit, werde dann aber langsamer, stelle den Signalton aus, atme tief durch und wende mich Hauke zu.

»Wie sind die Fotos geworden?«

»Keine Ahnung. Wann bekommen wir endlich vernünftige Karren? Wie schnell fuhr der? Zweihundertachtzig?«

»Würde ich schätzen. Mehr als zweihundert ist bei mir nicht drin. Es war sinnlos, ihm weiter zu folgen.«

Hauke winkt ab. »Weiß ich doch.«

»Morgen sehen wir weiter. Die Kriminaltechnik kann sicher das verschmutzte Kennzeichen lesbar machen. Und von dem Mädchen haben wir auch Fotos. Die verschicken wir an alle Kollegen im Norden. Vielleicht ist sie von ihren Eltern als vermisst gemeldet worden, oder jemand kennt sie.«

»Deinen Optimismus hätte ich gern«, murmelt Hauke.

Ich schweige und konzentriere mich darauf, uns sicher nach Hause zu bringen.

Zweiundzwanzig

Kea

Ich schaue auf die Uhr. Es ist bereits halb acht am Abend. Lukas und sein Vater haben uns definitiv versetzt. Anscheinend hat Patrick Bakker es sich anders überlegt und für sich und seinen Sohn beschlossen, die Aussage zu verweigern. Hätten sie mir wenigstens Bescheid gegeben, hätte ich noch so pünktlich Feierabend machen können, dass es für einen Friseurbesuch gereicht hätte. Aber auch daraus wird nun einmal mehr nichts werden.

»Dann eben anders«, sage ich leise. Vor mir auf dem Tisch liegt die staatsanwaltschaftliche Vorladung zu einem Verhör, der sich selbst ein Patrick Bakker nicht entziehen kann. Unter ihr hervor lugt die richterliche Erlaubnis zur Entnahme einer Speichelprobe für die Bestimmung von Lukas' DNA. Zudem habe ich einen Durchsuchungsbeschluss für Lukas' Zimmer bekommen. Nachdem der zuständige Richter die Videoaufnahmen aus dem Haus der Grewes gesehen hat, war all das nur noch eine reine Formalie.

Derart ausgestattet werden wir morgen in aller Frühe mit einem ganzen Team an Bakkers Tür klopfen. Mal sehen, ob dem Herrn Rechtsanwalt dann immer noch an einer Aussageverweigerung seines Sohnes gelegen ist.

Auf dem Display meines Smartphones ploppt eine Nachricht auf. Sie ist von Hauke. Lina und er sind immer noch in Sachen Loverboy im Einsatz, heißt es. Und dass es spät werden könnte. Kein Wort dazu, ob sie schon etwas Relevantes herausgefunden haben.

Somit ist erneut ein Tag vergangen, an dem es mir nicht gelungen ist, mit Hauke zu sprechen. Es braucht nicht viel Fantasie, um zu bemerken, dass er mir aus dem Weg geht. Warum sonst sollte er darauf bestehen, seine Einsätze mit Lina zu bestreiten? Kann es also sein, dass sich zwischen den beiden etwas anbahnt? Oder hat er mir gegenüber womöglich ein schlechtes Gewissen, weil ich mit meiner Befürchtung, er könne erneut seiner Spielsucht verfallen sein, recht habe?

Ich muss mir eingestehen, dass mir weder der eine noch der andere Gedanke behagt. Bei einer Liebesbeziehung zwischen Kollegen wären Probleme quasi vorprogrammiert. Oder turtelt er womöglich nur mit Lina herum, um mich eifersüchtig zu machen? Nun, das wird ihm nicht gelingen. Und was seine Spielsucht anbelangt ...

Ich stöhne gequält auf und nehme ein paar tiefe Atemzüge. *Es ist alles nur in meinem Kopf. Alles nur in meinem Kopf.*

Oder?

Wie auch immer. Ich rufe mich zur Ordnung. Fakt ist jedenfalls, dass ich ganz bestimmt keine neuen Probleme brauche. Und Lina ist nicht auf den Kopf gefallen. Vermutlich ist es nur eine Frage der Zeit, bis auch sie begreift, dass Hauke, bei allem Charme, den er zu versprühen versteht, keineswegs der Traummann ist, für den sie ihn womöglich hält.

Nach ein paar weiteren tiefen Atemzügen zwinge ich mich, mich wieder auf unseren Fall zu konzentrieren. Dies ist nicht der geeignete Zeitpunkt, sich über zwischenmenschliche

Beziehungen in meinem Team Gedanken zu machen. Wir haben einen Mord aufzuklären.

Mein Blick fällt auf ein Foto von Lenny Kopper, das, mit vielen Pfeilen zu anderen Fotos verbunden, an einer Glaswand hängt. Mein Gefühl sagt mir, dass zwischen ihm und Mia mehr lief, als wir bislang wissen. Letzte Gewissheit darüber hat mir Vincent Grewes Weigerung gegeben, sich dazu zu äußern. Bedauerlicherweise liegen uns die DNA-Analysen der Spermaproben noch nicht vor. Aber ich könnte mir gut vorstellen, dass eine davon zu Lenny Kopper gehört.

Könnte er also Mias Loverboy sein? Nach allem, was ich mir bislang an Wissen über diese Spezies Mensch draufgeschafft habe, würde Lenny durchaus in dieses Schema passen. Jung, gut aussehend und – wenn er es darauf anlegt – sicherlich auch charmant. Außerdem wäre er bestimmt nicht abgeneigt, sich zu seinem prekären Job ein Zubrot zu verdienen, wenn sich ihm die Gelegenheit dazu bietet. Zumal dieser Job für ihn mit ... na ja ... Spaß verbunden wäre.

Aber ist es wirklich vorstellbar, dass er sich auf eine so widerwärtige Weise an die Schwester seines besten Freundes heranmachen würde?

»Dass du Dreck am Stecken hast, steht für mich außer Zweifel«, sage ich zu seinem Foto. Aber Dreck ist nun mal nicht gleich Dreck. Gut möglich also, dass er sich sein Zubrot auf ganz andere Weise verdient. Indem er Drogen vertickt, zum Beispiel. Durch seinen Job am Auricher Gymnasium hätte er einen lukrativen Absatzmarkt.

Leider haben wir gegen ihn noch nichts in der Hand, um auch für seine Wohnung einen Durchsuchungsbeschluss zu beantragen.

»Aber wir arbeiten dran, mein Junge. Darauf kannst du dich verlassen.«

»Woran arbeiten wir?«, fragt Jörn, der mit zwei Pizzakartons zur Tür hereinkommt.

»Ich habe über Lenny Kopper nachgedacht.«

»Ach so.« Jörn stellt eine der Pizzen vor mir ab und klappt den Deckel des Kartons nach oben, woraufhin mir der herrliche Duft einer Extraportion Knoblauch in die Nase steigt. Die *Pizza Marinara* ist bereits geschnitten. Ich nehme eine Ecke heraus, klappe sie zusammen und beiße herzhaft hinein. »Mmh, das tut gut!«

»Irgendwelche neuen Erkenntnisse in der Zwischenzeit?«, erkundigt sich Jörn schmatzend. Das Fett seiner Pizza läuft ihm die Finger hinunter, aber das scheint ihn nicht zu stören. »Haben Lina und Hauke sich gemeldet?«

»Sie sind noch unterwegs. Von Erkenntnissen haben sie nichts geschrieben.«

»Dann können wir für heute Feierabend machen, oder?«

Beim Wort Feierabend kann ich ein Gähnen nicht unterdrücken. »Ja. Ich denke, das können wir. Morgen starten wir dann mit Lukas Bakker. Ich habe dem Herrn Papa die staatsanwaltschaftliche Vorladung übermitteln lassen, auf der steht, dass Lukas um zehn Uhr hier vorzusprechen hat.«

Wir verputzen unsere Pizza, und gleich darauf macht sich Jörn auf den Weg nach Hause. Auch ich habe meinen Rucksack bereits geschultert, als mir eine Idee kommt.

Also setze ich mich noch einmal und greife zum Telefon.

»Ja, hallo?«, meldet sich wenig später eine verschlafene Stimme am anderen Ende.

»Moin, Rena, ich bin's«, begrüße ich meine Freundin. Ihre Müdigkeit wirkt ansteckend, sodass ich erneut gähne.

»Oh, Kea, was gibt's?«

Im Hintergrund sind Stimmen zu hören. »Hast du Besuch?«

»Nee. Ach, Scheiße, ich bin vorm Fernseher eingeschlafen. Dabei wollte ich doch unbedingt wissen, ob die beiden sich kriegen.«

»Natürlich kriegen sie sich.« Ich weiß, dass Rena Liebesfilmen nur dann eine Chance gibt, wenn schon nach wenigen Minuten abzusehen ist, wer am Ende zu wem gehört. So knallhart sie in ihrem Job als Reporterin auch ist, so ist sie doch auch eine hoffnungslose Romantikerin.

»Meinst du?«

»Schau ihn dir morgen in der Mediathek an, dann wirst du's erfahren.«

»Hm.« Die Hintergrundgeräusche verstummen. Anscheinend hat sie den Fernseher ausgeschaltet. »Du rufst doch bestimmt nicht an, um mich zu fragen, wie es mir geht.« Sie klingt ein wenig verschnupft. Damit will sie mir vermutlich weismachen, dass sie mir meine Weigerung, ihr Informationen zu unserem missglückten Einsatz gegen den De-Jong-Clan zukommen zu lassen, noch immer nicht verziehen hat. Ich aber kenne sie gut genug, um zu wissen, dass sie niemandem lange böse sein kann.

»Was weißt du über die Loverboy-Szene in Ostfriesland?«, falle ich mit der Tür ins Haus.

»Hä?«

»Das dachte ich mir.«

»Ich hatte keine Ahnung, dass du auf der Suche nach einer neuen Beziehung bist. Erzähl mal!«

»Darum geht's nicht.« Ich berichte ihr in wenigen Sätzen, was es mit den Loverboys auf sich hat.

»Bäh, das ist ja widerlich«, kommentiert Rena meine Ausführungen, als ich zu sprechen aufhöre. »Und so was gibt's ausgerechnet bei uns im verschlafenen Ostfriesland?«

»Das gibt's überall. Leider.«

»Und warum erzählst du mir das?«

»Weil ich weiß, dass du immer an aktuellen Themen interessiert bist.«

»Über die du ja keine Infos an mich rausgibst.« Sie klingt eingeschnappt.

»Alles zu seiner Zeit, okay?«

Ich höre eine Tüte knistern, gleich darauf folgt das knackende Geräusch auseinanderbrechender Chips. »Und was soll das für ein aktuelles Thema sein?«, nuschelt sie.

»Das sagte ich doch gerade: Loverboys.«

»Und was habe ich davon, wenn ich darüber was schreibe?«

Ich verdrehe entnervt die Augen, was sie Gott sei Dank nicht sehen kann. »Du lenkst damit die Aufmerksamkeit auf ein Thema, das in der Öffentlichkeit noch viel zu wenig bekannt ist.«

»Und was versprichst du dir davon?«

Wie begriffsstutzig kann man eigentlich sein? »Dass junge Mädchen nicht mehr so schnell in diese Falle tappen. Dass Eltern sensibilisiert werden und diese Möglichkeit zumindest in Betracht ziehen, wenn sich ihre Tochter schleichend von ihnen entfremdet. Dass dieses Thema endlich auch im Schulunterricht Erwähnung findet. Reicht das?«

»Hm.«

»Hm ja oder hm nein?«

»Kaum anzunehmen, dass ein einziger Artikel von mir solche Auswirkungen haben würde.«

Herrgott, ist die sperrig! »Ist das nun ein Thema für dich oder nicht?«

Für eine ganze Weile ist außer dem Knistern der Chipstüte nichts zu hören. Ich will gerade fragen, ob sie vergessen hat aufzulegen, als Rena sagt: »Es geht um euren Mordfall, oder? Mia Grewe. Ihr verdächtigt einen dieser Loverboys, etwas damit zu tun zu haben.«

Ich seufze innerlich. Es war klar, dass sie darauf kommen würde, sie ist schließlich nicht auf den Kopf gefallen. »Es ist nur eine Spur von vielen«, bleibe ich vage. »Nein, in erster Linie geht es mir um Aufmerksamkeit.«

»Wegen Freya.«

»Auch, ja, natürlich. Vor allem aber bin ich der Meinung, dass diesen Kerlen das schmutzige Handwerk gelegt werden muss. Und das besser heute als morgen. Ganz egal, ob die was mit unserem aktuellen Fall zu tun haben oder nicht.«

Wieder entsteht eine Pause. »Okay, ich denke drüber nach.« Rena gähnt. »So, und jetzt gehe ich ins Bett. Gute Nacht, Kea. Seht zu, dass ihr das Arschloch drankriegt, das Mia auf dem Gewissen hat. Ganz egal, ob Loverboy oder nicht.«

»Wir geben unser Bestes. Gute Nacht, Rena.«

Für eine Weile bleibe ich noch sitzen und starre durchs Fenster in die aufziehende Dämmerung hinaus. Der orangerote Sonnenuntergang verspricht für morgen einen weiteren heißen Tag. War es ein Fehler, Rena schon jetzt auf dieses Thema anzusetzen? Womöglich wird eine zu frühe Berichterstattung dazu führen, dass der potenzielle Täter Spuren beseitigt, weil er sich ertappt und nicht mehr sicher fühlt. Oder könnte eine Berichterstattung nicht viel eher dazu führen, dass der Täter nervös wird und Fehler macht? Immer vorausgesetzt, dass wir es im Fall Mia tatsächlich mit einem Loverboy zu tun haben. Noch ist die Indizienlage viel zu dünn, als dass wir uns dessen sicher sein könnten. Immerhin ist da ja noch Lukas Bakker, auch wenn mir noch nicht klar ist, wie er es hätte anstellen sollen, Mia ins Watt zu schaffen.

»Alles Weitere morgen«, seufze ich, dann mache auch ich mich auf den Weg nach Hause.

Dreiundzwanzig

Lina

Kurz hinter Bad Zwischenahn klingelt Haukes Handy. Er schaut aufs Display. »Die Chefin«, murmelt er und nimmt das Gespräch an. »Hey!« Keas Antwort kann ich nicht verstehen. »Wir sind auf dem Rückweg. Hat etwas länger gedauert«, sagt Hauke und fügt nach einer weiteren Pause hinzu: »Der Durchbruch ist es noch nicht, aber wir sind weitergekommen. Morgen wissen wir mehr, wenn wir die Fotos ausgewertet haben.« Er hört länger zu, nickt zwischendurch und verabschiedet sich von Kea.

»Neuigkeiten?«, frage ich.

»Sieht ganz danach aus. Lukas scheint tief in der Sache mit drinzustecken. Morgen muss er einen DNA-Abstrich machen und sein Zimmer wird durchsucht.«

»Klingt nicht gut für ihn.« Kea wird die Beschlüsse nicht auf blauen Dunst hin bekommen haben. Die Indizien müssen schon ziemlich eindeutig gewesen sein. Trotzdem kann ich mir nicht vorstellen, dass dieser schüchterne Junge etwas mit Mias Tod zu tun hat. Er hat weder einen Führerschein noch ein Auto zur Verfügung. Beides wäre notwendig gewesen, um Mia an den Deich zu transportieren. Und er hätte Hilfe gebraucht.

Ausschließen kann ich ihn trotzdem nicht. Dafür wissen wir noch zu wenig über ihn und sein Verhältnis zu Mia.

»Ein Mercedes-Kombi ist in der Nähe von Marienhafe abgebrannt. Im Moment sieht alles nach Brandstiftung aus. Lars Snietjer ist mit seinen Leuten vor Ort gewesen. Wir sollten morgen früh mit ihm sprechen.«

»Trifft sich doch gut. Dann kann er gleich die Fotos unter die Lupe nehmen. Mal sehen, was da rauszuholen ist.«

Hauke nickt.

»Soll ich dich um kurz nach acht abholen?«, frage ich.

»Wenn's für dich kein Umweg ist.«

Um ein Haar hätte ich bestätigt, dass seine Wohnung auf dem Weg liegt. Mir fällt rechtzeitig ein, dass ich seine Adresse nicht kennen kann. »Wo wohnst du?«

Hauke nennt mir Straße und Hausnummer und erklärt, in welchem Stadtteil es liegt.

»Passt doch. Acht Uhr?«

Er nickt wieder.

»Noch ein Bier in der Arche?«, frage ich.

Hauke schweigt, zuckt schließlich mit den Schultern. »Heute nicht. Aber kurz vor Aurich ist eine Landgaststätte mit einem netten Biergarten.«

»Klingt gut.«

Ich proste Hauke mit meiner Cola zu, er hebt sein Glas mit dem doppelten Whiskey, stößt mit mir an und trinkt einen kräftigen Schluck.

»So schlimm?«, frage ich.

»Schlimmer.«

Auf der Fahrt nach Aurich habe ich mich für den direkten, gefährlicheren Weg entschieden. Ich habe mir das belauschte Telefongespräch immer wieder durch den Kopf gehen lassen und bin zu dem Schluss gekommen, dass Hauke bisher keine

Spielschulden hatte, die ihn für den De-Jong-Clan erpressbar gemacht hätten. Meine Strategie kann mächtig in die Hose gehen, vielleicht sogar meinen ganzen Einsatz gefährden, aber auf Dauer kann ich ohnehin nicht unter meinem Tarnschirm bleiben. Ich muss mich vorwagen, selbst auf die Gefahr hin, Fehler zu machen.

»Du sitzt in der Scheiße, oder?«, frage ich.

Hauke schaut erstaunt auf und mustert mich argwöhnisch.

»Vertraust du mir?«, frage ich und schaue ihm dabei direkt in die Augen.

»Wir kennen uns noch nicht lange.«

»Manchmal reicht das.« Keiner von uns hat den Blick abgewandt. Unsere Augen kleben aneinander.

»Mag sein.«

»Mag sein, dass du mir vertraust, oder mag sein, dass es manchmal reicht?«

Er seufzt. »Du bist voll in Ordnung. Taff, ehrgeizig, aber auch mit einem moralischen Kompass. Das findet man nicht oft in unseren Kreisen.«

»Danke«, sage ich und meine es ehrlich. »Ich kann das Lob voll zurückgeben. Ich mag dich.«

Er grinst. »Huch, das klingt fast nach einer Lie…«

»Es ist ernst, oder?«, unterbreche ich ihn, damit er keine Chance hat, das Thema zu wechseln.

»Ja. Könnte man so sagen«, gibt er schließlich zu.

»Ich muss dir ein Geständnis machen«, sage ich leise. »Ich habe einiges mitbekommen von deinem Telefongespräch. Als ich zurückkam vom Wohnmobil.«

»Was heißt einiges?«, fragt er, und ich sehe die Angst in seinen Augen.

»Genug, denke ich. Du hast reichlich Schulden, Spielschulden, schätze ich. Jetzt suchst du verzweifelt nach einem Ausweg, weil die Typen dich am Arsch haben. Erpressen sie dich?«

Hauke schweigt und scheint die Luft anzuhalten.

»Haben die dir einen Deal angeboten?«

»Woher weißt du das?«, presst er heraus. »Du kannst das do…« Er verschluckt den Rest des Satzes.

»Ich hatte einen Kollegen in Osnabrück. Dem ist es genauso gegangen. Keine Spielschulden, aber eine Frau, die ihm zum Verhängnis geworden ist. Er ist bewusst in eine Falle gelockt worden und hat sich erpressbar gemacht.«

»Was ist passiert?«, fragt Hauke mit kaum hörbarer Stimme.

»Er hat geliefert und ist nach einem Jahr aufgeflogen. Hat seinen Job verloren, den Beamtenstatus und eine fette Bewährungsstrafe bekommen.«

»Verdammter Mist«, murmelt Hauke.

Ich lasse ihm Zeit, er trinkt seinen Whiskey und bestellt noch einen nächsten.

»Und?«, frage ich schließlich. »Liege ich mit meinen Vermutungen halbwegs richtig?«

Er nickt. »Du hast voll ins Schwarze getroffen. Ich hatte das im Griff, echt, Therapie und alles. Keine Ahnung, wie das passieren konnte. In den letzten Wochen habe ich an ein paar harmlosen Runden teilgenommen. Alles easy. Fünftausend habe ich gewonnen, alles zusammengenommen. Aber inzwischen glaube ich, dass das ihr Plan war. Von Anfang an. Und ich Trottel bin darauf reingefallen wie ein Anfänger.«

»Hast du was unterschrieben?«

Hauke nickt.

»Einen Schuldschein?«

»Ja.«

»Wie viel?«

»Fast fünfzigtausend.«

Dieses Mal schweige ich. Zwar hatte ich auf genau diese Summe getippt, aber jetzt, da ich sie bestätigt bekomme, verschlägt es mir doch die Sprache. Wie kann ein erfahrener Kriminalist in eine solch offensichtliche Falle laufen? Kurz kommen mir Zweifel über meine Strategie und Haukes Redlichkeit, aber als ich seine Augen sehe, weiß ich, dass er mich nicht anlügt.

»Himmel, in was für eine Scheiße bist du da geraten?«, murmele ich. »Verdammte Spielsucht!«

Hauke senkt den Kopf, in der Hand das gefüllte Whiskey-Glas, das er auf dem Tisch hin- und herschiebt.

Ich überlege verzweifelt, wie ich ihm helfen kann. Finanziell habe ich keine großen Reserven, die ihm auch nur halbwegs aus der Patsche helfen könnten. Der Clan, der vermutlich hinter der Erpressung steht, wird sich nicht lange vertrösten lassen. Jeder weitere Tag, der jetzt vergeht, wird auf Haukes Minusseite landen. Im Grunde genommen gibt es nur einen einzigen Weg, und bei dem würde ich mich weit aus dem Fenster lehnen. Vielleicht zu weit.

»Ich bekomme das Geld nicht zusammen«, sagt Hauke. »Im Grunde genommen kann ich nur noch meinen Job hinschmeißen. Diese Arschlöcher wegen Erpressung anzuzeigen, ist lebensgefährlich. Und ich habe wohl kaum die Chance auf eine neue Identität im Zeugenschutz.«

»Nein, vermutlich nicht.« Ich zögere noch, gebe mir aber schließlich einen Ruck. »Eine Chance sehe ich noch, wie du aus dem Schlamassel heil wieder herauskommst.«

Hauke schaut auf und mich flehend an.

»Kriminaldirektor Carstens«, sage ich und sehe, wie Hauke zusammenzuckt. »Ich kenne ihn gut, eigentlich sehr gut. Er ist sozusagen ein väterlicher Freund für mich.«

»Ihr habt …«, sagt Hauke, bricht aber gleich wieder ab.

»Nein, wir haben nichts miteinander gehabt. Er ist glücklich verheiratet, aber seine Tochter wäre im selben Alter wie ich.«

»Wäre?«

»Sie ist gestorben, als sie fünfzehn war.« Dieses Mal muss ich nicht lügen. Carstens hat mir in einer schwachen Minute von Franziska erzählt, die an Leukämie gestorben ist. Ich würde ihn an sie erinnern, hat er mir verraten, fand aber kurz darauf wieder zu seiner professionellen Distanz zurück und sprach nie wieder über seine Tochter. »Leukämie. Schreckliche Geschichte.«

Hauke nickt. »Und du meinst ...«

»Ungeschehen kann Carstens deinen Abend am Spieltisch auch nicht machen. Aber unter Umständen lässt sich ja da was drehen.« Ich halte kurz inne. »Vielleicht hast du das Geld ja ganz bewusst verspielt, um von kriminellen Kreisen unter Druck gesetzt zu werden.«

»Wie bitte?« Hauke schaut mich mit großen Augen an, schiebt aber das immer noch volle zweite Whiskey-Glas weit von sich. »Wie meinst du das? Eine Art Under-Cover-Aktion?«

»Genau. Wer erpresst dich? Beziehungsweise, wer steckt hinter der ganzen Geschichte? Hast du eine Ahnung? Das können doch nicht irgendwelche Kleinkriminelle sein.«

»Ganz sicher nicht. Mir fallen da im Grunde genommen nur die Niederländer ein. Beweisen kann ich das aber nicht.« Er hält inne. »Und du meinst, du kannst ihn überzeugen? Er allein kann das doch gar nicht ... da muss doch die Staatsanwaltschaft mitspielen.«

»Lass das meine Sorge sein. Vertrau mir einfach. Ich bekomme das hin.« Ich spüre, dass die letzten Worte nicht nur für Hauke gedacht sind, sondern auch für mich. Ich bin mir keinesfalls sicher, dass Carstens so einfach mitspielt. Aber jetzt gibt es keinen Weg mehr zurück.

Um Viertel vor acht am nächsten Tag stehe ich vor dem Mietshaus, in dem Hauke wohnt, und warte auf ihn.

Mein Gespräch mit Kriminaldirektor Carstens hat fast eine halbe Stunde gedauert und mich durch die Hölle gehen lassen. Carstens war keinesfalls spontan von meiner Idee angetan, sah Hauke eher als den gesuchten Maulwurf und war kurz davor, mich zurückzupfeifen und die Interne auf Hauke zu hetzen. Erst als ich für Hauke die Hand ins Feuer gelegt und mein Schicksal mit seinem verbunden habe, konnte ich Carstens überzeugen, dass uns nichts Besseres passieren konnte als Haukes riesiges Missgeschick.

»Hast du schon mit ihm geredet?«, fragt Hauke als Erstes, als er rauskommt.

Ich nicke. »Es war ein hartes Stück Arbeit, aber er spricht heute mit dem Staatsanwalt, und ich bin mir hundertprozentig sicher, dass die Sache läuft.«

Hauke schließt die Augen und atmet erleichtert auf. So sitzt er eine gefühlte Ewigkeit neben mir. Ich warte, bis er sich einen Ruck gibt und sich aufrichtet. »Du hast mir das Leben gerettet. Ich weiß gar nicht, wie ich dir da…«

»Hör auf damit. Ich sehe doch, dass du einer der Guten bist. Und jetzt Schluss mit der Gefühlsduselei. Wir haben einen Job und der ist wichtig. Wenn sich um Mia schon niemand gekümmert hat, als sie noch lebte, sollten wir zumindest die zur Rechenschaft ziehen, die ihr das angetan haben.«

Hauke wirft mir einen ernsten und entschlossenen Blick zu und nickt.

Lars Snietjer, der Leiter der Kriminaltechnik, empfängt uns persönlich und begleitet uns zu der Halle, in der der abgebrannte SUV untersucht wird. Ich habe gleich gespürt, dass Lars etwas Wichtiges gefunden haben muss. Sein lächelnder Blick hat es mir verraten.

»Und?«, frage ich, als wir vor dem Wrack stehen. »Ihr habt doch was, oder?«

Er nickt. »Zwei der Reifen sind quasi zerstört und für uns unbrauchbar. Aber ...« Er macht eine Kunstpause und sieht uns triumphierend an. »Einer der hinteren Reifen hat einen kleinen, aber auffälligen Schaden im Profil.« Er hebt den Zeigefinger. »Dumm gelaufen, würde ich sagen.«

»Jetzt mach es nicht so spannend«, brummt Hauke.

»Dieser Wagen hat definitiv am Deich gestanden, an der Stelle, wo wir das Täterauto mutmaßlich verortet haben. Es wäre schon ein großer Zufall, wenn ihr hier nicht den Wagen vor euch habt, mit dem das Opfer transportiert wurde.«

»Wow! Respekt!«, sage ich, und Hauke fügt hinzu: »Der Hammer, Lars.«

»Und das Beste ist, diese Stümper hatten keine Ahnung, wie man einen solchen Wagen abfackelt. Ich garantiere euch, wir werden jede Menge Spuren haben. DNA inklusive.«

Hauke und ich sind sprachlos. Das könnte der Durchbruch im Fall sein. Lars erklärt uns, wie er und seine Leute vorgehen werden und dass wir uns noch ein paar Stunden gedulden müssen, bevor er uns die ersten Ergebnisse präsentieren kann.

»Wir haben noch ein Anliegen«, lenke ich seine Aufmerksamkeit auf die kleine Speicherkarte aus meiner Digitalkamera. Ich erkläre ihm, worum es uns geht. Lars zögert nicht lange und führt uns in sein Büro. Wenige Minuten später zaubert er mit dem Foto des verdreckten Nummernschildes, schiebt Filter über Filter über die Aufnahme und lehnt sich nach einer halben Stunde auf dem Stuhl zurück.

»Mehr ist nicht rauszuholen.«

Ein Teil des Nummernschildes ist zu sehen oder besser zu erahnen. Wir rätseln gemeinsam eine Weile herum, Lars ergänzt die fehlenden Teile im Kennzeichen, löscht sie wieder, als wir sehen, dass wir auf der falschen Spur sind, und fängt von vorn an. Schließlich einigen wir uns auf eine Variante, die zwar nicht die komplette Nummern- und Buchstabenfolge zeigt, aber mit der wir, beziehungsweise die niederländischen Kollegen, den Halter des Wagens, der uns entwischt ist, wahrscheinlich identifizieren können.

»Und was habt ihr noch?«, fragt Lars.

Wir gehen die vier Fotos des Mädchens durch, das von dem SUV abgeholt wurde. Lars entfaltet wieder seine Zauberkräfte und schafft es, eine brauchbare Aufnahme des Mädchens zu liefern.

»Das sollte reichen«, sagt Hauke, und ich stimme ihm zu. Wir bedanken uns bei Lars und gehen mit einem guten Gefühl zu meinem Auto zurück.

Als er gerade den Motor starten will, klingelt mein Handy. Auf dem Display erscheint der Name des Kriminaldirektors. Ich nicke Hauke zu, steige aus dem Wagen und gehe ein paar Meter, bevor ich das Gespräch annehme.

»Das ging aber schnell«, begrüße ich Carstens. »Haben Sie schon mit dem Staatsanwalt gesprochen?«

»Ja. Ich konnte ihn überzeugen. Wir nehmen den Kollegen Behrends sozusagen ins Team auf. Alles Weitere besprechen wir später. Ich habe jetzt noch eine Sitzung.« Er räuspert sich. »Ich kann nur hoffen, dass ich die Entscheidung nicht bereuen muss, Frau Lübbers.«

Während Carstens spricht, gehe ich bereits auf mein Auto zu, lächele Hauke an und zeige ihm die linke Hand mit dem erhobenen Daumen.

Vierundzwanzig

Kea

»Er war gestern wieder da.«

Völlig in Gedanken versunken reagiere ich erst auf Freyas Worte, als sie mich Sekunden später direkt anspricht. »Mama, hörst du mir zu?«

»Bitte?« Gerade an der Kaffeemaschine hantierend, die an diesem Morgen seltsame Geräusche von sich gibt, drehe ich mich zum Tisch um und schaue meine Tochter verdattert an. Ich bin es nicht gewohnt, dass meine Kinder am frühen Morgen freiwillig das Wort an mich richten. »Entschuldige, ich war in Gedanken ganz woanders. Was hast du gesagt?«

»Er war gestern wieder da.«

»Wer?« Ich wische mit der linken Hand ein paar Brotkrümel vom Tisch, fange sie mit der rechten auf und schütte sie in die Spüle. Jonas hat sich bereits auf den Weg zur Schule gemacht, und wie immer sieht es an seinem Platz aus wie auf einem Schlachtfeld. Ich frage mich nicht zum ersten Mal, wie jemand, der zum Frühstück kaum etwas isst, dennoch ein solches Chaos hinterlassen kann.

»Der weiße SUV. An der Schule.«

Jetzt hat Freya meine volle Aufmerksamkeit. Ich schenke mir einen weiteren Kaffee ein und setze mich ihr gegenüber an den Tisch. »Wann genau war das?«

»Am Mittag, nach der sechsten Stunde.«

»Und? Was genau hast du gesehen?« Ich versuche, meine Frage nicht allzu drängend klingen zu lassen.

Freya zieht die Stirn in Falten, als müsse sie sich erst noch überlegen, wie viel von ihrem Wissen sie preisgeben darf. »Also«, kommt es zögernd, »eigentlich habe ich ihn schon vorher gesehen. In der großen Pause stand der SUV auch auf dem Parkplatz rum.«

»Hast du erkennen können, wer in ihm saß?«

Freya nickt. »Es war derselbe Typ, den ich auch letztes Mal gesehen habe.«

»Der Dunkelhaarige mit der Basecap?«

»Ja. Ich ...« Sie vergräbt ihre Schneidezähne in der Unterlippe, als müsste sie sich selbst davon abhalten, zu viel zu verraten.

»Es geht um Mia, Freya«, insistiere ich. »Ganz egal, was du gesehen hast, es kann wichtig sein.«

»Lenny stand bei ihm«, rückt sie hörbar widerwillig mit dem Namen des Hausmeisters heraus. »Also in der großen Pause.«

»Was haben die beiden gemacht?« Ich erinnere mich an die Auseinandersetzung, bei der Jörn und ich Lenny beobachtet haben.

Freya zuckt mit den Schultern. »Keine Ahnung. Geredet.«

»Sonst hast du nichts beobachtet?«

»Nee.« Es klingt fast trotzig.

»Und am Mittag? Stand Lenny da auch bei ihm am Wagen?«

»Nee.« Freya sieht mich flehend an. »Lenny macht ganz bestimmt keine krummen Sachen, Mama! Und ganz bestimmt hat er nichts mit Mias Tod zu tun. So ist er nicht. Echt nicht!«

Ich unterdrücke einen Seufzer. Keine Ahnung, wie viele Kreuze ich machen werde, wenn meine Tochter endlich der Pubertät entwachsen ist, aber es werden eine ganze Menge sein. Noch neigt sie dazu, Männer ausschließlich wegen ihres attraktiven Äußeren und weniger wegen ihres Charakters anzuhimmeln. Ganz egal also, welche Warnungen ich ihr heute bezüglich eines Lenny Kopper mit auf den Weg gäbe, sie würden noch im selben Moment verpuffen.

So wie es womöglich auch Mia ergangen ist.

»Es geht mir nicht in erster Linie um Lenny«, versuche ich Freya zu beruhigen, auch wenn dies nicht ganz der Wahrheit entspricht. Ich bin mir nämlich inzwischen ziemlich sicher, dass Lenny an der Schule nicht nur Glühbirnen einschraubt und Kaugummis aus Schlüssellöchern pult. Oder warum sonst sollte er ein so großes Interesse an irgendwelchen ominösen Typen in weißen SUVs zeigen? Doch bestimmt nicht, weil die ihre Karre falsch parken.

Freya rutscht unbehaglich auf ihrem Stuhl hin und her. »Ich habe gesehen, dass mittags ein Mädchen bei ihm eingestiegen ist.«

»Was?!« Es hätte nicht viel gefehlt und ich hätte mich an meinem Kaffee verschluckt. »Welches Mädchen denn?«

»Ich … will nichts Falsches sagen. Ich bin mir nicht ganz sicher.«

»Aber du glaubst, sie erkannt zu haben?«

Freya nickt. »Ich glaube, es war … Emily.«

Ich versuche, mein Entsetzen nicht zu zeigen. »Du sprichst von Mias Freundin? Emily Voss?«

»Ja.«

»Und du bist dir sicher, dass es derselbe Fahrer war, der in der großen Pause mit Lenny gesprochen hat?«

Ein erneutes Nicken. »Ich will aber nichts Falsches sagen. Ich dachte nur …« Freya schaut mich gequält an. »Ich dachte nur, weil du doch vorgestern mit mir über diese Loverboys gesprochen hast ...«

Ich lege meine Hand auf Freyas Arm, was sie sich überraschenderweise gefallen lässt. »Du kannst gar nichts Falsches sagen. Wie gesagt: Jedes Detail kann wichtig sein. Danke, dass du mit mir gesprochen hast.«

Als Freya gleich darauf die Küche verlässt, tippe ich eine Nachricht an Birte und Jörn, die vermutlich schon im Kommissariat sind. Sie sollen sich darum kümmern, dass der Schulparkplatz ab sofort und für den Rest der Unterrichtszeit observiert wird.

»Moin.« Um kurz vor zehn betrete ich Birtes Büro. Auf dem Weg hierher bin ich noch rasch beim Friseur eingekehrt und habe mir einen neuen Haarschnitt verpassen lassen. Den richtigen Zeitpunkt dafür gibt es schließlich nie, warum dann also nicht gleich, habe ich beim Verlassen meiner Wohnung nach einem frustrierenden Blick in den Spiegel gedacht. »Ist alles klar gegangen mit der Observierung der Schule?«

Birte tippt mit der flachen Hand an den Schirm einer imaginären Mütze. »Aye, aye, Käpt'n! Hui, schicker Haarschnitt!« Sie drückt mir einen Kaffee in die Hand, von dem ich mir nicht sicher bin, ob ich ihn trinken möchte. Bei meiner inneren Unruhe, die ich heute verstärkt verspüre, sollte ich mich vielleicht besser an Kräutertee halten.

»Lina und Hauke lassen ausrichten, dass sie sich den ausgebrannten Wagen angesehen haben und es anscheinend interessante Erkenntnisse gibt. Sie sind auf dem Weg hierher.« Birte deutet mit ihren knallroten Krallen auf die Tür. »Aber vielleicht solltest du dich erst mal um Lukas und seinen alten Herrn kümmern. Monsieur Ach-was-bin-ich-wichtig ist mit 'ner Laune hier aufgeschlagen, dass ich dachte, der startet gleich 'nen Amoklauf.« Sie wirft einen Blick auf die Uhr. »Was sicherlich nur noch eine Frage der Zeit ist, weil du bereits jetzt um einiges zu spät bist.«

Ich zucke mit den Schultern. »Umso gespannter bin ich auf seine Reaktion, wenn ich ihm gleich offenbare, dass parallel zur Vernehmung das Zimmer seines Sohnes von der SpuSi auf links gedreht wird. Ist im Vernehmungsraum alles bereit, dass ich ihm die Überwachungsvideos der Grewes vorspielen kann?«

»Ja, ist alles vorbereitet. Knopfdruck genügt.«

»Wo ist Jörn? Ich möchte ihn dabeihaben.«

»Schon da.« Jörn tritt just in diesem Moment aus unserem Büro. »Moin, Kea. Geht's los?«

Patrick Bakker begrüßt uns mit einem unterkühlten Blick aus seinen grauen Augen. Ihm ist unschwer anzusehen, dass es unter seiner schniekten Fassade brodelt. Aber immerhin ist er schlau genug, zunächst einmal den Mund zu halten. Anscheinend ahnt er, dass wir seinen Sohn nicht wegen irgendwelcher Lappalien vom Unterricht fernhalten.

»Bevor wir lange um den heißen Brei herum- oder gar aneinander vorbeireden, komme ich am besten gleich zur Sache«, sage ich, nachdem Jörn und ich uns den beiden gegenüber an den Tisch gesetzt und die üblichen Formalien erledigt haben. Während sich sein Vater um eine aufrechte Haltung bemüht, sitzt Lukas zusammengesunken da und hat seinen Kopf zwischen die Schultern gezogen, als befürchtete er, sein Vater könne ihn ansonsten enthaupten.

Jörn drückt auf mein Nicken hin auf den Button, und das Video mit den Aufnahmen aus Grewes Garten startet.

»Was soll das?«, faucht uns Patrick Bakker bereits nach nur einer Minute ungeduldig an. »Lukas hatte bereits zugegeben, im Garten der Grewes gewesen zu sein. Vertrödeln Sie also bitte nicht unsere Zeit!«

Nach einem weiteren Nicken von mir spult Jörn das Video vor. In der nächsten Szene sieht man, wie Lukas das Haus betritt.

Während sein Vater hörbar nach Luft schnappt, schrumpft Lukas noch weiter in sich zusammen, und fast hat es den Anschein, als wollte er unter den Tisch kriechen.

»Du ... du warst im Haus?«, zischt Bakker, der sich vergeblich bemüht, seine Wut zu verbergen. Seine Stimme klingt so schneidend, als wollte er seinen Sohn mit jedem einzelnen Wort sezieren. Auch zuckt seine linke Hand nun verräterisch, sodass es nur logisch erscheint, dass Lukas seinem Vater am liebsten entfliehen möchte.

»Warst du in Mias Zimmer?«, stelle ich die erste Frage.

Lukas zögert, dann schüttelt er, den Blick ängstlich auf seinen Vater gerichtet, kaum wahrnehmbar den Kopf.

»Wie kommen dann deine Spermaspuren in Mias Bett?«, blufft Jörn, wie wir es im Vorfeld abgesprochen haben. Das Ergebnis der DNA-Probe liegt uns zwar inzwischen vor, doch fehlt uns leider noch die Vergleichsprobe.

»Sperma? Sie reden allen Ernstes von Sperma? Ja, sind Sie denn von allen guten Geistern verlassen?« Patrick Bakker, jetzt ganz offensichtlich weniger Anwalt als aufgebrachter Vater, hat sich nach vorn gebeugt und starrt Jörn wutentbrannt an. »Wenn Sie das für eine besonders gelungene ...«

»Hattest du an jenem Tag Sex mit Mia?«, fahre ich, an Lukas gewandt, seinem Vater entschlossen in die Parade, woraufhin der verstummt.

»N-nein«, kriecht die Antwort kaum hörbar zwischen Lukas' Schultern hervor.

Bakker fuchtelt kurz mit seinem Finger in der Luft herum, scheint etwas sagen zu wollen, überlegt es sich dann jedoch anders.

»Du hattest also keinen Sex mit Mia«, fährt Jörn unbeeindruckt fort. »Nur nicht an diesem Abend, oder …?«

»N-nein. Gar nicht. Mia … sie wollte nicht.«

»Und wie kommen dann deine Spermaspuren in ihr Bett?«

Lukas zuckt mit den Schultern, den Blick hält er nun starr auf den Boden gerichtet.

Ich schrecke zusammen, als Patrick Bakker nun aufsteht, sich zu seiner vollen Größe aufrichtet und den Knopf seines Jacketts zumacht. »Ich glaube, wir gehen jetzt besser.«

»Sie können dann gehen, wenn wir eine DNA-Probe von Lukas bekommen haben.« Ich wedele ihm mit dem Röhrchen, in dem das entsprechende Wattestäbchen steckt, vor der Nase herum, gleichzeitig drückt Jörn ihm die richterliche Anordnung in die Hand.

Patrick Bakker zieht geräuschvoll die Luft ein und muss sichtlich an sich halten, um nicht aus der Haut zu fahren. Kurz schließt er die Augen, dann lässt er sich wieder auf den Stuhl sinken.

»Wir brauchen eine DNA-Probe. Du weißt sicherlich, was das ist, Lukas?«

Der Junge nickt.

»Also?«

»Es … es ist von mir«, sagt er nach einem ängstlichen Blick auf seinen Vater kläglich.

»Also hast du an jenem Tag doch mit Mia geschlafen«, schlussfolgere ich, obwohl ich mir ziemlich sicher bin, dass es nicht so war.

Tatsächlich schüttelt Lukas seinen hochrot angelaufenen Kopf. »So … war es nicht. Ich … ich … es war … nur so.«

»Oh, mein Gott.« Das bislang noch ungesund gerötete Gesicht seines Vaters verliert alle Farbe. Er schlägt die Hände vors Gesicht und schüttelt stumm den Kopf.

Jörn und ich nicken uns zu, nachdem wir Lukas' DNA im Röhrchen haben. Das Ergebnis dient jetzt nur noch der Untermauerung. Während Lukas mir leidtut, genieße ich es, seinen Vater schrumpfen zu sehen. Seine Fassade aus Überheblichkeit und Selbstgerechtigkeit fällt schneller in sich zusammen als ein Soufflé bei Zugluft.

»Unsere Spurensicherung durchsucht gerade dein Zimmer«, lasse ich die nächste Bombe platzen. »Am besten sagst du mir schon jetzt, was sie dort finden werden, dann können wir den Prozess abkürzen.« Ich schaue Lukas herausfordernd an, woraufhin der nur noch tiefer in seinen Stuhl sinkt. Den Protest des Vaters erwartend, schweige ich für eine Weile, doch nichts passiert. Stattdessen starrt er seinen Sohn an, als denke er darüber nach, wie er sich am schnellsten von ihm lossagen kann.

Ich überlege, was ich in einer solchen Situation getan hätte, wenn die Rollen vertauscht wären und ich mich hier mit Jonas dem Verhör ausgesetzt sähe. Würde ich mich vor Entsetzen kaum rühren können? Würde ich meinen Sohn, zumindest für den Moment, zur Hölle wünschen? Oder würde ich ihn tröstend in den Arm nehmen? Schwer zu sagen. Also hoffe ich einfach, dass ich nie in die Situation kommen werde, es erfahren zu müssen.

Liebe mich, wenn ich es am wenigsten verdiene, denn dann brauche ich es am meisten, fällt mir einer dieser Kalendersprüche ein, die sich so mancher Zeitgenosse gern an den Kühlschrank pinnt.

Ich komme jedoch nicht mehr dazu, aus ihm meine Schlüsse zu ziehen, denn nun sagt Jörn: »Mias Familie vermisst ihre Tagebücher. Kann es sein, dass wir sie bei dir finden?«

Tränen rinnen nun über seine Wangen, und Lukas nickt.

»Weißt du, was mit Mia passiert ist?«, frage ich. »Weißt du, warum und wie sie hat sterben müssen?«

»Nein.« Lukas heult auf wie ein waidwundes Tier, seine Stimme ist ein einziges Beben. »Nein. Sie ... war ... war nicht da. Ich war ... allein ... in ihrem Zimmer, ganz ... ganz allein. Ich ... ich weiß nicht, was mit ihr ... passiert ist. Ich weiß ... es doch nicht.«

Daran hege ich kaum noch einen Zweifel, und auch Jörn sieht nicht so aus, als würde er Lukas noch in Verdacht haben. Irgendwie erleichtert mich dieser Gedanke, denn es gibt wohl kaum einen Polizeibeamten, dem es Freude bereitet, einen minderjährigen Teenager des Mordes zu überführen und in Gewahrsam zu nehmen.

»Es war nicht richtig, was Lukas gemacht hat«, merkt Jörn an, nachdem wir den Vernehmungsraum verlassen haben und Vater und Sohn hinterherschauen, wie sie mit gesenkten Köpfen den Gang entlangschlurfen. »Auch das sollten wir nicht vergessen. Egal, wie dreckig es ihm jetzt geht.«

Ich zucke lahm mit den Schultern. Wie auch immer, in Lukas' Haut möchte ich nicht stecken. Dennoch kann ich absolut nichts dagegen tun, dass er sich nun seinem Vater wird stellen müssen.

»Lukas braucht Hilfe«, murmele ich.

»Dann hoffen wir mal, dass seine Eltern zulassen, dass er sie bekommt.« Jörn klatscht einmal in die Hände. »So, und nun schauen wir mal, was uns Lina und Hauke zu berichten haben. Sie sollten ja inzwischen wieder zurück sein.«

Fünfundzwanzig

Lina

Ich laufe neben Hauke aufs Kommissariat zu. Die Nachricht von Carstens scheint auf ihn wie ein Aufputschmittel gewirkt zu haben. Er sprüht geradezu vor Energie. Hinzu kommen die positiven Nachrichten aus der Kriminaltechnik, der nicht ganz ausgebrannte Mercedes-Kombi, die Aussicht auf DNA-Spuren im Inneren des Fahrzeugs und natürlich die Rekonstruktion des Nummernschilds vom Fluchtauto aus der vergangenen Nacht.

»Ich habe ein verdammt gutes Gefühl, dass wir einen Riesenschritt weitergekommen sind«, sagt Hauke und hält mir im nächsten Augenblick die Tür auf.

Ich nicke. Von Haukes Seele scheint eine Riesenlast gefallen zu sein. Allerdings ahnt er wohl noch nicht, was auf ihn zukommt. Carstens und der Staatsanwalt haben meiner Idee nur zugestimmt, damit Hauke undercover arbeitet. Hat er dazu die Nerven? So ungern ich Kindermädchen spiele, ich werde ihm den Rücken freihalten und auf ihn aufpassen müssen. Ich würde es mir nie verzeihen, sollte er bei dem Einsatz verletzt oder gar getötet werden.

»Kea und Jörn sind noch in der Vernehmung«, klärt uns Birte auf, als wir bei ihr ins Vorzimmer schauen. Ich nehme sie zum ersten Mal bewusst wahr. Auch Birte Lammers wurde von den Kollegen in Osnabrück unter die Lupe genommen. Fünfundvierzig, verheiratet, zwei Kinder, Einfamilienhaus in guter Lage, der Kredit läuft noch über die nächsten sechs Jahre. Sie fährt zweimal im Jahr mit ihrem Mann in Urlaub. Die Arbeit im Kommissariat scheint für sie mehr zu sein als ein beliebiger Job, sie wirkt äußerst engagiert.

»Okay«, sagt Hauke und gibt mir einen Wink, ihm zu folgen.

Sein Büro ist größer und heller als meins, er zeigt auf einen Stuhl an dem kleinen Besprechungstisch und zieht einen weiteren für sich heran. Wir setzen uns.

Hauke hat wohl nicht mitbekommen, wie Birte uns bei unserem Eintreffen gemustert hat. Wie ich es auch aus anderen Kommissariaten kenne, scheint sie die Schaltstelle in der Gerüchteküche zu sein. Ihrem aufmerksamen Blick wird nicht entgangen sein, dass Hauke wie ein neuer Mensch wirkt. Ich kann nur hoffen, dass sie daraus keine falschen Schlüsse zieht und uns eine Beziehung andichtet.

»Wie gehen wir vor?«, fragt Hauke. »Ich würde vorschlagen, dass ich gleich das Foto des Mädchens an alle angrenzenden Kommissariate schicke und frage, ob jemand sie kennt.«

»Bitte vorsichtig formulieren. Sie könnte auch schon volljährig sein und nur so jung aussehen.«

Hauke greift nach dem Foto, das Lars uns ausgedruckt hat. »Nicht dein Ernst. Ich würde sie trotz der ganzen Schminke eher auf vierzehn schätzen. Achtzehn oder älter – niemals.« Er hebt abwehrend die Hände, als ich etwas entgegnen will. »Klar, ich bin vorsichtig. Die meisten Kollegen kenne ich auch persönlich. Ich rufe sie vorher einfach an und schicke dann das Foto. Okay?«

»Gute Idee. Ich kümmere mich um das Nummernschild. Es sollte kein so großes Problem sein, den Halter zu ermitteln.«

Hauke beugt sich leicht vor, und ich ahne, was jetzt kommt. »Ich weiß, du willst keinen Dank. Trotzdem solltest du wissen, dass ich in deiner Schuld stehe. Keine Ahnung, wie ich das jemals wiedergutmachen kann.«

Ich lehne mich ebenfalls vor und lege meine Hand auf seinen Arm. »Alles gut, Hauke. Lass uns das durchziehen und diesen Typen zeigen, was ...«

Hinter mir wird die Tür aufgerissen. Haukes Augen sprechen Bände. Das kann nur Kea sein. Ich wende mich zu ihr um.

»Es geht ...«, sie bricht ab, schluckt einmal und lächelt verkrampft. Sie steht in der Tür und scheint vergessen zu haben, was sie von Hauke wollte. »Meeting! Kommt ihr?«

Hauke springt im gleichen Moment auf. Ist es ihm peinlich, dass Kea uns in diesem vertraulichen Moment erwischt hat? Warum platzt sie auch, ohne anzuklopfen, in Haukes Büro? Oder hat Birte ihr schon einen Wink gegeben?

»Wir kommen«, sagt Hauke.

Nachdem Hauke und ich von unserer Tour nach Oldenburg und in die angrenzenden Landkreise berichtet haben, überbringe ich die gute Nachricht von Lars Snietjer aus der Kriminaltechnik. Ein Raunen geht durch die Runde, die Gesichter hellen sich merklich auf.

»Ist das Nummernschild lesbar?«, fragt Kea.

Ich nicke. »Ja, aber ich hatte noch keine Zeit, mich darum zu kümmern.«

»Das wird uns vermutlich nicht weiterbringen«, wirft Hauke ein. »So dämlich werden die Typen nicht gewesen sein.«

»Wir werden sehen«, weicht Kea aus und berichtet von ihren Ermittlungen und Lukas' Befragung. »Er hat auf Anordnung des Richters eine DNA-Probe abgegeben. Nächste

Woche sollten wir die Ergebnisse haben. Aber ich denke, dass wir nach seinem Eingeständnis fest davon ausgehen können, dass das Sperma von ihm stammt.«

»Und er hat es ...« Frank scheint nach den richtigen Worten zu suchen. »Also, er hat in ihrem Zimmer heimlich auf ihr Bett ...«

»Ejakuliert«, hilft Jörn ihm aus.

»Schon klar«, sagt Frank. »Sollten wir ihm das so einfach abnehmen? Ist es nicht viel wahrscheinlicher, dass er etwas mit der Kleinen hatte und ...«

»Die Kleine hat einen Namen«, unterbreche ich Frank. »Mia, falls du es vergessen hast.«

»Schon gut«, sagt Frank. »Vielleicht hat er Mia auch vergewaltigt und ...« Er bricht mitten im Satz ab.

»Ja? Und anschließend hat er sie gezwungen, die Drogen zu schlucken und sie dann, als sie bewusstlos war, in ein Auto verfrachtet ... Oh, der junge Mann hat gar kein Auto und auch keinen Führerschein.«

»Himmel! Das weiß ich alles. Trotzdem sollten wir den Jungen nicht einfach so von der Angel lassen. Jemand könnte ihm geholfen haben.«

Keas Handy macht sich bemerkbar, sie wirft einen Blick aufs Display und nimmt das Gespräch an.

»Habt ihr was?«, fragt sie und lauscht. Schließlich nickt sie und beendet das Gespräch. Mit Blick in die Runde verkündet sie die Neuigkeit: »Mias Tagebücher sind in Lukas' Zimmer gefunden worden.« Nach einer kurzen Pause fügt sie hinzu: »Ich schlage vor, dass wir die Frage, wie und was Lukas gemacht hat, vertagen, bis wir den Inhalt der Tagebücher kennen.« Sie schaut in die Runde. »Einwände?«

Das Team geht die restlichen Ermittlungsergebnisse durch und Kea teilt die Aufgaben des Tages zu.

Zurück in meinem Büro überprüfe ich als Erstes das Kennzeichen des abgebrannten Fahrzeugs und stelle fest, dass es am Montag als gestohlen gemeldet wurde. Der Halter lebt in Oldenburg und hatte den Mercedes-Kombi auf einem Parkplatz in der Innenstadt abgestellt. Als Erstes teile ich den Kollegen in Oldenburg mit, dass der Mercedes ausgebrannt gefunden wurde und Teil einer laufenden Ermittlung ist.

Das niederländische Kennzeichen des Fahrzeugs, das wir in der Nacht verfolgt haben, ist schwieriger zu ermitteln. Nach einer erfolglosen halben Stunde rufe ich Kea an und frage, ob sie einen Kontakt in den Niederlanden hat, mit dem sie auf dem kleinen Dienstweg schneller vorankommen würde.

»Ja, habe ich. Aber sei nett zu ihm. Arie van Dijk. Inspecteur in Groningen. Er spricht Deutsch. Richte ihm einen schönen Gruß von mir aus. Seine Kontaktdaten schicke ich dir sofort.«

Kurz darauf habe ich Inspecteur van Dijk am Apparat, der mich auf Niederländisch begrüßt, aber schnell ins Deutsche wechselt, als ich von meinem Anliegen berichte.

»Wie geht es Kea? Wir haben uns schon eine Weile nicht mehr gesehen. Grüßen Sie sie von mir.« Van Dijk hält kurz inne. »Dann wollen wir mal sehen. Sie haben also kein vollständiges Kennzeichen? Habe ich das richtig verstanden?«

Ich nenne dem niederländischen Kollegen die wahrscheinlichste Variante der Buchstaben und Nummernfolge, bei der allerdings noch zwei Ziffern fehlen.

»Ein Mercedes-Benz. SUV. Wissen Sie die genaue Bezeichnung?«

»Leider nein«, antworte ich.

»Kann ich Sie zurückrufen? Es wird eine Weile dauern. Ich kann nicht sagen, ob es schon heute klappen wird.«

Ich nenne dem Inspecteur meine Handynummer, verabschiede mich von ihm und mache mich auf den Weg zu Hauke ins Büro. Er kommt mir bereits auf dem Flur entgegen, wedelt mit einem Zettel und scheint bester Laune zu sein.

»Wilhelmshaven. Ich habe das Mädchen gefunden. Fährst du?«

Das Navi zeigt eine knappe Stunde Fahrt an. Wir werden auf der B 210 fünfzig Kilometer über Land fahren müssen. Oberkommissar Tamme Theemann wird uns in der Polizeiinspektion in der Nähe des Hafens in Empfang nehmen.

»Hat das Mädchen einen Namen?«, frage ich.

»Merle Bauer«, antwortet Hauke. »Vor drei Wochen von den Eltern als vermisst gemeldet. Sie geht auf die Integrierte Gesamtschule, zehnter Jahrgang. Sie ist erst seit zwei Wochen sechzehn. Mehr weiß ich noch nicht.«

»Seit drei Wochen vermisst? Kann sie dann das Mädchen sein, das schon seit vielen Monaten in Oldenburg gesehen wurde?«

Hauke zuckt mit den Schultern. »Eine andere Spur haben wir nicht. Der Kollege sagte noch, dass sie zuvor immer wieder ein paar Tage verschwunden war und sie auch deshalb davon ausgegangen sind, dass Merle von allein wiederauftaucht.«

»Wilhelmshaven ist ziemlich weit von Aurich entfernt. Wenn es sich um eine Loverboy-Geschichte handelt und der Typ auch mit Mia etwas zu tun hatte, müsste er eine lange Strecke zurücklegen. Wie weit ist es von Wilhelmshaven nach Oldenburg?«

»Ungefähr die gleiche Strecke wie von Aurich. Etwas kürzer, glaube ich. Und schneller, da durchgängig Autobahn.«

»Und er ist sich sicher, dass es sich um das Mädchen auf unseren Fotos handelt?«

»Ja, ist er. Lass uns doch einfach mit ihm sprechen.«

Ich nicke und konzentriere mich auf die Fahrbahn.

»Das ist definitiv Merle«, bestätigt Tamme Theemann eine Dreiviertelstunde später. Er verzieht gequält sein Gesicht. »Und ihr seid sicher, dass sie in Oldenburg auf den Strich geht?«

»Offensichtlich schon eine ganze Weile«, werfe ich ein. »Haben die Eltern überhaupt keinen Verdacht geschöpft?«

»Nein, zumindest haben sie uns gegenüber nichts erwähnt. Wenn ihr mich fragt, sind sie auch leicht überfordert. Sie haben noch vier weitere Kinder, der Vater arbeitet im Hafen, die Mutter hat einen Dreißigstunden-Job bei Penny.«

»Hast du vor ihrem Verschwinden einmal mit Merle gesprochen?«, fragt Hauke.

»Nein, das haben die vom Jugendamt gemacht. Ich habe aber einen Bericht bekommen. Was wollt ihr wissen?«

»Was ist Merle für ein Mädchen?«, frage ich.

»Eher zurückhaltend und schüchtern. So wird sie zumindest von den Eltern beschrieben. Bis es halt losging mit dem tageweisen Untertauchen. Das war ...« Der Oberkommissar greift in einen Aktenstapel auf seinem Schreibtisch und zieht eine Mappe hervor, schlägt sie auf und liest. »Hier! Vor einem halben Jahr fing das mit den Problemen an. Merle hat häufiger die Schule geschwänzt, war nicht rechtzeitig zu Hause, blieb ganze Tage verschwunden. Das Übliche halt. Wir sind erst eingeschaltet worden, als sie als vermisst gemeldet wurde.«

»Und?«, fragt Hauke. »Seid ihr weitergekommen?«

»Kein Durchbruch, wenn du das meinst. Aber wir haben eine Phantomzeichnung von einem jungen Mann, der häufiger mit Merle gesehen wurde. Daran haben allerdings eine Freundin von Merle und drei Klassenkameradinnen mitgewirkt.« Er zieht eine Zeichnung aus der Mappe und reicht sie Hauke, der sie sich anschaut und mir weiterreicht.

Ein Mann Anfang zwanzig, schwarze Haare, südländischer Typ, gut aussehend. Die Zeichnung macht keinen professionellen

Eindruck und ist vermutlich mit einem Computerprogramm erstellt worden.

»Wie sicher waren sich die vier?«, frage ich.

»Es hat weit über drei Stunden gedauert, bevor wir das Ergebnis hatten. Ich war phasenweise dabei. Sie haben sich zu Beginn widersprochen, bei der Nase, beim Kinn, bei der Stirn. Einzig die Augen und die Haare wurden von allen gleich beschrieben.«

»Gibt es weitere Varianten?«, fragt Hauke, der mehr Erfahrungen mit Phantomzeichnungen zu haben scheint als ich.

Der Wilhelmshavener Oberkommissar stöhnt leise. »Ja. Insgesamt vier. Am Schluss haben sie sich auf diese geeinigt. Muss aber nicht heißen, dass die drei anderen Varianten dem Original nicht ähnlicher sind.«

»Können wir alle Abbildungen haben?«, frage ich.

»Klar, kein Thema.« Theemann sucht in seiner Schublade nach einem Stick und speichert die Daten ab, bevor er ihn mir reicht. »Bitte.«

Wir sitzen eine halbe Stunde zusammen, berichten dem Kollegen über unsere Ermittlungen zu der Loverboy-Szene und sprechen ab, dass wir uns gegenseitig informieren, sobald es Neuigkeiten geben sollte.

Auf halber Strecke zurück nach Aurich meldet sich der niederländische Inspecteur. Ich nehme das Gespräch an und erwähne, dass ich mit einem Kollegen im Auto sitze. Van Dijk begrüßt Hauke und entschuldigt sich, dass die Recherche so lange Zeit in Anspruch genommen hat.

»Es handelt sich bei dem Fahrzeug um einen Firmenwagen. Das Unternehmen sitzt eigentlich im Ausland, hat aber hier in Groningen eine Zweitniederlassung. Auch aus dem Grund war es nicht so einfach, den Halter zu ermitteln. Ich habe Ihnen den Namen und die Adresse gemailt. Vielleicht hilft es Ihnen ja weiter.«

Ich bedanke mich und bitte anschließend Hauke, die Mail aus den Niederlanden zu öffnen und vorzulesen. Als er den Namen nennt, muss ich tief durchatmen und hätte um ein Haar eine Dummheit begangen. Ich kenne die Firma. Es ist dieselbe, die Kriminaldirektor Carstens mir genannt hat.

»Verdammt. Das bringt uns keinen Millimeter weiter«, flucht Hauke. »Wir werden einen Antrag stellen müssen, damit länderübergreifend ermittelt wird. Das dauert ewig und ob ...« Er winkt ab und schüttelt resigniert den Kopf.

»Ich habe in Osnabrück einen Kontakt in die Abteilung Wirtschaftskriminalität. Die arbeiten da eng mit den niederländischen Kollegen zusammen. Vielleicht kann ich ja etwas herausbekommen.«

»Auch das dauert, wenn es überhaupt etwas bringt.«

»Abwarten.«

Hauke öffnet die vier Phantomzeichnungen auf seinem Laptop und schaut sich die Abbildungen eine nach der anderen an. »Das sind ja vier verschiedene Männer. Damit kommen wir auch nicht weiter.«

»Du hattest heute schon bessere Laune«, werfe ich ein. »Wir schaffen das. Alles.«

»Ja, vielleicht habe ich doch zu wenig geschlafen.« Er schaut aus dem Seitenfenster und schweigt eine Weile. »Meinst du, Kea hat vorhin etwas bemerkt?«

»Vorhin?«, frage ich, obwohl ich ahne, worauf er anspricht.

»Als sie bei mir ins Büro gestürmt ist. Du hattest da gerade deine Hand auf meinem Arm.«

»Machst du dir jetzt echt über solche Dinge Gedanken? Was läuft da zwischen dir und Kea?«

»Nichts«, brummt er. »Wir sind nur gute Freunde.«

»Aber?«

»Kein Aber. Wir mögen uns, aber mehr ist da nicht.«

Warum tun sich Männer immer so schwer damit, Gefühle zu zeigen? Natürlich hast du ein Auge auf Kea geworfen. Und sie scheint, wenn mich nicht alles täuscht, deine Gefühle zu erwidern. Wenn du's einfach haben willst, suche dir eine andere.

»Vielleicht will sie mehr?«, wage ich mich vorsichtig vor. »Vielleicht du ja auch.«

»Es ist kompliziert. Belassen wir es dabei. Okay?«

»Klar.« Ich schaue aufs Navi. »In zehn Minuten sollten wir in Aurich sein.«

Sechsundzwanzig

Kea

Was war denn das?! Immer wieder komme ich auf diese Frage zurück, obwohl ich sie am liebsten aus meinem Gedächtnis radiert hätte. Genauso wie den Augenblick, als ich Haukes Büro betreten habe. Bislang hatte ich mir immer wieder eingeredet, dass ich mir diese gewisse Energie zwischen Hauke und Lina nur einbilde. Nachdem ich sie vorhin aber so dicht beieinander habe sitzen sehen ... *Ihre Hand lag auf seinem Arm! Was hat es zu bedeuten, dass sie so vertraut miteinander umgehen?*

»Ganz egal, was zwischen den beiden auch läuft, es hat nichts mit dir zu tun, Kea«, beschwöre ich mich. »Wir haben einen Fall zu lösen, und solange Lina und Hauke nicht vergessen, dass sie nicht zu ihrem privaten Vergnügen hier sind ...« Ich nehme einen tiefen Atemzug. »Birte«, rufe ich dann zum Nebenraum hinüber, zu dem die Tür offen steht, »sind die Sachen aus Lukas' Zimmer inzwischen angekommen?«

»Ja, sind gerade auf dem Weg hierher. Sie müssten jeden Moment ... oh, da sind sie auch schon!«

Ich stehe von meinem Platz auf und gehe ins Vorzimmer. Ein Mitarbeiter der Kriminaltechnik nickt mir zur Begrüßung zu, dann deutet er mit dem Kopf auf eine größere Plastikbox, die neben ihm auf dem Boden steht. »Bitte schön. Viel Spaß damit.«

»Sind Mias Tagebücher dabei?«

»Yep. Wir haben quasi alles mitgenommen, was nicht festgeschraubt war.« Er zwinkert mir zu. »Laptop, Handy und Digitalkamera sind in der KTU. Fingerspuren haben wir vor Ort gesichert.«

»Okay, danke.«

Er schenkt Birte ein Lächeln, das sie mit einer Kusshand erwidert, dann wendet er sich pfeifend zum Gehen. Anscheinend mag hier heute jeder jeden, wie ich nicht ganz ohne Neid feststelle.

»Wohin ist Jörn verschwunden?«

»Musste mal für kleine Jungs.« Birte mustert mich prüfend. »Ist irgendwas, Kea? Du siehst ein bisschen … na ja, irgendwie unzufrieden aus.« Als ich nur einen unwilligen Laut von mir gebe, fährt sie fort: »Sag mal, was ist eigentlich mit Hauke und Lina?« Sie wedelt mit den Händen und imitiert dazu das sirrende Geräusch von fließendem Strom. »Läuft da was zwischen den beiden?«

Ich bücke mich rasch zur Box, damit Birte nicht sieht, wie sehr mich diese Frage aufwühlt. »Keine Ahnung«, flunkere ich. »Ist mir nicht aufgefallen.« Ich wuchte die Kiste hoch und stelle sie auf einen kleinen Tisch an der Tür. »Soll auch gerade nicht unser Problem sein«, füge ich hinzu, damit sie gar nicht erst auf die Idee kommt, das Thema noch weiter zu erörtern.

Ich löse den Deckel und erfasse mit einem schnellen Blick den Inhalt der Box. Viel ist es nicht. Für einen Moment betrachte ich die braune Kiste, von der Mias Bruder Jannik behauptet hat, sie sehe aus wie eine Schatzkiste – womit er keineswegs unrecht hat. Bevor ich sie öffne, nehme ich den neben der Kiste liegenden großen braunen Umschlag in die Hand, schütte dessen Inhalt auf den Tisch – und schnappe nach Luft.

»Wow«, lässt sich neben mir Jörns Stimme vernehmen. »Da haben wir es ja tatsächlich mit einem miesen kleinen Stalker zu tun. Puh, ich hatte ja mit so manchem gerechnet, aber das … nicht schlecht!«

»Das wird dem Herrn Papa aber gar nicht gefallen«, stelle ich fest, nachdem ich mich wieder gefangen habe.

»Was gibt's denn da Spannendes zu sehen, dass ihr so aus dem Häuschen seid?«, fragt Birte, die sich nun zu uns an den Tisch gesellt. »Hui!«

»Fotos«, erkläre ich unnötigerweise. Ich lasse meine mit einem Einweghandschuh überzogene Hand durch den Stapel gleiten, nehme das eine oder andere Bild hoch und betrachte es genauer. Mia im Garten, Mia auf dem Pausenhof der Schule, Mia im Bus, Mia beim Shoppen … Mia in ihrem Zimmer.

»Lukas ist definitiv auf den Baum geklettert«, meint Jörn. »Er hat sie von dort aus beobachtet. Bevorzugt nachts.« Er zieht eine Grimasse. »Und das nicht nur einmal. Auch vor Nacktfotos war er nicht zurückgeschreckt.«

Birte schnaubt verächtlich. »Ich unterstelle ihm jetzt einfach mal, dass es sogar genau die Nacktfotos waren, die ihn gereizt haben.«

Ich frage mich, was einen Sechzehnjährigen dazu bringt, einem jungen Mädchen, das ihn ganz offensichtlich abgewiesen hat, derart nachzustellen. Ich schlucke schwer, als ich mir vorstelle, dass die Nacktfotos womöglich ihren Weg ins Internet finden könnten – oder womöglich schon gefunden haben.

»Die Kriminaltechnik soll überprüfen, ob irgendwas davon im Internet auftaucht«, sage ich an Birte gerichtet. »Und ich möchte wissen, wo genau die Kriminaltechnik diese Fotos gefunden hat. Immerhin hat Lukas sich die Mühe gemacht, sie auszudrucken. Da frage ich mich doch, zu welchem Zweck.«

Nach einem Anruf von Birte dauert es nicht lange, bis auf meinem Smartphone ein paar Bilder aufploppen. Ich sehe sie mir an, zeige sie dann Jörn.

»Er hat die Innenwände seines Medienschranks damit tapeziert«, stellt mein Kollege fest. Er pfeift durch die Zähne. »Respekt! Das, was Lukas an technischem Gerät besitzt, werde ich mir auch in drei Leben nicht leisten können.«

»Der Medienschrank war abgeschlossen, schreibt die Kriminaltechnik.«

»Natürlich war er das«, brummt Jörn. »Schließlich konnte er die Fotos nicht offen an die Wand hängen, wenn er nicht riskieren wollte, dass seine Eltern ihn umgehend in eine Erziehungsanstalt stecken.«

»In ein Internat«, korrigiere ich.

»Was?«

»Eltern wie die Bakkers stecken ihre Brut nicht in irgendwelche Anstalten, wenn sie aus dem Ruder zu laufen droht, sondern in ein schweineteures Internat irgendwo im Ausland. Da stellt keiner Fragen, solange der monatliche Scheck stimmt.«

»Schade, dass uns diese Fotos noch nicht bei unserer Vernehmung zur Verfügung standen«, sagt Jörn. »Ich hätte nur allzu gern das Gesicht dieses arroganten Lackaffen gesehen, wenn wir ihn damit konfrontieren.«

»Es wird sich wohl nicht vermeiden lassen, dass wir genau das noch tun«, erwidere ich. »Das hier«, ich lasse meine Hand durch den Stapel Fotos streifen, »wird zweifelsohne strafrechtliche Konsequenzen haben, sobald der Staatsanwalt davon erfährt.«

Ich nehme die Schatzkiste heraus und stelle sie auf den Tisch. Alles andere in der Box scheint mir zu diesem Zeitpunkt für unsere Ermittlungen nicht vordergründig interessant zu sein beziehungsweise das zu bestätigen, was wir schon wissen, nämlich dass Lukas ganz offensichtlich von Mia besessen war. Eine nicht angebrochene Packung Kondome, mehrere Mädchenslips und Büstenhalter, die vermutlich Mia gehörten, ein Fläschchen Damenparfum.«

»Ein Sammelsurium des perversen Grauens«, seufzt Jörn.

Ich drücke ihm drei von den insgesamt sechs Tagebüchern in die Hand, die Mia geschrieben hat. Für jeden Monat dieses Jahres eins. »Lesestunde. Ich den Januar, du den Februar und so weiter. Hoffen wir mal, dass wir dadurch endlich einen konkreten Hinweis auf ein Tatmotiv bekommen.«

»Im besten Fall auf den Täter«, fügt Jörn hinzu.

Für eine ganze Weile sitzen wir nun ebenso lesend wie schweigend in unserem Büro und arbeiten uns chronologisch durch Mias Aufzeichnungen.

Nachdem ich den Januar, festgehalten in einem Schreibheft mit knallrotem Einband, überflogen habe, zitiere ich ein paar Sätze, die ich mit einer Büroklammer markiert habe.

»Ich bin ganz aufgeregt, mein Herz schlägt wie verrückt!!!« Ich drehe das Heft zu Jörn, damit er die vielen roten Herzchen-Aufkleber betrachten kann, mit denen Mia diese Seite verziert hat. *»Heute stand mein Traummann plötzlich vor mir und – wumm!!! Es hat eingeschlagen wie ein Blitz!!! Oh, mein Gott, ich glaube, ich bin verliebt!!!«*

Ich klappe das Heft zu. »Es war der 11. Januar, als sie ihrem Traummann zum ersten Mal begegnet ist. Was folgt, ist eine endlose Abfolge von Schwärmereien und Glückseligkeit.«

»Und das Beste daran«, zitiert nun Jörn, *»L. sagt, dass er mich auch liebt.«* Er klopft auf das Heft und schüttelt den Kopf. »Wie naiv kann man denn sein? Ich weiß ja nicht, was sie im Januar noch alles niedergeschrieben hat, aber spätestens im Februar ist sie diesem L. endgültig verfallen.«

Ich nicke. »Mein Eindruck ist, dass sie in ihm von Anfang an den perfekten Mann sehen wollte. Ich zitiere: *Endlich einer, der mich so liebt, wie ich bin.* Schauerlich. Zu blöd nur, dass sie seinen Namen nie ausgeschrieben hat.«

»Was ja auch nicht normal ist«, hakt Jörn ein. »Meines Wissens können die Mädchen ihres Alters den Namen ihres Angebeteten doch gar nicht oft genug schreiben. Wenn ich da an meine kleine Schwester denke …« Er verdreht die Augen. »Es hätte nicht viel gefehlt, und sie hätte den Namen ihres Schwarms als Graffiti an die Tapeten ihres Zimmers gesprüht.«

»Nichts gegen deine Schwester«, relativiere ich, »aber so fixiert sind keineswegs alle Mädchen. Womöglich wollte Mia den Namen ja nur deshalb nicht ausschreiben, weil sie befürchtete, jemand könnte das Tagebuch in die Finger bekommen. Aber wir können wohl davon ausgehen, dass, sollte sie tatsächlich auf einen dieser Loverboys hereingefallen sein …«

»… sie von ihm entsprechende Instruktionen bekommen hat«, ergänzt Jörn. »Wer weiß, welche Geschichten er parat hatte, um sie davon zu überzeugen, dass ihre Beziehung zunächst geheim bleiben muss?«

Ich nehme den sechsten Band in die Hand und überfliege die letzten Einträge. »Sie bleibt dabei. Selbst mehrere Monate nach ihrem Kennenlernen schreibt sie seinen Namen nicht aus.« Ich stutze, als mir eine Textstelle ins Auge fällt. »Scheiße«, entfährt es mir.

Jörn schaut auf. »Was gibt's?«

»Ich habe heute mit einem anderen Mann geschlafen. Es war widerlich. Aber ich tue es, um L. zu helfen, und darum ist es okay. Für ihn würde ich alles tun«, lese ich vor. »Diesen Eintrag hat sie zwei Tage vor ihrem Tod geschrieben.«

»Loverboy«, sagen wir wie aus einem Mund, wobei sich meiner nun wie ausgetrocknet anfühlt. Was, um alles in der Welt, hatte dieses Mädchen noch auf sich genommen, um diesem L. zu gefallen? »Glaubst du, dass es sich bei L. um Lenny Kopper handelt?«

»Möglich. Lukas dürfte zumindest ausfallen.«

»Lenny Kopper ist blond«, überlege ich laut. Ich denke über das nach, was mir Freya heute Morgen erzählt hat. Den Mann, zu dem Emily ins Auto gestiegen ist, hatte sie als dunkelhaarig beschrieben. Sie meinte, dass es derselbe gewesen sein könnte, den sie zuvor auch mit Mia gesehen hatte. Dasselbe Fahrzeug, derselbe Mann. Wenn unsere Loverboy-Theorie ein Treffer ist, dann ist womöglich auch Mias Freundin ein Opfer dieser perfiden Masche geworden. Was aber noch lange nicht heißt, dass es derselbe Mann ist, der Mia umgebracht hat. Das Motiv könnte ein völlig anderes sein. Und beweisen können wir schon mal gar nichts.

»Was glaubst du, was Lukas bei der Lektüre dieser Tagebücher gedacht hat?«, holt Jörn mich aus meinen Gedanken.

»Er war vernarrt in Mia«, erwidere ich. »Kaum vorstellbar also, dass er über die Entwicklung, die sie nahm, besonders erfreut war.«

»Lukas ist nicht dumm. Er wird verstanden haben, dass dieser L. seine Angebetete praktisch zur Prostitution gezwungen hat.«

»Du glaubst, dass er daraufhin ausgerastet ist?«

Jörn zuckt die Schultern. »Je nachdem, wann er die Tagebücher gelesen hat. Er hat sie erst Stunden vor Mias Tod in seinen Besitz gebracht.«

Ich nicke. »Wenn wir davon ausgehen, dass er sie gelesen hat, ist es nicht ausgeschlossen, dass er rotgesehen hat.« Ich nicke erneut. »Gut möglich, dass es eine Tat im Affekt war. Vielleicht hat er sie an diesem Abend zur Rede gestellt. Das Gespräch ist nicht so gelaufen, wie er es sich erhofft hatte, und dann ...« Den Rest des Satzes lasse ich unausgesprochen.

»Mit dem Fahrzeug, mit dem sie vermutlich ins Watt gebracht wurde, hat er, zumindest nach unserem jetzigen Kenntnisstand, nichts zu tun.«

»Dennoch können wir nicht ausschließen, dass es Verbindungen gibt, von denen wir bisher noch nichts wissen.«

»Du meinst, zwischen den beiden L.? Lukas und Lenny?« Jörn wiegt den Kopf hin und her. »Möglich. Wir sollten also noch mal genauer hinschauen.«

Jörn hält sein Smartphone in die Luft. »Hauke hat mir soeben Phantombilder geschickt. Nicht besonders schön, vor allem aber komplett unterschiedlich.« Er kneift die Augen zusammen und dreht das Telefon hin und her. »Aber mit ein wenig Fantasie ist jemand darauf zu erkennen, der uns nicht ganz unbekannt ist.«

Ich schaue mir die Bilder an und nicke. »Du meinst Luis Gómez. Könnte sein, ja.« Ich ziehe die Stirn in Falten, als mir ein Gedanke kommt. »Was ist, wenn wir über Gómez nichts in unserer Datenbank haben, weil er …«

Jörn schnippt mit den Fingern. »… womöglich Niederländer ist.« Er bleibt noch einen Moment mit nachdenklicher Miene sitzen, dann nickt er und springt auf. »Es ist an der Zeit für einen Plausch mit deinem Freund Arie van Dijk in Groningen, findest du nicht?«

Siebenundzwanzig

Lina

Ich stehe auf und gehe zu der Glaswand, an der Jörn die vier Phantomzeichnungen in DIN-A3-Größe aufgehängt hat. »Habt ihr ein Foto von Gómez?«

Wir sitzen seit zwanzig Minuten zusammen, um am Ende des Tages noch einmal die Ermittlungsergebnisse zusammenzutragen. Weder Hauke noch mir ist Luis Gómez bisher über den Weg gelaufen. Zumindest haben wir ihn nicht bewusst wahrgenommen. Jörn hat zwar rausposaunt, dass er sich mehr oder weniger sicher ist, dass der Beifahrer des weißen SUV, der uns entwischt ist, dieser Typ ist, aber ich bin mir da keinesfalls so sicher. Mit Vermutungen und Ratespielen kommen wir in dieser Situation nicht weiter. Spätestens, wenn wir vor dem Staatsanwalt sitzen und einen Haftbefehl für Gómez haben wollen, müssen wir knallharte Fakten auf den Tisch legen.

»Nein, woher?«, antwortet Kea mir mit leicht verärgerter Stimme. »Und es ist doch erst mal nur eine Vermutung. Keine der Zeichnungen passt eins zu eins auf ihn.«

»Nummer drei schon«, brummt Jörn. »Hast du doch spontan auch so gesehen.«

»Das ist doch kein Foto, Jörn«, sagt Kea, die aus Erfahrung wissen muss, wie wenig man Phantomzeichnungen trauen kann. Einzig eine Gegenüberstellung des Verdächtigen mit dem oder den Zeugen würde vor Gericht Bestand haben. Und so, wie der Wilhelmshavener Kollege die Jugendlichen beschrieben hat, könnten wir da durchaus eine Überraschung erleben. Ganz davon abgesehen, haben wir diesen Luis Gómez noch nicht gefunden. »Lass uns einen Schritt nach dem anderen machen«, fährt Kea fort. »Gerade in dieser Phase der Ermittlungen passieren die meisten Fehler.«

Hauke, der sich bisher verdächtig zurückgehalten hat, räuspert sich. »Wir wissen nicht viel von Gómez, außer dass er der Freund von Lenny Kopper ist.« Er wendet sich an Kea. »Hast du die Datenbank auch nach ähnlich geschriebenen Luis Gómez' durchsucht?«

»Was denkst du denn? Alle möglichen Varianten habe ich durch. Es gibt keinen Luis Gómez, der vom Alter her zu ihm passen könnte. Wir haben …«

»Da bleibt nur das Ausland«, grätscht Jörn erneut dazwischen. »Was liegt da näher, als in den Niederlanden nachzufragen?«

»Der Name klingt nicht ausgesprochen niederländisch«, wirft Frank ein, der den Schlagabtausch bisher ruhig beobachtet hat und eher darauf zu hoffen scheint, dass das Meeting bald ein Ende findet. Er hat gefühlt schon zwanzigmal auf seine Uhr geschaut. Ich horche auf. Es ist nicht das erste Mal, dass Frank einen Hinweis relativiert. Ich werde mich, wenn der Fall gelöst ist, näher mit ihm beschäftigen müssen.

Hauke wiegt den Kopf hin und her. »Spanisch, würde ich tippen. Er kann doch trotzdem einen niederländischen Pass haben.« Er zeigt zu den Phantomzeichnungen. »Und das etwas südländische Aussehen kommt doch auch bei den Zeichnungen gut heraus.«

»Okay!«, sagt Kea mit energischer Stimme. »Wir brauchen Fakten. Mias Tagebücher sind zwar aufschlussreich, geben aber keinen Namen preis und, soweit ich sie durchhabe, auch keine wirklichen Angaben zu ihrem Freund.«

Hauke reckt sich und scheint etwas sagen zu wollen, aber Kea kommt ihm zuvor. »Ja, ich weiß, vermutlich nicht Freund, sondern eher Loverboy.« Sie steht auf und geht zu den Fotos an der Glaswand. »Lukas sollten wir zunächst zurückstellen. Ich glaube, keiner hier im Raum denkt noch ernsthaft darüber nach, ob er die in den Tagebüchern beschriebene Person ist. Dass es sich um einen Racheakt seinerseits handeln kann, ist im Moment noch nicht auszuschließen, scheint aber auch nicht auf der Hand zu liegen. Er verfügt nicht über die logistischen Voraussetzungen, um Mia von Aurich oder wo auch immer nach Bensersiel zu transportieren. Deshalb schließen wir ihn nicht aus, aber konzentrieren uns auf die vielversprechenden Spuren. Die führen uns zu Lenny Kopper und gegebenenfalls zu Luis Gómez.« Sie holt Luft, zeigt auf Koppers Foto, das Jörn auf der Schul-Homepage gefunden hat. »Er hatte doppelten Zugang zu Mia. Auf der einen Seite über Mias Bruder und auf der anderen Seite über seinen Hausmeisterjob. Er passt vom Alter und vor allem vom äußeren Erscheinungsbild.«

»Und wir verdächtigen ihn, etwas mit den Drogen an der Schule zu tun zu haben«, wirft Hauke ein.

»Wollte ich gerade erwähnen«, sagt Kea. Ihren Blick zu Hauke kann ich nicht entschlüsseln. Auf jeden Fall scheinen die beiden etwas zu klären zu haben.

»Sehe ich das richtig, dass es sich dabei auch um reine Vermutungen handelt?«, kommentiere ich Keas Vortrag.

»Ja«, bestätigt Kea leicht säuerlich. »Vielleicht lasst ihr mich einfach einmal meine Gedanken zu Ende bringen, bevor wir in die Diskussion gehen. Wäre das möglich?«

Keas Nerven scheinen blank zu liegen. Um die Situation nicht zu überspannen, nicke ich und halte mich zurück.

»Jörn hat Kopien der Tagebücher gemacht. Diejenigen, die sie noch nicht gelesen haben, sollten das nachholen, damit wir alle auf demselben Stand sind.« Sie dreht sich wieder zur Glaswand und tippt auf eines der Phantombilder. »Das ist, neben Lenny Kopper, unsere heißeste Spur.« Sie schaut zu Hauke und dann zu mir. »Gute Arbeit übrigens.« Jörn und Frank stimmen ihr nickend zu. »Ich werde mich gleich nach der Sitzung mit Arie van Dijk in Verbindung setzen. Sollte Luis Gómez in den Niederlanden registriert sein, wird er uns schnell und unbürokratisch helfen können. Ansonsten bleibt nur Europol in Den Haag. Auch das würde ich übernehmen.« Sie schaut auf die Uhr. »Morgen nehmen wir uns Kopper vor. Wir holen ihn aus der Schule ab – er hat vormittags Dienst –, werden ihn zu Gómez befragen und mit unserem Verdacht bezüglich der Verbindung zu Mia konfrontieren. Er muss ja nicht wissen, dass Mia in ihren Tagebüchern den Namen nicht ausgeschrieben hat. Zweitens sollten wir mit Emily sprechen. War sie es, die in den weißen SUV eingestiegen ist? Wer saß am Steuer? Wir werden ihr das Phantombild zeigen, das Gómez am ähnlichsten ist. Sie scheint mehr zu wissen, als wir bisher von ihr gehört haben.«

Ich hebe meinen Arm. »Ich würde gern bei Koppers Vernehmung dabei sein. Wir sollten die beiden Ermittlungsstränge zusammenführen.«

Kea zögert, und ich fürchte schon, dass sie es auf eine Machtprobe ankommen lassen will. Schließlich nickt sie fast unmerklich. »Okay, wir beide machen das.« Ihr Blick richtet sich auf Hauke, der neben mir sitzt. »Könnt du und Jörn mit Emily sprechen?«

Hauke brummt etwas, was ich als Zustimmung interpretiere. Kea wendet sich an Frank. »Sorgst du dafür, dass wir Kopper morgen Punkt neun im Vernehmungsraum sitzen haben? Nimm einen uniformierten Kollegen mit. Das macht immer Eindruck.«

»Sanft oder auf die harte Tour?«, fragt Frank. »Ich könnte mir vorstellen, dass der junge Mann kein großes Interesse hat, noch einmal mit uns zu sprechen.« Frank scheint Typen wie Lenny Kopper nicht zu mögen. Vermutlich ist Kopper gut beraten, ihm widerstandslos zu folgen. Ich halte es mehr mit Respekt, auch Verdächtigen gegenüber. Gewalt oder Gewaltandrohungen bringen nur Probleme, die einem spätestens im Prozess auf die Füße fallen.

»Kopper wird es schon verkraften, wenn du ihm eine deutliche Ansage machst«, sagt Kea und steht auf. Jörn folgt ihr und verteilt die drei Tagebuchkopien an uns.

»Abgesprochen war das ja nicht gerade«, mault Hauke, als ich noch kurz bei ihm im Büro vorbeischaue.

»Was meinst du?«, frage ich, obwohl ich ahne, worauf er anspielt.

»Koppers Vernehmung. Was sonst?«

»Hauke, ich halte es gerade nicht für angesagt, dass du mit Kea zusammen vor einem Verdächtigen sitzt. Zwischen euch knirscht es doch im Moment gewaltig.«

Er wirft mir einen ärgerlichen Blick zu. »Ach, und das weißt du so genau?«

»Ich habe keinen Bock, dein Blitzableiter zu sein. Ehrlich nicht. Such dir jemand anders«, fahre ich ihn an.

Hauke sackt in sich zusammen. »Sorry, langer Tag heute. Ich wollte dich nicht anmaulen.«

Ich schaue ihn fragend an.

»Ja, ich klär das mit Kea«, sagt er und fügt hinzu: »Zeitnah.«

»Okay.« Ich schenke ihm ein Lächeln. »Ich habe übrigens schon mit dem Kollegen von der Wirtschaftskriminalität gesprochen. Morgen früh sollte ich eine Antwort haben.«

»So schnell?«

»Er meinte, dass er sich an die Groninger Firma erinnert. Sie muss schon mal im Fokus von Ermittlungen gestanden haben. Er wollte es aber vorher noch einmal überprüfen.« Es fällt mir verdammt schwer, Hauke anzulügen, aber im Moment bleibt mir keine andere Wahl. *The Show must go on*, würde Steffen sagen.

»Klingt nach einem Hoffnungsschimmer«, sagt Hauke. »Und die Sache mit diesem Luis? Was hältst du davon?«

»Ich bin noch unschlüssig. Sollte er es wirklich sein, dem wir gestern hinterhergejagt sind, ist er gewarnt.« Nicht nur deshalb. *Vergiss nicht den Maulwurf im Kommissariat. Vermutlich weiß der De-Jong-Clan schon, dass wir ihnen auf den Fersen sind, sollte dieser Gómez tatsächlich eine Verbindung zu ihnen haben.*

»Sehen wir uns heute noch in der Arche?«

Schüttle »Ich glaube, etwas Ruhe tut mir heute Abend gut.«

Mit der vollen Einkaufstüte laufe ich auf das Haus zu, in dem sich meine Wohnung befindet. Ich bin hungrig und müde. Der Fall setzt mir zu, Haukes Dummheit geht mir nicht aus dem Kopf und ich habe nicht die geringste Ahnung, wie ich meinen eigentlichen Auftrag angehen soll, denn es passiert gerade das, was ich auf jeden Fall vermeiden wollte: Das Team wächst mir langsam, aber sicher ans Herz.

Der Einkauf ist schnell verstaut, ich schiebe mir eine Fertigpizza in den Ofen und hole mir ein kaltes Bier aus dem Kühlschrank, bevor ich mich aufs bequeme Sofa kuschele und die Kopien der Tagebücher in die Hand nehme.

Die ersten Seiten, auf denen der große Unbekannte von Mia angehimmelt wird, kommen mir vor, als seien sie von einer Vierzehnjährigen geschrieben worden. Das erste Zusammentreffen der beiden wirkt wie zufällig, aber ich bin mir sicher, dass es sorgsam geplant war. Der Augenkontakt ist kurz, aber intensiv, gesprochen wird kaum. L. zeigt sich distanziert und wenig interessiert. Erst als Mia sich vorwagt und mutiger wird, scheint auch das Interesse des jungen Mannes geweckt zu sein. Ich weiß, dass er genau auf diesen Moment gewartet hat. Er ist sich jetzt sicher, dass er Mias volle Aufmerksamkeit hat. Die Treffen der nächsten Wochen sind kurz und kommen wieder wie Zufälle daher. Mia soll denken, dass das Schicksal sie immer wieder zusammenführt. Die Aufmerksamkeit des jungen Mannes für Mia steigert sich. Mia schwärmt von ihm, glaubt nicht, dass sich tatsächlich ein so gut aussehender Mann für sie interessiert, schreibt aber auch, wie gut sie sich mit ihm unterhalten kann. Ihre Interessen decken sich, der Kontakt wird intensiver.

Das erste Date steht an. Mia hat Angst, dass sie alles versauen wird, fragt sich, wie weit er schon beim ersten Mal gehen wird. Sie macht sich Gedanken darum, was passiert, kauft sich heimlich Kondome und spricht mit Emily über die Pille. Ihre Freundin verrät ihr, dass sie schon bei der Frauenärztin war und seit einem Monat verhütet. Emily bietet ihr an, sie zu begleiten.

Beim ersten Date bleibt es bei einem Kuss und sanften Berührungen. Mia ist erleichtert, geht aber wenige Tage später mit Emily zur Frauenärztin und lässt sich die Pille verschreiben. Die Treffen werden häufiger, der junge Mann gesteht ihr, dass er sich in sie verliebt hat und nicht mehr ohne sie leben kann.

Mia versteht, warum sie ihrer Familie und den Freunden die sich anbahnende Beziehung verheimlichen soll. Sie hat auch Angst, dass L. nicht standesgemäß ist, ihr Vater sie im schlimmsten Fall in ein weit entferntes Internat stecken würde.

Die Gespräche mit L. werden intensiver. Sie reden über die Zukunft, über den Sinn der Schule. Der junge Mann bekräftigt sie darin, dass es wichtigere Dinge im Leben gibt als die Schulbank und ein Studium. Und er beschwört immer wieder seine Liebe zu ihr.

Erst in dieser Phase kommt es zum ersten Sex. Mia schwebt im siebten Himmel und träumt davon, mit L. ein neues Leben anzufangen.

Mein Handy klingelt, ich schaue aufs Display und nehme das Gespräch direkt an. »Steffen, vermisst du mich?«

»Und wie! Wenn du mir die Tür aufmachst, könntest du meinen Lina-Tank gleich wieder auffüllen.«

»Stehst du etwa unten auf der Straße?« Ich bin bereits auf dem Weg zur Wohnungstür.

»So ist es, mein Schatz«, flötet Steffen, während ich ihm via Knopfdruck bereits die Haustür öffne und gleich darauf jemanden die Treppe hinauflaufen höre.

Steffen hat eine Flasche Weißwein dabei, ich hole zwei Gläser aus dem Schrank und begleite ihn beim Gang durch meine Wohnung.

»Etwas unpersönlich, aber da lässt sich ja was machen«, murmelt Steffen. Er schaut sich um, als plane er bereits, wie und wo er eingreifen könne.

»Ich bleibe hier nicht lange«, unterbreche ich seine Gedankengänge.

»Bist du dir da so sicher? Ist doch ganz nett in Aurich.«

Ich starre ihn verwundert an. Was ist mit Steffen los?

Im Wohnzimmer angekommen, zieht er seine Jacke aus und lässt sich aufs Sofa fallen. Ich reiche ihm ein Glas, er schenkt uns beiden ein.

»Auf die neue Zeit«, sagt Steffen.

Ich habe auf den ersten Blick bemerkt, dass er innerlich strahlt. Es muss etwas passiert sein. Dann noch die Bemerkung über Aurich. Ich trinke einen Schluck und schaue ihm direkt in die Augen. »Hast du jemanden kennengelernt?«

Er schmunzelt. »Wusste ich doch, dass ich es dir nicht verheimlichen kann.«

»Hier in Aurich?«, frage ich verwundert.

»Ach, so viel bin ich noch gar nicht in der Stadt herumgekommen.«

»Also in der Arche? Jetzt mach es nicht so spannend.«

»Beene«, sagt er leise. »Es hat zwischen uns gefunkt. Unglaublich. Ich hätte schwören können, dass ich das nicht mehr erleben werde.«

Steffen hat vor einem Jahr seinen langjährigen Lebensgefährten und die Liebe seines Lebens verloren. Ein unverschuldeter Autounfall auf der Autobahn. Robert starb zwei Tage später im Krankenhaus.

»Verrückt«, murmele ich, stelle das Glas auf den Boden und umarme meinen Freund. »Ich freue mich so für dich.«

Er strahlt übers ganze Gesicht. »Es ist der Wahnsinn. Lina, ich bin über beide Ohren in ihn verliebt.« Er atmet tief durch. »Und er in mich.«

Wir stoßen erneut an. Auf die Liebe! Auf das verrückte Leben! Steffen erzählt von Beene, als kenne er ihn schon seit Jahren. Ich höre ihm zu und muss an Maya denken, an unsere gemeinsamen Jahre. Sie lebt jetzt am anderen Ende der Welt und will dort ihr Glück finden. Neuseeland. Ob und wann sie wiederkommt, steht noch in den Sternen. Und ich bin hier, in der Provinz. Ich jage einem Maulwurf hinterher und nicht der Liebe.

»Denkst du gerade an Maya?«, fragt Steffen und reißt mich damit aus meinen trüben Gedanken.

Ich nicke. »Nur ein wenig. Es braucht noch Zeit, bis die Wunden verheilen.«

»Ja, ich weiß.« Steffen zieht mich zu sich und umarmt mich. Meine Augen werden feucht. Ich lasse mich fallen und fange an zu schluchzen.

ACHTUNDZWANZIG

Kea

Okay, professionelle Distanz geht anders. Obwohl ich während der Besprechung sehr bemüht war, mir meine Irritation nicht anmerken zu lassen, so ist mir das ganz sicher nicht zu hundert Prozent gelungen. Aber Hauke und Lina dabei zu beobachten, wie sie sich so vertraut geben, dieses Knistern zwischen ihnen zu spüren ... Wo, bitte schön, bleibt denn bei ihnen die professionelle Distanz?!

»Jetzt ist aber mal gut, Kea!«, zische ich schlecht gelaunt in den Raum, doch hört es Gott sei Dank niemand. Jörn ist gleich nach der Besprechung nach Hause gegangen, und genau das werde ich auch tun, sobald ich mit Arie van Dijk gesprochen habe.

Bevor ich zum Telefonhörer greife, schließe ich die Augen und atme ein paarmal tief durch, um meinen Fokus wieder auf unseren Fall zu lenken.

»Van Dijk«, meldet sich eine müde klingende Stimme, nachdem ich seine Durchwahl angetippt habe.

»Moin, Arie. Ich bin's, Kea.«

»Kea!« Prompt klingt mein niederländischer Kollege deutlich wacher. »Wie schön, mal wieder deine Stimme zu hören! Wie geht es dir?«

Danke, beschissen. »Wie soll's einem schon gehen, wenn man mitten in einem Mordfall steckt? Du kennst das.«

Er räuspert sich. »Ich meinte eher privat. Du hast eine schwere Zeit hinter dir. Hat sich die Situation beruhigt oder benimmt sich Peter immer noch wie ein, wie sagt man bei euch, Elefant im Geschirrladen?«

Ich schmunzele. »Du meinst Porzellanladen.«

»*Precies.* Und? Tut er?«

»Es ist okay. Im Moment verhält er sich recht zivilisiert. Aber bei ihm weiß man ja nie, wann er die nächste Bombe platzen lässt.«

»Und ist bei dir schon eine neue Liebe in Sicht?«

»Dasselbe könnte ich dich fragen«, schieße ich ein wenig zu schnell zurück.

Für einen längeren Moment herrscht beredtes Schweigen, und ich frage mich, ob Arie mir jetzt womöglich erzählt, dass er tatsächlich jemand Neues kennengelernt hat. »Ich habe aber dich gefragt«, sagt er stattdessen.

Ich schüttele stumm den Kopf.

»Kea?«

»Ach so ... nee. Nee, nichts Neues in Sicht. Und das ist auch gut so.«

»Tatsächlich? Du hast schon glücklicher geklungen.«

Ich höre Aries Stimme an, dass er mir nicht glaubt, und ich seufze unterdrückt. Auf einen Seelenstriptease habe ich keine Lust. Schon gar nicht am Telefon. Obwohl ich Arie gern mein Herz ausgeschüttet hätte. Er ist einer der wenigen Männer in meinem Leben, denen ich wirklich vertraue. Aber mein nicht vorhandenes Liebesleben ist nun mal nicht der Grund für meinen Anruf. Also besinne ich mich auf mein eigentliches

Anliegen. »Meine Kollegen haben mit dir schon über unseren Fall gesprochen.«

Ich bilde mir ein, Aries resignierten Blick durchs Telefon sehen zu können. »Falsches Thema. Ich verstehe. Ja, ich habe mit deiner Kollegin gesprochen«, lässt er sich auf mein Ablenkungsmanöver ein, wofür ich ihm sehr dankbar bin. »Sie klingt nett.«

»Hm.«

»Ich hoffe, ich konnte ihr helfen.«

»Das konntest du. Danke. Aber es hat sich zwischenzeitlich eine neue Frage ergeben.«

»Schieß los!«

»Wir brauchen Angaben zu einem Mann. Luis Gómez.« Ich buchstabiere den Namen. »Ich schätze ihn auf Anfang zwanzig. Wir haben ihn in Verdacht, etwas mit dem Mordfall Mia Grewe zu tun zu haben, doch haben wir ihn nicht in unserer Datenbank. Da mehrere Zeugen glauben, ihn in einem Fahrzeug mit niederländischem Kennzeichen gesehen zu haben, kann es natürlich sein, dass er bei euch gemeldet ist.«

Ich höre im Hintergrund das Klackern einer Tastatur, dann ein Seufzen. »Keine Ahnung, ob es der ist, nach dem ihr sucht, denn der Name ist nicht gerade selten. Außerdem ... hm ... Wenn er es ist, dann ... nun ja.« Es folgt ein erneutes Seufzen.

»Bevor du weitersprichst, Arie – kannst du mir ein Foto von ihm schicken?«

»Ja, sicher. Du weißt also, wie er aussieht?«

»Ja.«

»Okay. Das Bild müsste jetzt bei dir auf dem Handy sein.«

Gespannt öffne ich den Account – und schnappe nach Luft. »Das ist genau der, den ich meine! Wow!« Ich kann es selbst kaum glauben. »Er ist also in den Niederlanden ansässig?«

»Offiziell ja. Wo er sich ansonsten noch herumtreibt, kann ich natürlich nicht sagen. Aber anscheinend ...« Er hält inne.

»Na ja, es wundert mich jedenfalls nicht, dass ihr ihn auf dem Radar habt.«

»Wie meinst du das?«

»Er ist mit guten alten Bekannten verwandt. Gemeinsamen Bekannten.«

»Verwandt? Mit gemeinsamen Bekannten? Wie jetzt?« In meinem Kopf beginnt es zu rattern. Besonders viele Überschneidungspunkte gibt es in meinem und Aries Leben nicht.

»De Jong«, rückt er mit der Sprache heraus. »Er gehört zu der berüchtigten Familie de Jong.«

»*Die* de Jongs?«

»Ja.«

»A-aber wie das? Ich meine … ist er denn kein Spanier oder so was?«

»Nur zur Hälfte. Mit vollem Namen heißt er Luis Alejandro Gómez de Jong.«

Diese Info will erst mal verdaut sein. Ich überlege, meine Kollegen über die überraschende Wende in unserem Fall zu informieren, lasse es aber sein. Morgen ist auch noch ein Tag. Warum nicht auf ein Bier in der Arche vorbeischauen? Meine Kinder übernachten heute bei ihrem Vater, sodass ich mir noch einen Absacker genehmigen kann, ohne ständig auf die Uhr sehen zu müssen.

Ich betrete die Kneipe, in der nicht allzu viel los ist. Ich schaue mich um, kann aber niemand Bekanntes entdecken. Gut so, denn ich will nur in Ruhe mein Bier trinken.

»Kea, es ist lang her«, begrüßt mich Beene, als ich an die Theke trete und mich auf einen Barhocker setze. Am verwaisten Platz neben mir steht ein zur Hälfte ausgetrunkenes Pils. »Wie immer?«

Ich nicke, und sofort macht sich Beene an der Zapfanlage zu schaffen. Ein mir unbekannter Mann tritt zu ihm und fährt ihm zärtlich mit dem Finger über die Wange, was Beene ein Lächeln entlockt.

»Hi, ich bin Steffen«, stellt sich der Mann vor, als er bemerkt, dass ich sie beobachte.

»Kea. Freut mich.«

Beene zwinkert mir zu, ich zwinkere zurück. Es freut mich für ihn, dass er wieder jemanden gefunden hat.

»Oh, du hier«, lässt sich eine mir vertraute und wenig begeistert klingende Stimme neben mir vernehmen, und ich erstarre. »Mit dir hätte ich am allerwenigsten gerechnet.« Hauke setzt sich auf den Barhocker neben mir. Nun weiß ich auch, zu wem das abgestandene Pils gehört.

»Ach nein? Mit wem hast du denn gerechnet? Mit Lina?« Die Worte sind aus mir herausgerutscht, noch bevor ich irgendetwas dagegen unternehmen kann.

»Lina? Nee. Wieso?« Er mustert mich prüfend aus diesen braunen Augen, die mir nicht zum ersten Mal weiche Knie bescheren. Irritiert bemerke ich, dass mein Herz unvernünftig schnell zu schlagen beginnt. »Schicke Frisur übrigens.« Er nickt anerkennend.

»Danke.« Ich räuspere mich verlegen. »Läuft da was zwischen euch?«, entscheide ich mich für den direkten Weg.

»Was wäre, wenn?« Hauke greift nach seinem Bier und trinkt es in einem Zug leer. Dann streckt er Beene mit einer auffordernden Geste das Glas hin. Nur wenig später stehen zwei frisch Gezapfte vor uns.

»War nur 'ne Frage«, sage ich nach einem ersten Schluck und wische mir mit dem Handrücken den Schaum vom Mund. »Ich dachte ... na ja, ist auch egal.«

Hauke nickt. »Wenn es dir egal ist, dann ist es mir auch egal.«

Scheiße. Das nennt man dann wohl festgefahren. Ich überlege, was jetzt zu tun ist. Entweder schütte ich rasch das Bier in mich rein und verabschiede mich. Oder ich nutze die Gelegenheit und trinke mir nach langer Zeit mal wieder einen kleinen Rausch an. Manchmal tut es gut, für ein paar Stunden einfach nur zu vergessen.

»Konnte unser niederländischer Kollege dir weiterhelfen?«, lenkt Hauke das Gespräch auf unseren Job – wofür ich ihn auf der Stelle erwürgen könnte. Zum einen, weil ich Feierabend habe und die de Jongs, Luis Gómez oder wer auch immer ganz bestimmt kein Teil davon sein sollen. Zum anderen, weil er mir damit zu verstehen gibt, dass er nicht vorhat, mit mir über sein Verhältnis zu unserer neuen Kollegin zu sprechen – wie auch immer dieses aussieht.

Also ist was dran. Sonst hätte er es doch längst abgestritten.

»Gib mir einen Whiskey, Beene«, trete ich die Flucht ins Vergessen an. »Einen doppelten.«

Hauke nickt dem Barmann zu, was wohl so viel bedeuten soll wie, dass er sich mir anschließt. »Und noch ein Bier.« Er setzt das gerade erst frisch gefüllte Glas an den Mund und trinkt wie ein Verdurstender.

Ich strecke zwei Finger in Beenes Richtung, woraufhin der erstaunt die Brauen hebt. Dann jedoch zuckt er mit den Schultern und sagt gedehnt: »Wenn ihr meint.«

Im Grunde – und es fällt mir nicht leicht, mir das einzugestehen – geht es mir gerade weniger ums Vergessen als darum, mir Mut anzutrinken, scheint dieser Abend doch einen anderen Verlauf zu nehmen, als ich erwartet hatte. Mein Verstand sagt mir, dass ich die Beine unter den Arm nehmen und die Flucht ergreifen sollte. Meine Seele aber drängt mich, genau hier zu bleiben, an diesem Ort. Bei diesem Mann. Was, um alles in der Welt, ist los mit mir?

Mit der Bestellung von Bier und Whiskey dürfte nun klar sein, wer diesen Kampf gewinnt.

Beene reicht uns mit den Getränken auch eine Schale mit Erdnüssen. Hauke und ich langen gleichzeitig hinein. Als meine Finger die seinen berühren, durchläuft meine Hand ein Stromstoß, und ich ziehe sie ruckartig zurück. Hauke hingegen steckt sich ein paar Nüsse in den Mund und zwinkert mir zu. »Sorry, Babe«, sagt er schmunzelnd. »Es war nicht meine Absicht, dich unter Strom zu setzen.«

Was wird das? Ein Flirt? Lauf, Kea, lauf! Ich bin einfach nicht bereit für dieses Spiel! Nicht unter diesen …

»Dabei hätte ich ein bisschen Antrieb bitter nötig«, rutscht es mir heraus. *Ups! Was war denn das?!* Rasch greife ich nach meinem Whiskey und nehme einen ordentlichen Schluck.

»Puh, was hier plötzlich für *vibrations* herrschen! Und diese Hitze!« Beene wedelt mit den Händen wie mit zwei Fächern, schaut weder mich noch Hauke dabei an, und doch ist völlig klar, worauf er diese Feststellung bezieht.

»Was machst du in den Schulferien?«, lenkt Hauke, nachdem er mich noch eine Weile in meiner Verlegenheit hat schmoren lassen, das Gespräch auf ein unverfängliches Thema. »Habt ihr schon Pläne?«

Ich schüttele den Kopf. »Ich konnte mich noch nicht mit Peter einigen, wer wann die Kinder nimmt. Es ist schwierig.«

»Wie immer.«

Mir ist völlig bewusst, dass sich Hauke damit am allerwenigsten auf meine Urlaubsplanung bezieht, und ich nicke lahm. »Ja. Wie immer.«

Seine Hand legt sich auf die meine, drückt sie, verweilt.

Ich lasse es geschehen.

Als wir uns knapp drei Stunden später zum Gehen wenden, bin ich leicht am Torkeln. Auch könnte ich vermutlich in keinem grammatisch korrekten Satz wiedergeben, worüber Hauke und ich uns die ganze Zeit unterhalten haben. Alles, was ich weiß, ist, dass wir das, was uns wirklich bewegt, aus unserer

Unterhaltung ausgespart haben. Seltsamerweise habe ich mich merkwürdig wohl bei ihm gefühlt, obwohl ich ursprünglich genau das vermeiden wollte. Aber es tat gut, endlich mal wieder neben einem so vertrauten Menschen zu sitzen, als sei es das Normalste der Welt. Ich habe seiner Stimme gelauscht, gelächelt und geantwortet. Ohne es zu merken, bin ich mit dem Hocker näher an ihn hergerückt. Hin und wieder haben sich nicht nur unsere Hände, sondern auch unsere Schultern wie zufällig berührt.

Was meinen Alkoholkonsum angeht, habe ich heute ein wenig über die Stränge geschlagen. Aber es fühlt sich gut an, weil es, wenigstens für ein paar Stunden, so herrlich betäubt.

Es ist ein lauer Sommerabend, und wir sind bei Weitem nicht die Einzigen, die zu dieser späten Stunde durch die Auricher Fußgängerzone schlendern. Als ich plötzlich über eine Erhebung im gepflasterten Boden stolpere, finde ich mich unvermittelt in Haukes starken Armen wieder. Im Gegensatz zu meinen scheinen seine Reflexe noch zu funktionieren.

»Hoppla!«

Noch ehe ich mich versehe, spüre ich Haukes Lippen auf den meinen, zunächst zögerlich, dann, als ich mich nicht wehre, fordernder.

»Hast du heute Nacht noch was vor?«, fragt er heiser, als sich unsere Münder schließlich wieder voneinander lösen.

»Sag du es mir«, erwidere ich leicht lallend, während ich mich gleichzeitig frage, warum meine Knie auf einmal so weich sind.

Die Morgendämmerung hat gerade erst eingesetzt, als ich mit brummendem Schädel erwache. Zunächst fällt es mir schwer, mich zu orientieren. Als mein Blick aber auf den tätowierten Rücken neben mir fällt, bin ich schlagartig hellwach.

Verfluchter Mist, was hab ich getan?!

Hauke gibt ein knurrendes Geräusch von sich, und für einen Augenblick befürchte ich, dass er aufwachen könnte. Stattdessen aber dreht er sich jetzt um, sodass ich seine Vorderansicht bewundern kann. Zu meiner Verärgerung kann ich nicht verhindern, dass erneut die Lust in mir hochsteigt.

Nicht mit diesem Mann, Kea! Nicht mit diesem problembeladenen Mann, von dem man nie weiß, in welche Scheiße er sich als Nächstes reitet!

Viel zu oft schon hatte ich erleben müssen, wie Hauke wieder in sein altes Muster verfiel und seiner Spielsucht trotz Therapie hilflos ausgeliefert war, sobald sie ihn überkam. Damit kann und will ich nicht umgehen. Und schon gar nicht will ich meinen Kindern eine solche Zeitbombe zumuten, von der man nie weiß, wann sie explodiert.

»Hach, verdammt, ich weiß doch auch nicht!«, fluche ich still in mich hinein. Hastig wische ich die Tränen weg, die mir in den Augen brennen, als nun der Wunsch in mir aufsteigt, mit jemandem über mein Schlamassel reden zu können.

Silvia, warum nur bist du nicht mehr bei mir?

Ohne noch einen weiteren Blick auf Hauke zu werfen, klettere ich aus dem Bett, ziehe mich an und mache mich auf den Weg nach Hause.

Neunundzwanzig

Lina

Das kalte Wasser der Dusche weckt meine Lebensgeister. Ich habe geschlafen wie ein kleines Kind, tief und traumlos. Steffen hat mich gestern Abend nach einer Stunde wieder verlassen. Er meinte, er müsse Beene in der Arche unterstützen, aber mir war klar, dass er vor allen Dingen in seiner Nähe sein wollte. Ich gönne es ihm. Das Glück, die Hoffnung auf den Himmel auf Erden und alles, was er sich darüber hinaus wünscht. Steffen hat es verdient.

Ohne Frühstück verlasse ich die Wohnung und kehre in einem Stehcafé um die Ecke ein. Hauke hat mir verraten, dass es hier einen hervorragenden Latte macchiato gibt und die besten Croissants der Stadt. Er hat recht. Ich genieße den Kaffee und hole mir ein weiteres Croissant. Die junge Frau hinter dem Tresen lächelt mich an, ich lächele zurück, frage sie beim Bezahlen nach ihrem Namen und gebe Jana ein reichliches Trinkgeld.

Hauke ist, wie Birte mir verrät, bereits im Kommissariat, als ich eintreffe. Ich verschwinde in meinem Büro und lasse eine Viertelstunde verstreichen, bevor ich zu ihm gehe.

»Alles gut bei dir?«, frage ich.

Hauke zuckt mit den Schultern. Er sieht nicht nur verschlafen aus, sondern wirkt durcheinander.

»Haben sich die Typen bei dir gemeldet?«, frage ich.

»Typen?« Er wirft mir einen verwirrten Blick zu, scheint aber im nächsten Augenblick zu verstehen, was ich von ihm will. »Nein, alles ruhig, seitdem ich meine Bereitschaft verkündet habe.«

»Mit wem hast du gesprochen?«

»Nur mit Kaup. Er hat auch noch nicht verlauten lassen, wie es weitergeht und was sie wissen wollen. Soll ich deiner Meinung nach denn selbst aktiv werden und denen irgendwas stecken?«

»Nein, du musst erst deren Vertrauen haben. Die werden dich erst durchchecken. Das kann schnell gehen oder auch noch ein paar Tage dauern.« Hauke schaut mich erstaunt an. »Ich habe mit dem Kriminaldirektor gesprochen. Er hat mir ein paar Tipps gegeben.«

»Also warten?«

Ich nicke. »Sobald die was von dir wollen, sag Bescheid. Dann sehen wir weiter.« Ich mustere Hauke. »Du siehst aus, als wärst du durch den Fleischwolf gedreht worden.«

Hauke lächelt matt. »Hab verdammt schlecht geschlafen.«

Ich gebe mich mit der Antwort zufrieden. »Die Kollegen aus Osnabrück haben sich gemeldet.«

»Und?«

»Halt dich fest!« Ich lege eine kurze Pause ein. »Die Groninger Firma gehört zum De-Jong-Clan. Und somit auch der SUV, der uns entwischt ist.«

Hauke starrt mich mit offenem Mund an. »Nicht dein Ernst.«

»Absolut. Wenn sich jetzt noch herausstellt, dass Gómez etwas …«

»Hat er«, unterbricht Hauke mich. »Kea ...«, aus irgendeinem Grund zögert er kurz und atmet einmal tief durch, »... hat gestern noch lange mit ihrem Groninger Kontakt telefoniert. Gómez gehört zur Familie.« Hauke erklärt mir die familiären Zusammenhänge.

Ich bin sprachlos und muss mich erst mal auf den Stuhl neben Haukes Schreibtisch setzen. »Machen die sich eigentlich überall breit?«

»Frag mich nicht. Ich bin schon lange dafür, diese Typen über die Grenze zurückzujagen.« Er seufzt. »Ja, ich weiß, dass das nicht geht und auch das Problem nicht lösen würde. Und sowieso ...«

Ich schaue auf die Uhr. »Ich muss zu Kea. Wir wollen noch die Strategie für die Vernehmung festlegen.« Hauke reagiert mit einem kaum sichtbaren Nicken.

»Drück uns die Daumen«, bitte ich ihn, als ich mich auf den Weg zu Kea mache.

»Der junge Mann ist jetzt da«, sagt Frank, der, ohne anzuklopfen, in Keas Büro hereingeplatzt ist.

»Ging alles gut?«, fragt Kea.

Frank zuckt mit den Schultern. »Wie man's nimmt. Ich musste schon etwas die Keule schwingen, damit er freiwillig mitkam.«

»Lassen wir ihn noch ein paar Minuten schmoren«, schlägt Kea vor und bedankt sich mit einem Nicken bei Frank.

Wir gehen weiter die Beweislage durch, die ausgesprochen dünn ist. Glücklicherweise hat sich Keas Tochter entschlossen, uns mehr Informationen zukommen zu lassen. Trotzdem bin ich skeptisch, als wir uns nach weiteren zwanzig Minuten auf den Weg machen.

»Das wird aber Zeit«, patzt Lenny Kopper uns an, als wir das Vernehmungszimmer betreten.

Kea reagiert nicht auf die Provokation, startet die Ton- und Videoaufnahme, nennt Datum und Uhrzeit, zählt die Anwesenden auf und nennt den Anlass der Befragung. Kopper schaut stur geradeaus, als ginge ihn das alles nichts an.

»Vielen Dank, dass Sie uns ein weiteres Mal zur Verfügung stehen«, beginne ich. »Wir wissen Ihre Kooperation zu schätzen.«

»Ich weiß nicht, was Sie noch von mir wollen«, sagt Kopper. »Ich habe alles gesagt, was ich weiß.«

Ich wiege den Kopf hin und her. »Wir haben die Erfahrung gemacht, dass Zeugen sich oft erst bei der zweiten und dritten Befragung an weitere Details erinnern.« Ich klappe meine Mappe auf und tue so, als ob ich etwas lese. »So ganz unbekannt sind Sie uns ja nicht.«

»Das war in meiner Sturm- und Drangzeit«, sagt Kopper. »Das waren Dummheiten, für die ich auch bezahlt habe.«

»Absolut richtig. Was mich besonders interessiert, sind die synthetischen Drogen, die seinerzeit bei Ihnen gefunden wurden.«

»Eigenbedarf«, murmelt Kopper.

»Das war so gerade eben an der Grenze. Ein nicht so gnädiger Staatsanwalt hätte daraus auch eine Anklage basteln können.«

»Hat er aber nicht.« Kopper richtet sich auf dem Stuhl auf. »Was soll das Ganze hier? Ich nehme keine Drogen mehr.«

Kea räuspert sich. »Das hat auch niemand behauptet. Es geht uns mehr darum, wie bestimmte Drogen in Umlauf kommen.« Kea legt die Tüte mit den Pillen, die wir in Mias Zimmer gefunden haben, auf den Tisch. »Die Schulleitung des Gymnasiums hat uns mitgeteilt, dass die Probleme mit Drogen zugenommen haben. Der Zeitraum, der uns genannt wurde, passt ziemlich genau zu Ihrer Anstellung als Hausmeister.«

Kopper rollt mit den Augen. Bisher hat er noch nicht die geringste Angst oder Unsicherheit gezeigt. Es wird schwieriger, als ich es mir vorgestellt habe.

»Luis Gómez«, werfe ich in den Raum.

»Und?«, fragt Kopper, nachdem er mein Schweigen nicht mehr aushält. »Ich kenne ihn. Habe ich doch schon zugegeben.«

»Zugegeben?«, wirft Kea ein, die sich bisher strikt an unsere Absprachen hält.

»Dann halt *gesagt*«, presst Kopper heraus. »Was soll diese blöde Wortklauberei?«

»Wir haben Mias Tagebücher der letzten Monate gefunden«, wechsele ich das Thema. »Sie wissen, dass Mia alles aufgeschrieben hat?«

Ich habe den jungen Mann genau beobachtet. Er zuckt kurz zusammen, hat sich aber gleich wieder im Griff.

»Und, was schreibt sie?«

»Oh, eine Menge«, sagt Kea. »Und das sehr ausführlich.«

Kopper senkt den Kopf. »Und wenn schon. Diese jungen Dinger reimen sich da manchmal was zusammen. Hirngespinste, nichts anderes. Ich verkaufe keine Drogen. Und wenn jemand etwas anderes behauptet, ist es eine Lüge.« Er ist lauter geworden und sichtbar nervös. Das Drogenthema scheint ihm überhaupt nicht zu gefallen.

»Wir haben da andere Informationen«, sage ich ruhig. »Es wird eng für Sie. Sehr eng.« Er will etwas entgegnen, aber ich halte ihn mit einer Handbewegung davon ab. »Luis Gómez. Woher kennen Sie ihn?«

»Keine Ahnung. Aus irgendeinem Club. Er hat auch eine Maschine, da kommt man schnell ins Quatschen.« Die Antwort klingt wie auswendig gelernt. Kopper scheint froh zu sein, sie halbwegs stolperfrei aufgesagt zu haben.

»Clubs«, sagt Kea. »So viele gibt es in Ostfriesland nicht. Da werden Sie sich ja wohl noch erinnern.«

»Keine Ahnung. Warum sollte das wichtig sein?«

»Wissen Sie, wo Luis wohnt?«

Kopper schüttelt den Kopf. Auf die Frage scheint er nicht vorbereitet gewesen zu sein.

»Wollen Sie uns verarschen?«, frage ich in ruhigem Ton, aber deutlich akzentuierter. »Sie wissen nicht, wo Ihr Freund wohnt? Nicht die leiseste Ahnung?«

»Seit wann ist es vorgeschrieben, dass man das wissen muss?«, antwortet Kopper trotzig. Aber ich erkenne am leisen Vibrieren seiner Stimme, dass er sich bei Weitem nicht so sicher ist, wie er sich gibt.

»Handynummer, E-Mail-Adresse?«, wirft Kea ein.

Kopper schaut zu ihr, wieder zu mir und zurück. Schließlich schüttelt er den Kopf.

Ich beuge mich leicht vor. »Es ist eigentlich ganz einfach: Drogenhandel an der Schule. Die meisten Käufer sind minderjährig, manche rechtlich gesehen sogar noch Kinder.« Mein Blick geht zu Kea. »Was meinst du? Fünf Jahre? Locker, oder?«

Kea nickt. »Wenn er Büchner als Richter erwischt, würde ich noch etwas höher gehen.«

Kopper sieht zwischen Kea und mir hin und her. »Fünf Jahre? Wovon reden Sie?«

Ich fixiere ihn und lasse mir Zeit mit der Antwort. »Oldenburg, Vollpension in der Justizvollzugsanstalt am Stadtrand. Hochsicherheitskategorie. Da sitzen auch die schweren Jungs ein. Keine schöne Sache, habe ich gehört.«

»Schwachsinn! Ihr habt nicht den geringsten Beweis!«, schreit Kopper hysterisch auf.

Ich lächele kalt. »Bisher haben wir zwei Zeugenaussagen, von denen wir sicher sind, dass sie Bestand vor Gericht haben werden. Wir werden weitere bekommen. So geht das Spiel. Wenn ein Stein fällt, fallen auch die nächsten. Bing, bing, bing.« Ich bewege meinen Zeigefinger bei jedem Bing. »Dominoeffekt. Noch nie davon gehört?«

Kea steht auf. »Wollen wir hier wirklich unsere Zeit vertrödeln?«

Ich schüttele den Kopf. »Nein, macht wohl keinen Sinn. Herr Kopper scheint nicht an einem Deal interessiert zu sein.« Ich folge Kea, die bereits Richtung Tür unterwegs ist.

Wir haben fast den Ausgang erreicht, als Kopper polternd aufsteht und uns hinterherruft. »Bleiben Sie hier!«

Ich drehe mich um, Kea folgt. »Warum sollten wir?«

Kopper starrt uns an und scheint erst in diesem Augenblick zu realisieren, was er gerade vorhat. »Ich verkaufe keine Drogen«, presst er hervor.

Wir wenden uns gleichzeitig von ihm ab, ich öffne die Tür und lasse Kea den Vortritt. Ohne mich noch einmal umzudrehen, schließe ich die Tür leise hinter mir.

»Verdammt, er war fast so weit«, flucht Kea. »Da fehlte nur noch so viel.« Sie hält Daumen und Zeigefinger Millimeter voneinander hin. »Verdammt!«

»Ruhe bewahren«, sage ich und ziehe sie mit in den Nebenraum, von wo wir Lenny Kopper über einen Bildschirm beobachten können. Er sitzt wieder am Tisch, den Kopf gesenkt, die Hände zu Fäusten geballt. »Wie lange geben wir ihm?«

»Ich fürchte, der dreht gleich durch und schlägt uns die Bude zusammen«, sagt Kea.

»Nein, Kopper ist nicht blöd und weiß, was das bedeuten würde. Zehn Minuten, allenfalls eine Viertelstunde. Dann ist er weichgekocht.«

Wir ziehen Stühle an den Tisch und warten. Ich hoffe inständig, dass ich recht behalte und wir einen Zugang zu Kopper finden. Er ist der Einzige, der uns jetzt weiterhelfen kann.

Ich werfe einen Blick zu Kea. »Werden deine Kinder wirklich aussagen?« Keas Tochter und ihr Sohn hatten bei ihrem Vater übernachtet, waren dann aber von Kea zur Schule abgeholt worden. Anstatt die erste Schulstunde mitzumachen, waren sie zusammen in ein Café gegangen, wo Kea lange und ruhig mit ihnen gesprochen hatte.

»Wenn sich das vermeiden ließe, wäre ich froh. Wir bekommen auf jeden Fall die Namen der Schüler, die vermutlich Drogen bei Kopper gekauft haben. Die Information ist Freya schon unangenehm genug. Sie hat natürlich Angst, dass sie später damit in Verbindung gebracht wird.«

»Und womit hast du sie überzeugt?«

»Ich habe ihr, als mein Sohn auf Toilette war, im Detail geschildert, wie Mia gestorben ist. Freya hatte Tränen in den Augen und ihre Hände zitterten.« Kea atmet tief durch. »Meine ehrlich gesagt auch.« Sie hält kurz inne. »Zumindest glaube ich nicht, dass meine Tochter noch einmal auf die Idee kommt, eine dieser Pillen einzuwerfen.«

»Ich drück die Daumen«, sage ich und muss unwillkürlich an Sarah denken.

Zehn Minuten sind vergangen. Kopper läuft inzwischen im Raum hin und her, legt ab und zu den Kopf in den Nacken und schließt die Augen. Jetzt sitzt er wieder, springt aber gleich darauf auf, läuft zur Kamera und sagt: »Ich will reden!«

Ich atme erleichtert auf. Den ersten Schritt hätten wir gemacht. Jetzt kommt es darauf an, alles aus Kopper herauszuholen, was er weiß. Er wird Angst haben, zu viel zu sagen, Leute zu verraten, die ihm Ärger machen können. Nur ein Fehler, und er wird dichtmachen.

Wir betreten gemeinsam das Vernehmungszimmer, setzen uns schweigend zu Kopper an den Tisch.

»Wie lange kennen Sie Luis schon?«, frage ich.

»Ein Jahr, vielleicht etwas mehr.«

»Luis handelt mit synthetischen Drogen?«

Kopper nickt, ich zeige aufs Mikrofon, er versteht und sagt: »Ja, Luis hat jede Menge Pillen im Angebot. Drogenpillen.«

»Hat er Sie angesprochen?«

»Ja. Es war vor dem Club. Ich stand bei meiner Maschine. Da sind wir ins Gespräch gekommen. Später hat er eine Runde Pillen ausgegeben.« Er nickt gedankenverloren. »Ja, so fing es an.«

»Sie haben ihm erzählt, was Sie für einen Job haben?«, frage ich weiter.

»Klar, warum nicht? Er fand es cool, dass ich in einer Schule arbeite.« Kopper lacht kurz auf. »Klar fand er das.«

»Er hat Sie angeworben?«

»Nicht direkt. Ich hatte einen Unfall, die Maschine ist dabei draufgegangen. Er hat mir Geld geliehen. Zwanzigtausend. Dass ich das angenommen habe, war ein Riesenfehler. Er hat mich unter Druck gesetzt.«

»Sie haben etwas unterschrieben?«, fragt Kea.

»Natürlich. Einen richtigen Vertrag. Nur die Zinsen habe ich falsch eingeschätzt. Dann ging noch die Heizung im Haus kaputt. Was sollte ich machen?«

»Luis hat Sie erpresst?«

»Nicht direkt, aber letztlich hat er mir keinen Ausweg gezeigt.«

»Wie lange geht das jetzt schon mit dem Verkauf?«, frage ich und halte den Atem an. Jetzt ist der schwierigste Moment gekommen. Wir müssen wissen, was passiert ist, ansonsten werden wir die Staatsanwaltschaft nicht von einem Deal überzeugen können.

»Sieben, vielleicht acht Monate.«

»Wie viele Kunden?«

»Noch nicht so viele. Luis hat ständig gedrängelt, dass ich mehr verkaufe. Aber ich habe nur Oberstufenschüler angesprochen oder sie mich.«

»Sie haben Luis' Adresse?«

Kopper zögert lange, bevor er leise anfängt zu sprechen: »Nicht wirklich. Wir haben uns einmal in einem Ferienhaus in Bensersiel getroffen. Aber ich glaube nicht, dass er da noch wohnt. Er ist ständig unterwegs.«

Ich schiebe einen Notizblock über den Tisch und reiche ihm einen Kugelschreiber. Kopper notiert die Adresse.

»Handynummer?«

Er nickt und schreibt sie auf.

»Sie haben sie im Kopf?«, fragt Kea.

»Luis wollte nicht, dass ich sie abspeichere.«

»Wann haben Sie das letzte Mal mit ihm gesprochen?«

»Gestern Vormittag. Ich sollte ihn am Nachmittag zurückrufen, aber er hat mich weggedrückt. Heute Morgen ging auch nur die Mailbox dran.« Kopper sieht mich flehend an.

»Was ist mit Ihrem Freund Vincent? Kennt er Luis besser, als er uns gesagt hat?«

Kopper schweigt, und mir wird klar, dass er niemals seinen Freund verraten wird.

»Hast du Mia jemals Drogen verkauft oder geschenkt?«

»Nein! Das hätte ich niemals getan! Niemals!«

»Hat Mia Luis näher gekannt?«, frage ich weiter, obwohl ich mir inzwischen sicher bin, dass wir auf der richtigen Spur sind.

»Nein, natürlich nicht. Ich hätte Mia den Kopf gewaschen, wenn ich davon erfahren hätte.« Kopper stutzt. »Hat sie? Hat Luis etwas mit …?« Er stöhnt laut. »Das wusste ich nicht. Das müssen Sie mir glauben.«

Es wird still im Raum. Wir alle scheinen unseren Gedanken nachzuhängen, bis Kopper aufschaut. »Was passiert jetzt mit mir?«

Ich werfe einen Blick zu Kea, sie nickt.

»Sie bleiben erst mal hier. Zu Ihrem eigenen Schutz. Wir sprechen mit der Staatsanwaltschaft und werden einen Deal vorschlagen. Ob Sie komplett straffrei ausgehen, kann ich Ihnen nicht versprechen.«

Er nickt und sagt mit letzter Kraft: »Danke.«

Dreissig

Kea

»Habt ihr ihn geknackt?«, fragt Frank Erken, als wir rund eine halbe Stunde später den Besprechungsraum betreten. Gerade habe ich mit dem Staatsanwalt telefoniert und ihm die Sachlage geschildert. Ob er sich auf den von uns vorgeschlagenen Deal einlässt, bleibt abzuwarten.

»Lenny Kopper hat gestanden, im Auftrag der de Jongs Drogen an der Schule vertickt zu haben.«

Frank sieht mich aus großen Augen an. »Im Auftrag des De-Jong-Clans? Schon wieder die? Echt jetzt? Aber wie …?«

Ich stoppe ihn mit einer Geste, bevor ich mich auf einem Stuhl niederlasse. »Alles der Reihe nach.«

Lina nimmt gleich neben mir Platz. Schon den ganzen Morgen frage ich mich, ob sie von Hauke und mir weiß. Ob Hauke ihr von letzter Nacht erzählt hat oder sie zumindest etwas ahnt. Aber wenn es so ist, dann lässt sie sich nichts anmerken. Würde es ihr etwas ausmachen?

Wie ich mich selbst gerade fühle – nun, darüber möchte ich jetzt lieber gar nicht erst nachdenken. Nur so viel weiß ich: dass der Sex mit Hauke schön war. Viel zu schön. Was nicht gut ist. Gar nicht gut.

»Hat irgendwer was von Hauke und Jörn gehört?«, frage ich ein wenig gehetzt, als nun auch Lars Snietjer den Raum betritt.

»Müssten jeden Moment hier sein«, sagt Lina. Sie deutet auf ihr Handy. »Hauke hat gerade eine Nachricht geschickt.«

Ich verbiete mir, mich zu fragen, warum er diese Nachricht an Lina schickt und nicht an mich.

Es dauert nur wenige Minuten, bis Hauke und Jörn zu uns stoßen.

»Haben wir was verpasst?«, fragt Jörn, nachdem sie sich beide gesetzt haben.

»Nein. Wir haben auf euch gewartet.« Ich weiche Haukes Blick aus, als er mich aus schmalen Augen zugleich traurig und vorwurfsvoll mustert. Er sieht ziemlich desolat aus, und ich streiche mir unwillkürlich übers Haar. Ob ich einen genauso mitgenommenen Eindruck mache?

»Okay, fangen wir an. Am besten tragen wir der Reihe nach vor, was es an neuen Erkenntnissen gibt, und schauen dann, wie wir weiter vorgehen.« Ich nicke Lina zu, die daraufhin sagt: »Wir wissen dank unserer Osnabrücker Kollegen von der Wirtschaftskriminalität, dass die Groninger Firma zum De-Jong-Clan gehört. Entsprechend trifft das auf den SUV zu, der uns in der Nähe von Oldenburg entwischt ist.«

Frank schlägt mit seiner flachen Hand auf den Tisch. »Dachte ich's mir doch! Schon wieder die de Jongs! Die breiten sich in Ostfriesland aus wie ein verdammtes Krebsgeschwür.«

»Wart's ab. Es wird noch spannender«, knurrt Hauke mit einem mürrischen Blick auf mich.

»Auch ich hatte gestern Abend noch ein Telefonat mit unserem Kollegen in Groningen«, nehme ich den Faden auf. »Außerdem hat Arie van Dijk mir heute Morgen detaillierte

Infos geschickt. Und was soll ich sagen? Die de Jongs haben Familienzuwachs bekommen.«

Hauke schnaubt abfällig. »Glückwunsch.«

»Luis Alejandro Gómez de Jong«, lasse ich mich nicht beirren. »Seine Mutter, eine Spanierin, die zuvor zehn Jahre lang mit Luis allein war, hat vor dreizehn Jahren einen de Jong geheiratet. Anscheinend hat dessen schlechter Einfluss auf den Jungen abgefärbt. Unsere niederländischen Kollegen jedenfalls haben ihn schon länger auf dem Kieker, konnten ihm aber in Sachen Drogen noch nichts nachweisen.«

Auf diese Eröffnung hin herrscht Schweigen im Raum. Frank und Lars wirken ehrlich perplex, während Jörn und Lina wissend nicken. Anscheinend haben sie es heute Morgen schon von Hauke erfahren.

»Puh! Dann hängt ja wohl alles mit allem zusammen«, meint Frank. »Und was sagt Lenny Kopper dazu?«

Ich berichte in kurzen Sätzen, was wir beim Verhör herausbekommen haben.

»Und was ist mit Mia?«, fragt Jörn, als ich geendet habe. »Können wir Kopper auch dem ominösen L aus ihrem Tagebuch zuordnen?«

Lina und ich schütteln gleichzeitig den Kopf. »Nach allem, was wir jetzt wissen, tippen wir diesbezüglich eher auf den Familienzuwachs der de Jongs«, sagt Lina. »L wie Luis. Zu ihm würde auch die Beschreibung passen, die wir nun mehrfach zu dem SUV-Fahrer bekommen haben, der am Gymnasium herumhängt und offenbar junge Frauen abholt und … hm … irgendwohin fährt.«

»Apropos niederländischer SUV«, wirft Frank ein. »Der ist übrigens nicht mehr an der Schule aufgetaucht, seit unser Observationsteam dort die Augen offen hält.«

Mist. Was mich einmal mehr in meiner Theorie bestärkt, dass bei unseren Einsätzen gegen den De-Jong-Clan irgendetwas nicht mit rechten Dingen zugeht. Wie kann es sein, dass sie immer genau im richtigen Moment abtauchen? Ich behalte diesen Gedanken für mich. Zwar widerstrebt es mir, irgendwem in unserem Kollegenkreis etwas unterstellen zu wollen, aber irgendwoher müssen die de Jongs ja schließlich ihre Informationen bekommen.

»Wir haben Gómez' mögliche Adresse und wir haben seine Handynummer«, überlege ich laut. »Das Handy haben wir bereits überprüft, es ist leider ausgeschaltet. Lars' Leute haben herausgefunden, dass es zuletzt im Umfeld von Bensersiel eingeloggt war. Dort ist auch das Ferienhaus, in dem Gómez laut Kopper einige Zeit gewohnt hat. Das ist allerdings schon eine Weile her. Kopper vermutet, dass Gómez regelmäßig seinen Standort wechselt.« Nach kurzem Nachdenken schaue ich Frank an. »Du nimmst dir jetzt gleich einen Kollegen und fährst zum besagten Ferienhaus in Bensersiel. Birte gibt dir die Adresse. Die Wahrscheinlichkeit, dass er sich dort aufhält, ist gering. Falls sich da doch was regt, haltet euch zurück und informiert mich sofort.«

Als Frank den Raum verlassen hat, findet mein Blick den von Jörn, während Haukes dem meinen nicht lange standhält. »Ihr kommt gerade von Emily. Habt ihr was aus ihr herausbekommen, was unsere Annahme untermauert?«

Jörn schaut Hauke auffordernd an, der aber winkt mit einer lahmen Geste ab.

»Okay.« Jörn räuspert sich. »Bevor ich lange drum herumrede: Ich denke, es war ein Volltreffer. Als wir sie mit dem Foto von Gómez konfrontiert haben ...«

»Woher habt denn ihr das Foto?«, hake ich überrascht ein.

»Du hattest es mir weitergeleitet«, brummt Hauke. »Schon vergessen?«

»Ja, natürlich.« Hoffentlich sieht mir niemand an, dass ich gerade ein wenig auf dem Schlauch stehe. Aber Hauke hat recht, ich habe es ihm gestern geschickt. Ich hätte weniger trinken und mehr schlafen sollen. »Okay, wie ging's weiter?«

»Also, als wir Emily das Foto von Gómez gezeigt haben, ist sie in Tränen ausgebrochen«, erklärt Jörn. »Hat sich kaum noch eingekriegt, das Mädchen.«

»Vor Erleichterung? Oder aus Scham?«

»Nee«, mischt sich Hauke ein. »Vielmehr schien sie sich Sorgen zu machen, weil Gómez sich gestern Abend nicht bei ihr gemeldet hat. Angeblich waren sie verabredet.«

»Sorgen.« Ich verziehe gequält das Gesicht. »Das kann ja nur heißen … Ist Emily auch in Gómez' Fokus geraten?«

»Sieht so aus, ja.«

»Ist sie auch schon für ihn …« Ich wage es nicht auszusprechen, wie weit Emily womöglich schon gegangen ist. Es will mir einfach nicht in den Kopf, warum diese Mädchen nicht spätestens dann die Perfidität ihres vermeintlichen Traummannes durchschauen, wenn sie an diesem Punkt landen.

Lina hebt bedauernd die Hände. »Sie war nicht in der Lage zu sprechen. Vielleicht wollte sie es auch einfach nicht, weil die Gehirnwäsche schon Wirkung gezeigt hat. Ihre Eltern standen ratlos und völlig verzweifelt daneben.«

Haukes Handy klingelt. Er schaut aufs Display, hebt die Brauen und nimmt das Gespräch an. »Moin, Tamme, was gibt's?«

Während Hauke zuhört, richtet er sich auf seinem Stuhl auf. »Echt jetzt?«, sagt er. »Na, das ist ja …«

»Stell mal laut!«, fordert Lina ihn nach einer Weile auf, doch er winkt ab. Nur wenig später beendet er das Gespräch.

»Es war der Kollege aus Wilhelmshaven«, erklärt Hauke. »Das Mädchen, Merle – ihr wisst schon, die Lütte, die vor drei Wochen von ihren Eltern als vermisst gemeldet wurde und von der wir wissen, dass sie in Oldenburg anschaffen geht –, ist wieder aufgetaucht. Auf einmal stand sie bei ihren Eltern vor der Tür.«

Nun hat er meine volle Aufmerksamkeit, und ich nicke ihm auffordernd zu. »Hat sie schon eine Aussage gemacht?«

Hauke schüttelt den Kopf. »Sie scheint völlig verstört zu sein.«

»Kein Wunder nach allem, was sie vermutlich durchmachen musste.«

»Nee, nicht deswegen«, meint Hauke. »Es geht ihr anscheinend wie Emily. Auch sie vermisst jemanden. Sie ist am Boden zerstört, sagt Tamme. Er hat wenig Hoffnung, dass sie gegen ihren Zuhälter, mutmaßlich ja auch Gómez, aussagen wird. Im Moment zumindest.«

»Eine Vermutung bringt uns nicht weiter«, erwidere ich. »Schick doch diesem Tamme mal ein Foto von Gómez rüber. Er soll es Merle zeigen, und sie soll sagen, ob es wirklich Gómez ist, den sie so schmerzlich vermisst.«

»Wenn sie nicht gegen ihren Lover aussagen möchte, wird sie sich womöglich nicht dazu äußern.«

»Das sehen wir dann. Wenn sie erst mal erfährt, welcher Masche sie aufgesessen ist, wird sich ihr Frust ganz schnell in Wut verwandeln.«

»Dein Wort in Gottes Ohr«, murmelt Hauke, während er auf seinem Smartphone herumtippt.

Ich ignoriere ihn und lasse mir noch mal alle bisherigen Erkenntnisse im Schnelldurchlauf durch den Kopf gehen. »Okay«, sage ich schließlich, »im Moment deutet alles darauf hin, dass Gómez unser Mann ist.«

»Zumindest wird die Schlinge um seinen Hals immer enger«, wirft Lars Snietjer ein. »Wenn ich dann mal zu den Ergebnissen der Kriminaltechnik ein paar Worte verlieren dürfte ...« Fast klingt es, als fühlte er sich übergangen.

»Als Erstes vorab: Wir haben jetzt endlich Mias Laptop geknackt. Leider nichts Relevantes für unseren Fall.« Er hält kurz inne und fährt fort. »Die Ergebnisse aus dem ausgebrannten Fahrzeug liegen uns nun vor. Es ist uns gelungen, Mias DNA nachzuweisen, und zwar im Kofferraum des Fahrzeugs. Außerdem haben wir auf dem Fahrersitz eine weitere DNA gefunden, die wir ganz eindeutig einem Mitglied des De-Jong-Clans, nämlich Yorick de Jong, zuordnen können, da wir sie schon in der Datenbank haben.« Lars zieht die Stirn in Falten. »Wenn ich Keas Ausführungen richtig verstanden habe, dürfte es sich bei ihm um einen Cousin von Luis Gómez handeln. Eine dritte DNA können wir noch nicht zuordnen. So wie es im Moment aussieht, könnte es sich dabei um die von Gómez handeln. Aber ohne Vergleichsmaterial ...« Er zuckt mit den Schultern.

»Nun, die dürfte nicht allzu schwierig zu beschaffen sein«, sagt Lina. »In diesem Ferienhaus muss sich doch ausreichend DNA-Material finden lassen.«

Diesmal beginnt mein Handy zu klingeln. Es ist Frank.

»Wir stehen jetzt am besagten Haus. Also zwei Grundstücke davon entfernt. Es ist alles ruhig. Sieht nicht so aus, als wäre er zu Hause.«

»Ist ein Auto oder ein Motorrad auf dem Grundstück zu sehen?«

»Von unserer Position aus nicht. Auch nicht auf der Straße davor.«

»Das war zu erwarten.«

»Sollen wir reingehen?«

»Nein. Warte, bis wir da sind.«

»Ihr kommt her?«

»Ja. Egal, ob wir Gómez dort antreffen oder nicht. In dem Haus dürfte es so einiges geben, was für uns interessant ist. Wir machen uns auf den Weg.« Ich schaue Lars an. »Ich kümmere mich auf der Fahrt nach Bensersiel darum, dass wir einen Durchsuchungsbeschluss für Koppers Haus bekommen. Es geht mir im ersten Schritt um die Drogentütchen, die er von Gómez hat. Zum Versteck im Haus schicke ich dir gleich eine Nachricht. Ich hoffe, dass sich dort Gómez' Fingerabdrücke finden. Lenny Koppers Abdrücke könnt ihr ja schon ausschließen, oder?«

Lars nickt. »Dir geht es darum, die Abdrücke mit denen aus dem abgebrannten Auto zu vergleichen, nehme ich an?«

»Genau. Wenn wir Gómez haben, brauchen wir eindeutige Beweise, sonst holt ihn sein Anwalt schnell wieder raus. Ein paar deiner Leute brauche ich auch noch zeitnah in Bensersiel. Kannst du uns welche zuteilen?«

»Kein Ding. Ich kümmere mich sofort darum.« Lars verschwindet zur Tür hinaus.

»Tamme hat Merle das Foto von Gómez gezeigt«, verkündet Hauke, als nun auch wir den Raum verlassen. »Sie hat nicht direkt gesagt, dass er ihr Lover ist, aber ihr Blick hat wohl Bände gesprochen.«

Es ist kein besonders großes Haus, unweit dessen wir eine gute halbe Stunde später unsere Wagen parken, sondern einer dieser typischen Neubauten in rotem Klinker. Umgeben ist es von etlichen sehr ähnlich gestalteten Ferienhäusern, deren Gärten allesamt aus einer tristen Rasenfläche bestehen. Jetzt, zur Hochsaison, wirkt die Siedlung nahe dem Kurpark und der Nordseetherme belebt. In der kalten Jahreszeit aber dürfte dies hier, wie inzwischen so viele ostfriesische Urlaubsorte, eine Geistersiedlung sein.

Von der See her weht ein angenehmer Wind, dessen Böen bei den immer noch heißen Temperaturen eine willkommene, wenn auch nicht lang anhaltende Abkühlung schaffen.

Menschen lachen, Möwen kreischen, irgendwo schmettert ein Shantychor traditionelle Seemannslieder. Urlaubsidylle pur.

»Immer noch alles ruhig?«, frage ich Frank, der sich, im Sichtschutz zu Gómez' Haus, zu Lina, Hauke, Jörn und mir gesellt, während sich die Mitarbeiter der Kriminaltechnik in ihre weißen Schutzanzüge zwängen. Ich möchte nicht mit ihnen tauschen, läuft mir der Schweiß doch auch ohne solch ein Ganzkörperkondom schon aus allen Poren.

»Ja. Niemand ist rein, niemand raus. Auch war hinter den Fenstern die ganze Zeit über nicht die kleinste Bewegung zu sehen.« Frank wischt sich stöhnend den Schweiß von der Stirn. »Und mal ehrlich: Wer hätte bei diesem Wetter alle Fenster zu, anstatt für ordentlich Durchzug zu sorgen?«

»Dennoch nähern wir uns dem Objekt lieber vorsichtig«, erwidere ich und winke Lina zu. »Kommst du?«

Einunddreissig

Lina

Ich wundere mich, dass Kea mich an ihrer Seite haben will. In Aurich ist sie zu mir in den Wagen gestiegen, anstatt mit Hauke zu fahren. Mir ist schleierhaft, was zwischen den beiden vorgefallen ist. Im Moment gibt es aber wichtigere Dinge als den privaten Klüngel der Kollegen.

Mir kommt es merkwürdig vor, dass gerade dieses Ferienhaus nicht vermietet sein soll. Anders kann ich die zugezogenen Vorhänge und verschlossenen Fenster nicht interpretieren. Ist Luis Gómez schon ausgeflogen oder hat er bereits seit Längerem eine neue Bleibe? War der Maulwurf in unseren Reihen schneller als wir? Die Ermittlungen haben erst seit gestern am späten Nachmittag Fahrt aufgenommen und konzentrieren sich seitdem auf Gómez. Viel Zeit kann der Maulwurf, wenn es ihn denn geben sollte, nicht gehabt haben.

Vorsichtig gehen wir auf das Haus zu. Kea zeigt mit dem Kopf auf die Eingangstür, ich bleibe zurück, um ihr Deckung zu geben, falls wider Erwarten doch jemand im Haus ist.

In diesem Augenblick heult ein Motor auf, das Geräusch wird lauter, ein Motorrad prescht neben dem Haus aus dem schmalen Fußweg auf mich zu. Ich ziehe im gleichen Moment meine Waffe und richte sie auf das Motorrad. In Sekundenbruchteilen muss ich eine Entscheidung fällen und werfe mich, kurz bevor mich das Motorrad erreicht, zur Seite, rolle ab und gehe wieder in Schussposition.

»Nicht schießen!«, schreit Kea hinter mir, aber ich lasse bereits die Waffe sinken. Ein Schuss wäre unverantwortlich. Zu viele unbeteiligte Menschen auf engem Raum. Ich wende mich zu Kea um, sie ist jetzt auf meiner Höhe. »Zum Auto!«, ruft sie mir im Laufen zu.

Sie hat einen Meter Vorsprung, den ich schnell einhole, sodass ich noch vor ihr im Auto sitze und bereits den Motor gestartet habe.

»Er ist nach rechts!«, keucht Kea atemlos und greift nach dem Blaulicht, während ich die Sirene starte und Gas gebe.

Kea gibt per Funk an Hauke durch, dass er Großalarm auslösen und anschließend ins Ferienhaus gehen soll. »Es könnte eine Finte sein. Vielleicht sind noch mehr Personen dort versteckt.«

Wir erreichen mit Mühe die Hauptstraße. Die Menschen auf der Straße scheinen zu überrascht zu sein, als dass sie uns zügig Platz gemacht hätten. Selbst zwei Fahrzeuge, die zu spät zur Seite fahren, rauben uns wichtige Sekunden.

»Rechts oder links?«, frage ich.

»Verdammt, ich weiß es nicht.«

Ich setze den Blinker, biege nach rechts ab.

»Gómez will sicher zur niederländischen Grenze«, sagt Kea, holt aus ihrer Tasche, die im Fußraum liegt, ein Tablet. Aus dem Augenwinkel sehe ich, dass sie eine Straßenkarte aufruft. »Der schnellste Weg zur Grenze ist durch den Emstunnel hinter Leer. Das sind noch mindestens achtzig Kilometer.«

»Er wird kaum so blöd sein, die Hauptstraßen zu nehmen.«

»Sicher nicht.«

Wir sind inzwischen außerhalb von Bensersiel auf der Straße nach Esens. Ich erhöhe die Geschwindigkeit, während Kea mit Hauke spricht und ihm Anweisungen gibt, wo Straßenkontrollen zu errichten sind.

»Wenn Gómez sich hier auskennt«, sagt sie zu mir, »sind das einfach zu viele Möglichkeiten. Das Haus ist übrigens leer, sagt Hauke. Penibel aufgeräumt, und es riecht überall nach starkem Reinigungsmittel. Sollte es Luis Gómez sein, der mit der Maschine geflüchtet ist, hat er zwar mit uns gerechnet, aber nicht so schnell.«

»Warum sollte er gewusst haben …?« Ich lasse den Satz in der Luft hängen, als würde mir gerade erst klar werden, was die Konsequenz aus Keas Worten sein könnte. »Du meinst, er ist gewarnt worden?«

»Woher soll ich das wissen?«, antwortet sie mir unwirsch. »Vielleicht hat Kopper ihm irgendwie eine Nachricht zukommen lassen.«

»Während er bei uns auf dem Kommissariat ist? Hätte Frank das zugelassen?«, werfe ich zweifelnd ein.

»Wir klären das später«, sagt Kea mit Blick aufs Tablet. »Fahr da gleich rechts rein. Das ist eine Nebenstraße, die an Esens vorbeiführt. Die könnte er genommen haben.«

Wir irren eine Weile zwischen Feldern und blühenden Wiesen herum, schrecken Kühe auf und müssen warten, bis ein Bauer auf einem Trecker uns Platz macht.

»Hier ist nichts«, sage ich nach einer Viertelstunde.

Kea nickt. Ihre Miene zeigt deutlich, wie frustriert sie ist. Sie greift nach ihrem Handy, ruft Hauke an und fragt, ob es Neuigkeiten gibt.

»Stehen alle Straßensperren?«

Sie horcht ins Handy.

»Verdammt! Warum nicht? Erweitere den Kreis. Gómez ist sicher unterwegs zur Grenze. Er kann nur durch den Emstunnel oder über die Jann-Berghaus-Brücke. Es muss doch zu schaffen sein, das zu kontrollieren.« Kea starrt angespannt durchs Frontfenster. »Sieh zu, dass das funktioniert!«, herrscht sie Hauke an und beendet das Gespräch direkt danach. »Laufen denn überall nur Nullen herum? Es stehen nicht ausreichend Streifenwagen zur Verfügung. Ich fasse es nicht.«

»Was machen wir?«

»Kehr um und fahr nach Leer. Ich rufe Arie in Groningen an. Die müssen die Grenze kontrollieren. Es gibt zwar zahlreiche Übergänge, aber das ist unsere letzte Chance, wenn er uns auf deutschem Gebiet entwischt.«

Zehn Minuten später passieren wir Aurich und nehmen die B 72 Richtung Leer. Keas Handy macht sich bemerkbar. Sie hat es inzwischen mit meiner Freisprechanlage gekoppelt und nimmt das Gespräch an.

»Lars, wie sieht es aus? Ich sitze hier mit Lina im Wagen und fahre Richtung niederländische Grenze.«

»Habe ich schon gehört. Ihr habt ihn also noch nicht geschnappt?«

»Nein.«

»Wir haben die Pillenpäckchen schnell gefunden. Du hast goldrichtig gelegen. Die Fingerabdrücke sind identisch mit denen auf Mias Tütchen.«

»Jetzt wird es verdammt eng für Gómez.«

»Es kommt noch besser. Ich muss zwar noch einiges an Arbeit reinstecken, bevor es gerichtsfest ist, aber als Vorabinfo reicht es: Wir haben die gleichen Abdrücke im abgebrannten Fahrzeug gefunden.«

Kea zieht scharf die Luft ein und ballt die erhobene Faust. »Verdammt gute Arbeit, Lars. Respekt! Wir haben ihn. Da kommt er nicht mehr raus.«

»Nein, sieht ganz danach aus. Wie gesagt, das ist jetzt vorläufig. Wir haben noch reichlich Arbeit vor uns.«

»Alles gut. Kannst du Hauke informieren? Die Kollegen an den Kontrollpunkten sollen äußerste Vorsicht walten lassen. Gómez wird alles dransetzen, unterzutauchen.«

»Mach ich sofort.«

Ich wundere mich, dass Kea nicht selbst mit Hauke spricht, warte aber, bis sie ihr Gespräch beendet.

»Ist was zwischen euch vorgefallen?«, versuche ich meine Frage so harmlos wie möglich klingen zu lassen.

»Zwischen Lars und mir? Wie kommst du darauf?«

»Hauke meine ich.«

Kea zögert zu lange, als dass ich es nicht bemerke. »Er zickt in der letzten Zeit etwas rum. Hast du doch auch bemerkt. Kommt übermüdet zur Arbeit und ...« Sie winkt ab. »Ach, was weiß ich, was er wieder am Laufen hat.«

»Am Laufen?«

»Hat nicht jeder von uns so seine kleinen und großen Probleme? Hin und wieder zumindest.«

Ich zucke mit den Schultern. »Keine Ahnung. So gut kenne ich Hauke nun auch wieder nicht. Wir haben ein paar Mal in der Arche ein Bier getrunken. Und natürlich zusammengearbeitet. Lief eigentlich ganz gut.«

Kea nickt, schweigt eine Weile, bevor sie sich mir zuwendet. »Lebst du eigentlich in einer Beziehung? Ich meine, dass du so einfach mal für eine Zeit lang zu uns wechselst, ist doch sicher nicht so leicht.«

»Meine letzte Beziehung ist nach vielen Jahren in die Brüche gegangen.«

Kea seufzt. »Männer!«

»Ich war mit einer Frau zusammen. Macht es aber auch nicht besser.«

»Du bist ...« Kea schluckt und spricht das Wort nicht aus.

»Lesbisch, meinst du?«

Sie nickt. »Sorry, ich wollte nicht so direkt sein. Ist mir rausgerutscht.«

»Kein Problem. Ich gehe offen damit um.« Ich werfe ihr einen Blick zu, lächele. »Ich bin bi. Männer sind auch okay, allerdings lief da bisher nicht ganz so viel.«

»Okay.«

Entweder kann Kea mit meiner Antwort nicht umgehen, oder sie gefällt ihr nicht. Eigentlich habe ich sie so nicht eingeschätzt, aber wenn es um das Thema sexuelle Orientierung geht, habe ich schon einige Überraschungen erlebt.

Kea scheint zu merken, dass ich etwas irritiert bin. »Ich habe damit keine Probleme. Nicht, dass du mich falsch verstehst.«

»Schon in Ordnung. Muss auch nicht jeder im Team wissen. Wer mich fragt, bekommt natürlich eine ehrliche Antwort. Alles andere ist Privatsache.«

»Sehe ich auch so.« Keas Handy klingelt. Sie nimmt das Gespräch an. Arie van Dijk meldet sich und berichtet, dass einige der bekannten Übergänge zwischen Deutschland und den Niederlanden jetzt kontrolliert würden.

»Gómez könnte brandgefährlich sein«, sagt Kea und klärt ihn über die neuesten Erkenntnisse auf.

»Ich gebe es gleich weiter. In einer Viertelstunde bin ich auch in Grenznähe. Vielleicht sehen wir uns später.«

Kea beendet das Gespräch.

Inzwischen bin ich auf die A 31 aufgefahren, wir befinden uns auf der Höhe von Leer.

Kea zeigt auf ein Schild, das die Abfahrt ankündigt. »Der Emstunnel wird kontrolliert. Wir fahren durch Leer zur Brücke.«

Sie dirigiert mich durch die Stadt, bis wir endlich den Ems-Übergang erreichen. Ich fahre langsam über die Brücke, nirgendwo ist ein Streifenwagen zu sehen.

»Das habe ich mir gedacht«, murmelt Kea.

»Was jetzt? Stellen wir uns irgendwohin und warten?«

»Und dann? Wenn Gómez uns sieht, dreht er doch sofort ab oder versucht durchzubrechen. Wir haben nicht die Möglichkeiten, diese Straße voll zu kontrollieren.« Sie studiert noch einmal die Karte. »Weiter südlich gibt es einen Grenzübergang. Man muss über eine kleine Zugbrücke. Alles sehr eng. Ich war schon mal dort. Das ist Jahre her, aber viel wird sich da nicht geändert haben.«

Ich fahre kurz hinter Bunde auf Anweisung links ab. Kea führt mich über kleine enge Straßen ins Niemandsland.

»Es sind noch knapp zehn Kilometer bis zur Grenze«, sagt sie.

Hier im Rheiderland liegen Bauernhöfe in der Nähe der schmalen Straße, dazwischen Felder und Wiesen. In der Ferne sehen wir einen roten Trecker mit zwei Anhängern. Ich kann mir nicht vorstellen, dass Luis Gómez diesen Weg wählt oder überhaupt kennt.

Dieses Mal irre ich mich: Auf halber Höhe zur niederländischen Grenze kommt von hinten ein Motorrad angeschossen, ich gehe in die Bremsen, stelle mich quer. Das Motorrad verringert die Geschwindigkeit, der Fahrer zögert kurz, bevor er uns in einem waghalsigen Manöver über das Feld hoppelnd überholt. Ich fluche, drehe auf der Straße in Richtung Grenze und gebe Gas.

»Verdammter Mist mit diesen Maschinen!«, flucht Kea. »Ich kann nur hoffen, dass Aries Leute auf der anderen Seite stehen und mehr Glück haben.« Sie greift zum Handy und spricht mit ihm.

Mit viel zu hoher Geschwindigkeit für die enge Straße verfolge ich das Motorrad, der Abstand zwischen uns wird größer, Gómez weicht einem entgegenkommenden Trecker aus, der uns anschließend wichtige Sekunden raubt. Als wir wieder freie Fahrt haben, ist das Motorrad nicht mehr zu sehen.

»Weiter!«, raunt Kea mir zu.

Ich gebe Gas, wir kommen an einer Ansammlung von Häusern vorbei, ein Schild weist auf die nahe Grenze hin, die in einem Kilometer zu erwarten sei.

»Er ist weg«, murmelt Kea.

In diesem Augenblick kommt uns das Motorrad wieder entgegen. Hat Gómez die Sperre auf der anderen Seite des kleinen Flusses entdeckt und ist umgedreht? Jetzt bemerkt er uns, bremst, rutscht unglücklich zur Seite und kommt wie in Zeitlupe zu Fall. Wir stehen zwanzig Meter vor ihm, steigen aus und laufen auf ihn zu. Kea hat den Gurt schneller als ich aufbekommen und ist zwei bis drei Meter vor mir. Gómez steht auf, sieht uns und stellt sich in Kampfposition. Ich ahne, was er vorhat, schreie Kea zu, dass sie stehen bleiben soll, aber sie rennt weiter. Ich folge ihr, der Mann vor uns macht eine schnelle Handbewegung, ein Messer blitzt auf, Kea bleibt stehen, aber sie ist bereits zu nah bei ihm. Ich reagiere, ohne nachzudenken, schleudere um hundertachtzig Grad herum, um ausreichend Kraft in meinem Tritt zu haben. Ich treffe Gómez' Messerarm in letzter Sekunde, die Waffe fliegt in hohem Bogen durch die Luft, der Mann mit dem Helm schreckt zurück, während ich Kea nach hinten ziehe, um sie aus der Gefahrenzone zu bekommen. Gómez reagiert sofort, dreht sich um, hebt sein Motorrad auf, startet und schießt im nächsten Augenblick an uns vorbei.

Kea ist sichtlich geschockt, wir verständigen uns mit einem Blick, dass wir Gómez folgen, und laufen zurück zu meinem Auto. Ich drehe unser Fahrzeug in Rekordzeit, drücke das Gaspedal durch und fahre mit hoher Geschwindigkeit hinter dem Motorrad her.

Aus irgendeinem Grund scheint die Maschine nicht mehr so schnell zu sein wie zuvor. Wir holen sie ein, sind jetzt keine zehn Meter hinter ihr. Unsere Sirene heult, Kea öffnet das Seitenfenster und scheint auf Gómez schießen zu wollen. Ich schreie, als ich die Häuseransammlung bemerke. Sie zieht sich zurück und lässt ihre Waffe wieder ins Holster gleiten.

Ich verringere die Geschwindigkeit, weil ich befürchte, dass sich Menschen auf der Straße befinden könnten. Das Motorrad aber schießt wie aus dem Nichts nach vorn, Gómez verliert die Kontrolle, strauchelt, kommt von der Straße ab und prallt kurz darauf gegen eine Mauer.

Wir schauen dem Rettungshelikopter hinterher. Er hat vor wenigen Sekunden vom Feld nebenan abgehoben. Nach dem Unfall habe ich den Fahrer vorsichtig in die stabile Seitenlage gebracht, während Kea bereits mit der Rettungswache telefonierte. Der Rettungswagen war zwölf Minuten später vor Ort, der Helikopter brauchte nur zehn Minuten länger.

»Kommt er durch?«, frage ich.

»Lässt sich schwer sagen. Motorradunfälle sind für den Teufel. Da kann alles passieren. Wir müssen abwarten. Sie fliegen nach Oldenburg ins EKH. Die sind spezialisiert auf solche Fälle.«

»Wir müssen die Kollegen dort informieren.«

Kea nickt, greift nach ihrem Handy und wählt bereits, während sie sich ein paar Meter entfernt. Wenige Minuten später kehrt sie zurück. »Alles geregelt. Es sind schon zwei Oldenburger unterwegs zur Klinik.«

»Was machen wir mit der Maschine?«

»Die Kollegen von der Verkehrspolizei sind gleich da. Sie nehmen alles auf und regeln den Rest.« Kea kommt einen Schritt auf mich zu, zögert kurz und umarmt mich. »Danke! Du hast mir das Leben gerettet.«

Ich schaue verlegen zur Seite. »Unsinn. Du hättest ihn sicher auch abgewehrt.«

»Nein, ich war nicht in der Lage zu reagieren. War wie erstarrt und habe damit einfach nicht gerechnet.«

Einer der Rettungssanitäter kommt auf uns zu, sieht zwischen Kea und mir hin und her und spricht schließlich Kea an. Ich wende mich ab und setze mich in den Wagen.

ZWEIUNDDREISSIG

Kea

Ich falte die Zeitung zusammen und nicke zufrieden. Zwar kam es schon ein paarmal vor, dass ich nach einer Mordermittlung in der Presse erwähnt wurde, doch noch nie war es mir so wichtig gewesen, gehört zu werden, wie nach diesem Fall.

Es ist längst überfällig, dass die sogenannten Loverboys in der Öffentlichkeit als das gebrandmarkt werden, was sie sind: skrupel- und gewissenlose Kriminelle, werde ich in Renas Reportage zitiert, flankiert von inzwischen öffentlich zugänglichen Fakten aus unseren Ermittlungen. Ein kleiner Schritt zu mehr Aufklärung ist also gemacht, und es werden ihm an anderer Stelle hoffentlich noch viele weitere folgen.

»Ist da der Artikel deiner Freundin drin?« Lina ist, in der Hand eine Flasche Bier haltend, auf mich zugetreten. »Kann ich mal sehen?«

»Klar.« Ich reiche ihr die Zeitung mit einem Lächeln. Nach allem, was passiert ist, sehe ich sie nun in einem ganz anderen Licht. Sowohl als Kollegin als auch die vermeintliche Rivalin betreffend.

»Rena hat hervorragende Arbeit geleistet«, sage ich. »Aber nichts anderes hatte ich erwartet. Wenn sie sich einmal in ein

Thema verbissen hat, dann ist sie wie ein Terrier und lässt nichts und niemanden mehr davonkommen.« Auch nicht ihre Redaktion, füge ich in Gedanken amüsiert hinzu. Denn der hat Rena eine Doppelseite für ihren Artikel aus den Rippen geleiert, noch dazu in der Wochenendausgabe.

Mein Blick fällt nun auf Hauke und Jörn, die, in ein lebhaftes Gespräch vertieft, am Grill stehen. Zunächst habe ich mich gesträubt, als Hauke meinte, wir könnten den erfolgreichen Abschluss unserer Ermittlungen doch mit einem zwanglosen Sit-in unseres Teams in meinem Garten feiern. Jetzt aber, da alle gut gelaunt eingetroffen sind und es sich sichtlich gut gehen lassen, bin ich froh, dass ich mich von ihm habe überreden lassen.

»Wo sind deine Kinder?«, fragt Lars, der vorbeigeschlendert kommt.

»Freya und Jonas haben vor euch die Flucht ergriffen. Sie sind mit Freunden am Sandstrand des De-Baalje-Schwimmbads verabredet.«

»Recht haben sie.« Er schirmt seine Augen mit der Hand ab und blickt zum strahlend blauen Himmel hinauf. »Gut möglich, dass ich das nachher auch noch mache. Aber erst mal treibt es mich in den Schatten.« Er lässt sich unter meinem Birnbaum auf einem der mit Polstern ausgelegten Gartenstühle nieder. Dort sitzt auch Frank, der mir nun mit seiner Bierflasche zuprostet.

Ich denke an Mia und seufze innerlich. Sie wird nie wieder die Chance auf einen Besuch im Freibad haben. Genauso wenig wie auf eine Grillparty mit Freunden. Es ist zum Heulen. Am Anfang der Woche war ich bei ihren Eltern, um sie über den Stand der Ermittlungen zu informieren. Als sie von Luis Gómez und unserer Loverboy-Theorie hörten, fing Mias Mutter leise an zu schluchzen, während ihr Vater in sich zusammensackte. Beide waren am Boden zerstört. Ich konnte es ihnen nachfühlen. Ihr Leben war von einer Sekunde auf die andere zum zweiten Mal innerhalb kurzer Zeit auf den Kopf gestellt worden. Es wird für sie schwer werden, damit umzugehen.

Eine Woche nach der abenteuerlichen Verfolgungsjagd durch Ostfriesland haben wir nun wenigstens einen Hinweis darauf, was Luis Gómez letztlich dazu bewogen haben mag, Mias noch so junges Leben auszulöschen. Zwar liegt er nach wie vor im Koma und ist somit nicht vernehmungsfähig. Sein Cousin Yorick aber hat sich vor zwei Tagen in unserem engmaschig ausgelegten Fahndungsnetz verfangen. Nachdem er sich auf Anraten seines Anwalts anfänglich geweigert hat, eine Aussage zu machen, hat ihn die Erkenntnis, dass Mia noch lebte, als man sie ins Watt schaffte, nach langen Minuten der Starre doch noch gesprächig gemacht.

Sehr zum Missfallen seines Anwalts, doch schien sich Yorick de Jong um dessen Meinung plötzlich nicht mehr zu scheren. Anscheinend hatte er eins und eins zusammengezählt und begriffen, dass nur noch ein Geständnis den unweigerlich auf ihn zukommenden Freiheitsentzug verkürzen konnte.

Ein Geständnis, das er – vermutlich auf Druck seines Rechtsbeistands – zwischenzeitlich widerrufen hat, aber immerhin wissen wir nun, was sich an jenem verhängnisvollen Abend zugetragen hat.

Yorick de Jongs Aussage nach hatte Luis Gómez drei Freunde in eine Oldenburger Wohnung eingeladen, um – so seine Worte, die mich auch jetzt noch vor unterdrückter Wut nach Luft schnappen lassen – Mia »einzureiten«. Mia hat dann wohl zwischen zwei Sessions, wie de Jong es nannte, ein paar Ecstasy-Pillen eingeschmissen. Sie sei dann quasi minütlich apathischer geworden und schließlich bewusstlos in sich zusammengesackt. In der Annahme, sie sei tot, habe Gómez beschlossen, ihren Leichnam durch die nächste Flut wegtragen zu lassen.

Meinen Einwand, dass Gómez vermutlich nur deswegen darauf verzichtet habe, einen Arzt zu rufen, damit sein stinkender Dreck nicht ans Tageslicht gespült wird, hat Yorick de Jong lediglich mit einem Achselzucken abgetan.

Unsere Arbeit ist damit zunächst abgeschlossen. Wie diese Tat juristisch zu beurteilen ist, werden später die Richter entscheiden. Die Ermittlungsakten liegen beim Staatsanwalt. Alles ist vorbereitet für eine Anklage, die allerdings, was Luis Gómez anbelangt, vorläufig auf Eis gelegt wurde. Sobald der aus dem Koma erwacht, wird auch gegen ihn das Verfahren eröffnet werden.

Lina legt den Artikel beiseite. »Deine Freundin hat eine tolle Schreibe, bringt es gut auf den Punkt. Gibt es einen Grund, warum sie bei der Provinzpostille versauert?«

Ich komme nicht dazu zu antworten, da bei mir eine Nachricht aufploppt. Ich atme erleichtert auf, nachdem ich sie gelesen habe. »Dem Wunsch Lenny Koppers, mit unserer Hilfe unterzutauchen und sich damit dem Zugriff der de Jongs entziehen zu können, wurde stattgegeben«, teile ich Lina den Inhalt der Nachricht mit. »Damit dürfte seine volle Kooperation gesichert sein.« Für eine allumfängliche Aussage gegen die Niederländer hatte Kopper es zur Bedingung gemacht, möglichst weit weg von Ostfriesland und damit von den de Jongs ein neues Leben starten zu können. Nun stand fest, dass der Richter sich auf diesen Deal einlassen wird.

»Das ist gut.« Auch Lina wirkt erleichtert. »Wenn wir schon Vincent Grewe nichts nachweisen können, weil wir in seiner Wohnung nichts Verwertbares gefunden haben, dann bleibt wenigstens durch Lenny Kopper die Chance, dem De-Jong-Clan endlich beizukommen.«

»Gute Nachrichten?« Hauke tritt neben mich und legt mir einen Arm um die Schultern. Mein ganzer Körper fängt an zu vibrieren, aber ich versuche, mir nichts anmerken zu lassen.

Ich erkläre ihm, was passiert ist, woraufhin sich kurz der Druck seiner Hand an meiner Schulter verstärkt und er in die Runde fragt: »Darauf sollten wir anstoßen. Wer möchte eine Wurst?«

Dreiunddreissig

Lina

Hauke hat sich einen Tisch am Rand des Biergartens gesucht. Drei Tage nach unserem Treffen in Keas Garten haben wir uns telefonisch hier verabredet, um das weitere Vorgehen zu besprechen.

Ich setze mich zu ihm, er begrüßt mich mit einem matten Lächeln. »Fehlen nur noch die toten Briefkästen. Wir geben ein tolles Agentenpaar ab.«

»Übertreib nicht«, sage ich und schaue mich um, bei wem ich etwas zu trinken bestellen kann.

Als mein Kaffee und das Glas Wasser vor mir auf dem Tisch stehen, frage ich Hauke, was Harald Kaup von ihm wollte. Kaup hat Hauke eine Nachricht zukommen lassen und ihn außerhalb von Aurich getroffen.

»Informationen jeglicher Art«, antwortet Hauke. »Er hat keinen Hehl daraus gemacht, für wen er arbeitet.«

»Hatte ich also recht. Der De-Jong-Clan?«

Hauke nickt. Seine Laune scheint nach dem Treffen mit Kaup in den tiefsten Keller der Stadt gesunken zu sein. Ihm wird endgültig klar geworden sein, was in den nächsten Monaten auf ihn zukommt. Seit Tagen überlege ich, warum der Clan Hauke angeworben hat. Ist ihnen ihr Kontakt ins Kommissariat zu unsicher oder gibt es überhaupt keinen Maulwurf?

»Jede Information, die es wert ist, verringert meine Schuldenlast um tausend Euro«, sagt Hauke und lacht kurz auf. »Wert ist, wow! Da entscheidet also der Arbeitgeber darüber, ob die Arbeit es wert ist, honoriert zu werden.« Er verzieht das Gesicht. »Ich weiß nicht, ob mir das Ganze gefällt.«

»Siehst du eine andere Lösung?«, werfe ich ein.

Er schüttelt verzagt den Kopf. »Schon klar, ich habe mich in die Scheiße geritten, jetzt muss ich auch sehen, wie ich da wieder rauskomme. Ich weiß nur nicht, was ich diesen Leuten an Informationen geben soll. Soll ich etwa tatsächliche Ermittlungen unserer Einheit verraten, nur damit diese Leute mir glauben?«

»Das Gleiche habe ich Carstens gefragt. Es wird wohl notwendig sein, dass du mit ein paar echten Informationen rüberkommst.«

»Das mache ich nicht. Wie stehe ich später da? Dann kann ich nur noch meinen Hut nehmen.«

»Es wird niemand erfahren. Carstens hat mir sein Wort gegeben. Du warst doch in Osnabrück und hast mit ihm gesprochen. Also ich vertraue ihm voll und ganz.«

Ich habe mich immer noch nicht daran gewöhnt, Hauke anzulügen. Zwar waren mein Einfall und die Vermittlung an Carstens für ihn die Rettung, aber für mich fühlt es sich wie Betrug an, so, als wenn ich einen Freund benutze, um meine Ziele zu erreichen.

Ich trinke einen Schluck aus der Kaffeetasse. »Ich bin ja auch noch da. Bevor du etwas rausgibst, besprechen wir das mit Carstens, und der weiht den Staatsanwalt ein.«

»Also nach dem Motto: Wo gehobelt wird, da fallen Späne?«

Ich zucke mit der Schulter. »Wenn du es so ausdrücken willst.«

»Was soll's? Ich muss da durch«, murmelt Hauke.

Wir sitzen eine Weile schweigend am Tisch. Ich trinke meinen Kaffee, er sein Bier.

»Sag mal, was ist zwischen dir und Kea vorgefallen?«, frage ich in die entstandene Stille hinein. »Oder sehe ich Gespenster?«

»Vergiss es einfach. Wir kommen schon irgendwie miteinander klar.«

»Warum klingt es dann nicht so?«

Hauke schaut mich mit traurigen Augen an. »Weil es sich nicht so anfühlt. Aber das Leben geht weiter. Kea ist eine gute Freundin und wird es auch bleiben.«

Ich beschließe, nicht weiterzubohren. Wenn Hauke mir etwas über seine Probleme mit Kea erzählen will, wird er es über kurz oder lang machen. Oder halt schweigen. Ich werde es akzeptieren müssen.

»Alles gut zwischen Beene und dir?«, frage ich Steffen am Abend desselben Tages. Wir waren zusammen essen und sind jetzt auf dem Weg in die Arche.

»Es läuft beängstigend gut«, sagt Steffen.

Ich bleibe stehen und schaue ihn fragend an. »Was heißt das denn?«

»Ich war noch nie so glücklich. Es war noch nie so einfach. Alles. Wir verstehen uns wortlos, können aber gleichzeitig über alles reden. Ich kann manchmal nicht glauben, dass das alles wahr ist und ich nicht gleich aufwache und nur geträumt habe.«

»Und das beängstigt dich?«

»Ja, wenn ich daran denke, dass der Zustand vielleicht nicht ewig dauern könnte. Beene könnte etwas passieren, ein Autounfall, oder er wird unheilbar krank. Ich habe einfach

Angst, dass es plötzlich vorbei ist und ich nichts machen kann. Ihm nicht helfen kann, nicht bei ihm sein kann, ihn verliere.«

»Das ist nun mal die Schattenseite der Liebe. Die Angst.« Ich beuge mich vor und greife nach seiner Hand. »Genieß es einfach und denk nicht darüber nach, was wann wo passieren könnte. Lebe!«

Steffen nickt und sagt leise: »Ich versuche es, und es klappt ja auch jeden Tag besser.« Er schaut auf. »Und bei dir? Wirst du die Bäckersfrau noch einmal wiedersehen?«

Vor ein paar Tagen hatte ich endlich den Mut, Jana zu fragen, ob ich sie zum Essen einladen darf. Gestern waren wir in einem Sushi-Restaurant in Oldenburg und anschließend in einem angesagten Club.

»Jeden Morgen, das weißt du doch. Ich trinke da meinen Latte.«

»Mehr willst du mir nicht verraten?«

»Du wirst dich gedulden müssen, bis ich selbst mehr weiß. Der Abend mit ihr war auf jeden Fall wunderschön.«

»Klingt nach einem Anfang.«

Ich lächele. »Vielleicht.«

Folge den Autorinnen auf Amazon

Wenn dir dieses Buch gefallen hat, folge Anna Johannsen und Elke Bergsma auf Amazon. Dann erhältst du eine Benachrichtigung, wenn die Autorinnen ihr nächstes Buch veröffentlichen. Um den Autorinnen zu folgen, gehe bitte folgendermaßen vor:

Desktop:

1) Suche auf Amazon.de oder in der Amazon App nach dem Namen der Autorinnen.
2) Klicke auf den Namen der Autorinnen, um auf die Autorenseite zu gelangen.
3) Klicke auf den »Folgen«-Button.

Smartphone und Tablet:

1) Suche auf Amazon.de oder in der Amazon App nach dem Namen der Autorinnen.
2) Klicke auf einen Titel der Autorinnen.
3) Klicke auf den Namen der Autorinnen, um auf die Autorenseite zu gelangen.
4) Klicke auf den »Folgen«-Button.

Kindle eReader und Kindle App:

Wenn du dieses Buch auf einem Kindle eReader oder in der Kindle App liest, wird dir automatisch angeboten, den Autorinnen zu folgen, nachdem du die letzte Seite des Buches gelesen hast.

Printed in Great Britain
by Amazon

55605314R00171